GUDAI WENXUE
YU DANGDAI WENHUA CHUANCHENG XINTAN

古代文学
与当代文化传承新探

曹 静 ◎著

图书在版编目（CIP）数据

古代文学与当代文化传承新探 / 曹静著. -- 北京：中国书籍出版社，2024.8. -- ISBN 978-7-5068-9966-6

Ⅰ.I206

中国国家版本馆CIP数据核字第2024CT4001号

古代文学与当代文化传承新探

曹　静　著

图书策划	尹　浩　李若冰
责任编辑	李雯璐
责任印制	孙马飞　马　芝
出版发行	中国书籍出版社
地　　址	北京市丰台区三路居路97号（邮编：100073）
电　　话	（010）52257143（总编室）（010）52257140（发行部）
电子邮箱	eo@chinabp.com.cn
经　　销	全国新华书店
印　　刷	廊坊市博林印务有限公司
开　　本	710毫米×1000毫米 1/16
字　　数	229千字
印　　张	16
版　　次	2025年1月第1版
印　　次	2025年1月第1次印刷
书　　号	ISBN 978-7-5068-9966-6
定　　价	73.00元

版权所有　翻印必究

前　言

在当代社会，随着科学技术的飞速发展和文化交流的日益频繁，古代文学与当代文化之间传承的联系变得日益密切。古代文学作为人类文明的重要组成部分，承载着丰富的历史、文化和情感，具有不可替代的价值和意义。然而，在快节奏的现代社会生活中，古代文学作品往往面临着被遗忘和淡化的危险。因此，对古代文学的传承与弘扬成为当代文化领域急需解决的问题之一。传承古代文学，不仅是对历史的尊重和继承，更是对人类智慧和情感的传达与共鸣。在这样的背景下，探索古代文学与当代文化传承的新路径显得尤为重要。

本书以"古代文学与当代文化传承新探"为题，首先从古代文学的历史发展、观念解读、创作影响、文化元素以及跨媒体传播等多个维度，全面分析了古代文学在当代社会中传承与创新的途径。书中不仅追溯了从先秦到明清的文学发展脉络，还深入探讨了古代文学的形式、风格、主题和审美技巧。其次，本书还关注了古代文学作品中蕴含的丰富文化元素。在跨媒体传播方面，分析了古代文学名著如何通过影视作品和现代流行歌曲等新形式传播，并探讨了新媒体在传承古代文学中的新路径。最后，为古代文学的传承与发展提供新的视角和实践指导。

本书结构严谨、内容丰富，既适合文化教育工作者作为教学与研究的参考书籍，也适合文学研究者和文化传承者作为深入探讨古代文学与当代文化传承的资料，对于推动古代文学与当代文化的深度融合具有重要的指导意义。本书在行文中注重逻辑结构的清晰性和内容的系统性，以确保读者能够从中获得有益的启示和指导。期望本书的出版能够为古代文学的传承与发展提供新的思路和方法，为文化传承事业贡献新的力量。

　　作者在本书的写作过程中，得到了许多专家、学者的帮助和指导，在此表示诚挚的谢意。由于作者水平有限，加之时间仓促，书中所涉及的内容难免有疏漏之处，希望各位读者多提宝贵的意见，以便进一步修改，使之更加完善。

目 录

第一章 古代文学发展的历史脉络 ··················· 1
- 第一节 先秦文学概述 ····························· 1
- 第二节 两汉魏晋南北朝文学发展 ··············· 11
- 第三节 唐宋诗词的辉煌 ························· 18
- 第四节 元明清小说戏曲的兴起 ·················· 28

第二章 古代文学的观念解读与鲜明特征 ········ 42
- 第一节 古代文学的观念解读 ·················· 42
- 第二节 古代文学的形式及风格 ················ 50
- 第三节 古代文学的主题与思想 ················ 62
- 第四节 古代文学的审美与技巧 ················ 71

第三章 古代文学创作及其影响分析 ·············· 83
- 第一节 古代文学的创作发生 ·················· 83
- 第二节 古代文学的创作构思 ·················· 87
- 第三节 古代文学的创作方法 ·················· 99
- 第四节 影响古代文学创作的因素 ············· 112

第四章 古代文学作品中的文化元素 ············ 122
- 第一节 古代文学作品中的茶文化 ············· 122
- 第二节 古代文学作品中的饮食文化 ·········· 128
- 第三节 古代文学作品中的农耕文化 ·········· 142
- 第四节 古代文学作品中的儒家文化 ·········· 154

第五章　古代文学与当代文化的跨媒体传播 ······ 165
　　第一节　古代文学传播的基本逻辑 ······ 165
　　第二节　古代文学名著改编影视作品 ······ 185
　　第三节　古代文学经典与现代流行歌曲的融合 ······ 195
　　第四节　新媒体拓展古代文学传播的新路径 ······ 202

第六章　古代文学与当代文化传承的有效途径 ······ 207
　　第一节　教育体系中融入古代文学教学 ······ 207
　　第二节　非遗文学的保护与传播 ······ 213
　　第三节　古代文学与文化创意产业的嫁接 ······ 236

结束语 ······ 245

参考文献 ······ 246

第一章　古代文学发展的历史脉络

古代文学，作为人类文明的瑰宝之一，承载着历史的厚重与文化的精髓。它不仅见证了语言艺术的演变，也映照了社会的变迁与思想的演进。从远古的神话传说到古典的诗词歌赋，每一时期的文学作品都以其独特的风格和内涵，构筑起人类精神世界的宏伟大厦。本章旨在梳理这一悠久而辉煌的历史脉络，探索文学与时代的互动关系，解读文学作品背后的文化密码。通过深入剖析各个历史阶段的文学特色及其对后世的影响，进而启发对传统文化的深刻思考与现代传承的创新探索。

第一节　先秦文学概述

先秦时期是我国古代文学发生发展的最早阶段，这一时期产生了很多经典作品，有标志着我国文学光辉起点的《诗经》，有充满了楚地浪漫主义气息的《楚辞》等。这些经典之作，表现出很强的自然野性审美特征，是中国古代文学的发端，也为我国两千多年文学发展奠定了坚实基础。

一、《诗经》

（一）《诗经》的形成背景

商至西周时期的诗歌源自不同地域和社会阶层，涵盖了丰富的社会生活内容。这些诗歌经由官方收集整理后，与春秋前期的部分诗歌一同编纂成诗集，被后人传颂流传。随着时间的推移，至春秋后期，《诗经》中的诗歌数量逐渐减少，最终留存下来的只有三百余篇，因而被合称为"诗"或"诗三百"。

这些诗歌包括大雅、小雅和颂类诗，其中大部分创作于西周时期，而《国风》中的部分也属于此时期。这些作品通过丰富的艺术表现形式，描绘了当时社会各个方面的生活场景和情感体验。

随着儒家思想的兴起，《诗经》逐渐被奉为经典之作。儒家将其视为重要的文化遗产，并在后世对其进行了广泛的解读和注释。这一举措不仅弘扬了《诗经》的艺术价值，也使其成为了后世文化传承和教育的重要资源，为中国古代文化的传承发展做出了重要贡献。

（二）《诗经》的思想内容

《诗经》中既有来自贵族士大夫阶层的诗词，也有来自普通百姓的歌谣，它所包含的内容和情感十分复杂，既有民族历史、朝廷礼仪、战争宴饮，也有家庭生活、田野劳作和爱情吟唱，较为全面地反映了当时的社会生活。

1. 农事诗

农事诗在《诗经》中反映了古代中国农业社会的生产与生活状态。《七月》作为《豳风》的首篇，生动描绘了农民一年四季的劳作场景，展现了他们在农耕、织布等劳动中的辛勤劳作和对丰收的期盼。通过对农民生活的真实描写，这些诗歌反映了当时农民的艰辛与贵族对其的压迫，以及农民对于美好生活的向往与期待。诗歌以生动的语言和清晰的结构，展现了古代农耕社会的丰富生活场景，为后世提供了珍贵的历史与文化遗产。

2. 史诗

《诗经》中的史诗和颂歌体现了古代中国社会对历史、文化和祖先的重视，是中华文化宝库中的珍贵遗产。这些作品以其宏大的结构和丰富的内容，深刻地反映了当时社会的价值观念、道德理念以及人们对于民族和家族的尊崇。

史诗作为古代重大历史事件的记录，具有长篇叙事的特点，蕴含着丰富的历史意蕴。《诗经·大雅》中的史诗包括《生民》《公刘》《绵》《皇矣》和《大明》等作品，通过叙述周族的起源、迁徙、发展和壮大的历史，生动地展现了古代社会的兴衰荣辱。其中，《皇矣》歌颂了周文王讨伐小国的英勇壮举，展现了周朝的强盛与威严；《生民》讲述了周民族的始祖后稷的神奇诞生和农业文明的发展，彰显了古代人民对于生产劳动的尊重和重视；《公刘》《绵》和《大明》分别描述了周人先祖的迁徙、定居和战争胜利，反映了周族的团结力量和不屈精神。

3. 婚姻诗

婚姻诗反映了《诗经》中婚姻与恋爱诗歌的复杂性。这些诗歌涵盖了贵族士大夫阶层与普通百姓的生活，反映了不同社会阶层的婚姻观念和实践方式。从《诗经》中的婚姻诗歌中可以看出，婚姻在古代社会被视为一种重要的社会关系，涉及家族的荣耀、社会地位的稳固以及后代的延续，因此备受重视。

对于婚姻诗歌的分类和分析反映了当时社会对于婚姻的重视和期许。原西北大学教授张西堂的《诗经六论》对《国风》中的婚姻诗进行了分类，从不同角度出发对婚姻的各个方面进行了细致的分析，反映了当时社会对于婚姻关系的重视程度以及对于婚姻中各种情感和境遇的深刻思考。

杭州市徽州学研究会副会长洪湛侯在《诗经学史》中从艺术手法的角度对婚姻诗进行了深入分析，揭示了诗歌中所蕴含的情感细腻和意象的丰富性。他通过对诗歌的形式、语言、意象等方面的分析，探讨了诗歌如何通过艺术手法表现婚姻与爱情，从而使读者更加深刻地理解和感受其中所包含的情感和内涵。

4. 颂歌

颂歌更多地体现了对祖先和国君的尊崇和赞美。《毛诗序》中指出，颂歌是对盛德的美好形容，是对成功告知神明的礼赞。《诗经》中的颂歌，如《周颂》《商颂》和《鲁颂》等，大多歌颂了王室和诸侯的功绩和德行。其中，《大雅·文王》就是一部歌颂周文王姬昌的颂歌，通过对文王的光辉事迹和崇高品德的赞美，表达了对周王朝的敬仰和景仰之情。这些颂歌不仅是对历史的回顾和纪念，更是对文明和传统的传承和弘扬，体现了古代人们对于道德、礼仪和文化的高度重视。

（三）《诗经》的创作形成

1.《诗经》的类型

《诗经》作为中国古代文学的重要组成部分，在其类型的划分上，可按照诗歌的题材和内容、用途以及音乐来进行分类。这三种划分标准在文献中均有所体现，其中以北宋时期郑樵的《诗辨妄》为代表，提供了一种系统而明确的分类方式。

（1）风。风是体现风土之音、乡土之情的歌谣，是民俗文化的重要组成部分。国风代表各地区的乐歌，反映了不同地域的文化特色和民间传统，展现了各地人民的生活态度和情感表达。

（2）雅。雅是周王朝直辖地区宫廷音乐的代表，具有正统性和礼仪性。《大雅》和《小雅》分别展现了不同层次的雅乐形式，是宫廷宴享和朝会时的重要乐曲。这些雅乐反映了周朝王室的兴盛和文化繁荣，体现了宫廷文化的高雅和庄重。

（3）颂。颂是对祖先功德的歌颂，具有庄严肃穆的氛围。《周颂》、《鲁颂》和《商颂》等颂诗，表达了对祖先的崇敬和感恩之情，反映了古代社会的礼仪制度和宗族文化。颂诗的表演往往伴随歌舞，彰显了对祖先功业的尊崇和向神明告喜的祈福之意。

2.《诗经》的采集和整理

《诗经》的采集和整理历经了一个有序的过程,涉及献诗、采诗和删诗三种说法。

(1)献诗。献诗作为一种收集方式,体现了天子和臣子对民间风俗的关注和评估。天子通过观察献诗,能够了解民情民俗,而臣子则可以通过献诗来进行讽谏和规诲,为政事提供参考。这种方式既能促进天子和臣子之间的沟通,又有利于政治的稳定和社会的和谐。

(2)采诗。采诗作为另一种收集手段,被认为是观察风俗、了解得失、自我考证的途径。古代王者通过采集诗歌来观察社会民风,以此为依据进行政治决策和治理。这种采集方式有助于王者了解民情民意,从而更好地统治和管理国家,确保政权的稳定和社会的发展。

(3)删诗。删诗作为整理和编辑的手段,体现了对诗歌的精选和优化。据汉人的观点,《诗经》经过孔子的删定,由三千多首诗歌中精选出三百零五篇,并经过音乐整理后形成现在流传的版本。孔子在整理过程中可能对诗歌的音乐或文字进行了加工和优化,以确保《诗经》的整体质量和形式完整性。

(四)《诗经》的创作特色

《诗经》作为诗歌总集,反映了西周到春秋时期各社会阶层的生活、个体情感。"《诗经》是中国美学精神的源头之一,不仅是中国古代第一部诗歌总集,也是一部配乐歌词之集,为人们感受、理解中国音乐架起了沟通桥梁,彰显着中国音乐的中国气派、中国精神、中国风格,具有无与伦比的艺术美、自然美、社会美等美育价值"[①]。

1.《诗经》的创作手法

《诗经》的创作手法中最有代表性的有赋、比、兴三种方式。

---

① 王建成.《诗经》音乐美育研究[J].济南大学学报(社会科学版),2022,32(6):53.

（1）赋。赋以抒情为主，通过生动的描述和情感的表达，展现出诗人对于特定情境或主题的真挚感受。例如，《王风·君子于役》中的赋诗手法，通过描绘农家傍晚的温馨场景，衬托出思妇对远行丈夫的担忧和思念之情，展现了一种对和谐团聚生活的向往和追求。

（2）比。比即比喻，比喻作为《诗经》中最常用的修辞手法之一，常被用来隐喻或象征特定的情感或意境。在《魏风·硕鼠》中，诗人通过比喻贪婪的老鼠来表达对剥削者的厌恶之情，巧妙地运用了比喻手法，将诗歌中的批判寓于动物的形象之中，以达到深刻的感受和传达。

（3）兴。兴作为《诗经》中的一种创作手法，常常通过意象的隐晦表达出诗人的感慨和情感。兴的意象通常与诗歌的主题并无直接关联，但在读者的解读中却能感受到某种内在的象征关系。例如，《秦风·黄鸟》《小雅·黄鸟》《小雅·绵蛮》等诗篇中都以"黄鸟"为兴，表达了不同的情感和主题，展现了诗人对生活、对人情的感慨和思考。

2.《诗经》的创作特征

《诗经》的音乐性体现在其重章叠句和构词方式上。

（1）重章叠句是一种常见的修辞手法。通过同一首诗的章节重复或语句相似，来加强音乐节奏和情感表达。这种复沓的形式源自音乐节段的重复，使得诗歌具有回环往复、余音袅袅的效果。在《诗经》中，复沓的方式多种多样，有整首诗都复沓的情况，也有部分章节复沓的情形。例如，《陈风·衡门》的后两章就采用了复沓的形式，这种多样化的复沓方式丰富了诗歌的表现形式，增强了音乐的韵律感。

（2）叠字和双声叠韵是另一种体现《诗经》音乐性的方式。叠字，也称为重言，是通过词语的重复来增强音乐效果和意境表达。例如，《周南·关雎》中的"关关雎鸠"，通过"关关"一词的叠加，形象地描绘了雎鸠的鸣叫声。双声叠韵则是指在诗句中同时使用两个相似的声音，以增强韵律和节奏感。例如，《王风·黍离》中的"行迈靡靡"，通过"靡靡"一词的叠加，表现了路途的遥远和心情的委顿。这些叠字和双声叠韵的运用使得诗歌的语言更加生动丰富，具有音乐般的节奏和韵律感。

3.《诗经》的押韵形式

《诗经》的押韵形式是其音乐性特点之一，呈现出多样化的形式。在押韵方面，《诗经》采用了一系列灵活多变的方式，既有一韵到底的情况，也有中途换韵的情形。另外，押韵的位置也是多样的，其中以句尾韵最为普遍。此外，还存在虚字脚的情况，即句尾使用一个虚字衬音，不具有实际意义。从整体来看，《诗经》中的风诗、雅诗与颂诗在押韵形式上各具特色，这不仅丰富了诗歌的音乐感，也深刻体现了古代音乐的多样魅力。风诗，作为来自民间各地的歌谣，其韵脚绵密且多变，节奏繁急，生动展现百姓生活的多彩多姿。例如，《周南·关雎》便是风诗中的佳作，其"关关雎鸠，在河之洲。窈窕淑女，君子好逑"之句，韵脚紧密相连，读来朗朗上口，仿佛能听见那远古时代河畔悠扬的歌声，令人陶醉。雅诗，多为宫廷宴乐或朝会时所唱，韵脚同样绵密，但相较于风诗，更多了一份庄重与典雅。例如《小雅·鹿鸣》，"呦呦鹿鸣，食野之苹。我有嘉宾，鼓瑟吹笙"，诗句间韵脚和谐，节奏稳健，既展现出宴会的热闹场景，又透露出一种贵族的礼仪风范。颂诗多用于祭祀和赞颂，押韵形式相对宽松，甚至常出现无韵的情况，这种宽松的押韵形式，使得颂诗在庄重肃穆的祭祀场合中，更添一份悠远与深沉。例如《周颂·清庙》，"於穆清庙，肃雍显相。济济多士，秉文之德"，虽无明显的韵脚，但其语言的庄重与节奏的沉稳，却让人感受到祭祀时的庄严与神圣。多样化的押韵形式，不仅使得《诗经》的诗歌具有丰富的音乐感，更通过不同的节奏与韵脚，生动地展现了古代音乐的多样魅力，让人在品读中仿佛穿越时空，与古人共赏那悠扬的旋律。

作为中国诗歌的源头，《诗经》对后世产生了深远的影响。其四言体的形式被后世诗人所继承，体现了诗歌在中国文学中的重要地位。诗歌作为一种文学表达形式，承载着诗人对现实世界的观察和思考，同时也反映了他们积极进取的精神。在《诗经》中，诗人们立足现实，执着地表达着自己的情感和理想，与儒家所推崇的积极进取的伦理风范相契合。因此，儒家将《诗经》奉为经典，认为其中蕴含着深刻的道德和人生智慧。

二、楚辞

楚辞最基本的含义是指战国时期我国南方楚地出现的一种新诗体，也指屈原及后来其他作家用这种诗体写就的诗篇。也就是说，楚辞既是文体名称，也是诗集名。

（一）楚辞的形成

楚辞的产生具有极其复杂的社会和文化因素，是战国后期楚国特定环境的产物，是多种主客观因素相互作用的结果。

第一，楚国独特的文化特点是楚辞产生的关键因素之一。作为春秋战国时期南方的一个大国，楚国地理环境的特殊性以及与中原文化的疏远，共同塑造了楚国独具特色的文化氛围。这种独特的文化氛围，如楚国丰富的自然资源、地域广阔等特点，直接激发了楚人的文学创作热情，为楚辞的形成奠定了基础。

第二，多种文化之间的相互渗透与融合也对楚辞的诞生产生了深远影响。尽管楚国与中原文化有所不同，但楚国的贵族阶层源自中原，因此在春秋战国时期，楚国与中原之间的文化交流十分频繁。这种文化交流使得中原文化的历史观念、价值取向、艺术手法等方面对楚国文化产生了深远影响，反过来也影响了楚辞的创作风格和主题内容。

第三，从历史和文化的发展规律来看，楚辞产生之时楚国正处于从兴盛到衰亡的转折点。作为屡遭陷害的爱国诗人，屈原将自己的理想、信念及对自己遭受不公平待遇的哀怨、激愤之情借诗歌倾泻出来，由此而创造出名垂千古的文学巨制。自《诗经》产生之后两百多年间，散文开始兴盛，而四言诗却陷入了停顿。战国时期是古代社会发生剧烈变革的时期，新事物不断出现，语言的表达也随之发展，人们生活的客观需要促使楚辞产生。

第四，楚辞的形成与楚地的歌谣密切相关。楚国是一个音乐、舞蹈发达的地方，众多楚地乐曲的存在为楚辞的诞生提供了丰富的音乐文化资源和灵感来源。因此，楚辞的产生既是社会历史发展的必然结果，也是多种文化因素相互交融的产物。

（二）楚辞的创作

楚辞作为一种新的诗歌样式，在伟大诗人屈原的手中不断发展、成熟，而屈原之后，唯有宋玉可称为楚辞的传人，此后楚辞开始走向没落，楚辞这种形式未能得到更加深入的发展。

1. 屈原的楚辞创作

屈原作为战国时期楚国的著名诗人和政治家，其楚辞创作具有深远的影响和独特的艺术成就。其中，最为突出的作品之一便是《离骚》，这部诗作不仅在内容上表达了诗人对政治现实的反思和自己遭遇的悲愤，还在形式上展现了屈原独特的艺术才华和审美追求。

第一，《离骚》在层次上呈现出明显的分段结构。这种层次性的安排使得诗篇在叙事上更加清晰，思想内容更加丰富。诗篇的第一部分主要围绕诗人对往事的回忆和对现实的反思展开，通过对自身遭遇和国家命运的描绘，诗人表达了对楚国腐朽的愤慨，以及对自己理想的不懈追求。第二部分是诗人对未来前途的探索和对理想信念的坚守，诗篇中充满了对"美政"理想的向往和对道路的坚定选择。第三部分是诗人在极度苦闷中向神巫求助，并最终决定离国出走，这一部分突出表现了诗人对故国的忠诚与不舍之情。整首诗以层层递进的方式，将诗人的思想感情展现得淋漓尽致，形成了一幅情感丰富、内涵深刻的政治抒情画卷。

第二，在《离骚》中，屈原塑造了一个高洁正直、坚贞不渝的抒情主人公形象。诗篇中的诗人以高雅的仪态和清新的意境，通过描绘自己的生活状态和行为举止，表达了对自身内在高贵品质的追求和对理想的不懈追寻。诗中所呈现的"朝饮木兰之坠露兮，夕餐秋菊之落英""制芰荷以为衣兮，集芙蓉以为裳"等形象描写，将诗人塑造成一个崇高、优雅、清高的人物形象，成为后世文人的楷模和民族精神的象征。

第三，《离骚》在艺术特色上融入了历史故事、神话传说和幻想情节，构建了一个充满奇幻色彩的诗歌世界，为诗作增添了浪漫主义的特质。屈原通过对古代神话和传说的引用，使诗篇呈现出丰富多彩的文化内涵和艺术魅力，使得诗作更加具有历史感和文化底蕴。同时，《离骚》中运用了大量楚地方言，增强了诗歌的地方特色和语言表现力，为诗篇增添了独特的审美魅力和艺术魅力。

2. 宋玉的楚辞创作

宋玉在楚辞创作中承袭了屈原的创作精神，尽管他的作品数量有限，却展现出了深厚的文学造诣和独特的艺术风格。他的代表作《九辩》在思想内容和艺术表现上与屈原的《离骚》有相通之处，揭示了诗人对个人遭遇的悲愤，具有深刻的时代内涵和情感表达。

宋玉的楚辞创作受到了屈原的深远影响，他在创作中秉承了屈原的政治抒情精神，表现出对社会现实的关注和对个人命运的思考。《九辩》这部作品主要叙述了诗人因不愿随波逐流而受到朝廷群小的排挤，最终流离他乡，过着凄苦的生活。这一主题在宋玉的作品中反复出现，成为他作品的核心内容之一，表达了对社会不公的深刻忧虑和不满情绪。

尽管《九辩》在思想性方面相较于《离骚》略显贫弱，但诗中所展现的悲秋情感却成为后世文人经常引用的主题之一。正如鲁迅所言，《九辩》虽然在思想上不及《离骚》，但其中蕴含的凄怨之情却是独具匠心、独绝的。这种凄凉之美与对命运的无奈抱怨使得《九辩》在楚辞中独具一格，成为宋玉文学创作的代表之作。

（三）楚辞的艺术成就

楚辞作为我国文学史上的重要篇章，展现了独特的艺术魅力和深刻的时代内涵。在探讨楚辞的艺术成就时，有几个方面值得重点探讨。

第一，楚辞作为文人创作的诗歌，成功地实现了政治性与抒情性的完美结合。这一特点可以从《九歌》中窥见端倪，其中保留着歌、乐、舞结合的特点，展现了政治抒情的双重属性。此外，楚辞在塑造形象的艺术手法上也颇具功力，善于将景物、环境、气氛和人物的心理感情有机地融合在一起，达到了意境的完美表现。

第二，楚辞在语言上的独特性也是其艺术成就的重要方面。楚辞既有文采绚丽的语句，又有质朴的语言，二者巧妙融合，相得益彰。此外，楚辞打破了传统的句式格式，采用了节奏不同、字数不等的句子，使得句子的音调更加丰富多变，增强了诗歌的表现力。

第三，楚辞的地方色彩十分鲜明。不论是对地理名胜、自然景色的描写，还是对风俗习惯的描述，都带有鲜明的楚地特色，并吸收了大量的方言俗语，展现了地域文化的丰富多彩。

第四，楚辞突出地表现了浪漫主义的特质，具有鲜明的浪漫主义色彩。作品中融入了大量的历史故事、古代神话，并加以丰富的想象，使得诗歌充满了神奇的色彩和情感的表达。

第五，楚辞中运用了大量的虚词，如"兮""之""于""而""乎"等，尤其是"兮"字被广泛应用于楚辞的各个篇章，成为其形式上的突出特征。这种运用虚词的手法使得楚辞更具有韵律美和节奏感，增强了诗歌的音乐性和表现力。

第二节　两汉魏晋南北朝文学发展

一、两汉乐府诗

乐府在两汉时期不仅是管理音乐的机关，也是收集和保存民歌俗曲的重要平台。起初，乐府作为封建王朝设置的管理音乐的机关，其职能主要集中在为贵族文人创作的诗歌制作音乐。随着汉武帝时期的扩充和改革，乐府的规模和职能得到了空前的提升。汉武帝为了适应大一统的需要，将乐府扩充为庞大的官署，并延续了收集民歌的职能。这一举措，既符合了享乐的需要，又促进了文化的交流与传播。

在东汉时期，管理音乐的机关被改为了太予乐署和黄门鼓吹署。尤其是黄门鼓吹署，实际上承担了乐府的功能。这一机关在收集和保存乐府诗方面发挥了重要作用，为后世留下了丰富的文化遗产。东汉时期的乐府诗主要由黄门鼓吹署收集和保存，为后世研究乐府诗提供了重要的文献资料。

（一）两汉乐府诗的形成背景

两汉时期的乐府诗以其丰富多样的题材和独特的形式，在中国古代诗歌史上留下了浓墨重彩的一笔。经过乐府及乐府人员的精心采集，大量的民歌俗曲得以汇聚、写定、传播和保存，从全国各地流入宫廷。这一历史事件在中国古代诗歌发展史上具有重大意义。两汉乐府所采集的乐府民歌涵盖了吴、楚、汝南、燕、代、邯郸、河间、齐、郑、淮南、河东、洛阳及南郡等地。这些民歌在经过装订成集后，迅速在当时社会上蔓延开来，渐渐替代了雅乐，成为普遍流行的一种诗歌形式。

两汉时期的乐府诗是中国诗歌发展史上的一个重要里程碑。它继承并发展了先秦民歌的优良传统，注重现实，关注人情世态，增添了诗歌的思想内涵和表现手法。作为一种新的诗体，乐府诗体现了中国诗歌的生命力和创造力，为后来的文学发展提供了丰富的资源。

在创作方法上，汉乐府巧妙地吸收了《诗经》的现实主义精神和《楚辞》的浪漫色彩，将二者完美融合，开创一种全新的诗歌风格。这种风格既关注社会现实，反映人民心声，又充满了丰富的想象力和浪漫情怀。在形式上，汉乐府更是进行了大胆的创新与突破，它不再拘泥于《诗经》的四言格式，而是大胆尝试并发展了杂言诗体，使其逐渐走向成熟。这一变革不仅丰富了诗歌的表现手法，更为后来的歌行体诗歌的发展奠定了坚实的基础。五言诗在汉乐府中崭露头角，并迅速发展成为一种重要的诗歌形式，不仅直接影响了后来文人五言诗的形成，为文人诗歌创作提供了新的灵感和范式，更为七言诗的崛起埋下了伏笔，为后世诗歌的多样化发展开辟了广阔的道路。例如，汉乐府中的《孔雀东南飞》便是一首极具代表性的作品,不仅在内容上深刻反映当时社会的现实问题和人民的情感诉求,更在形式上巧妙地运用杂言和五言等不同的句式,使得诗歌节奏明快、韵律和谐,充满强烈的艺术感染力。

(二)两汉乐府诗的创作成果与类型

1. 两汉乐府诗的创作成果

两汉时期的乐府诗作为中国古代诗歌的一支重要流派,其丰富多彩的题材和深刻内涵不仅展现了当时社会的多元文化,也为后世留下了宝贵的文学遗产。

在西汉时期,《汉书·艺文志》中所载乐府诗作品数量庞大,其中包括《大风歌》《郊祀歌》等诸多作品,共有数百篇。这些作品涵盖了各个方面的题材,从宫廷雅乐到百姓民谣,无所不包。西汉时期的乐府诗作品既有帝王贵族的作品,也有来自文人雅士的精品之作,更有普通百姓的真情流露。这些作品以其独特的艺术表现形式和丰富的文化内涵,成为当时社会文学艺术的一道鲜明风景线。

进入东汉时期,乐府诗创作情况虽然资料较少,但据推测其数量也相当可观。东汉时期的乐府诗更是丰富多彩,民间歌谣的创作达到了一个新的高度。这些作品无论是从题材上还是艺术表现形式上,都展现了当时社会的多样性和独特性。从现存的作品来看,两汉乐府诗的创作成果可谓是丰富而多样,为后世留下了宝贵的文化遗产。

现存的两汉乐府诗作品有百余篇,作者涵盖了各个社会阶层,从帝王贵族到普通百姓,从名门闺秀到无名氏,每个人都为这个时代的乐府诗创作贡献了自己的力量。其中约有一半的作品属于民间歌谣,这些作品被认为是乐府诗的精华部分,最能代表两汉乐府诗的艺术成就。这些民歌以其朴实的语言、真挚的情感和丰富的意象,展现了当时人们的生活、情感和价值观念,成为中国古代诗歌的瑰宝。

2. 两汉乐府诗的创作类型

在对两汉乐府诗的创作类型进行划分时,学界普遍采用的标准是根据乐曲的性质进行分类。这一划分标准早在汉明帝时代就有所定案,东汉末期蔡邕进一步将乐府诗分为不同类型,晋代郭茂倩的《乐府诗集》则对乐府诗进行了更为详细的分类,将其分为12类。

其中,郊庙歌辞、燕射歌辞、鼓吹曲辞、横吹曲辞、相和歌辞、清商曲辞、舞曲歌辞、琴曲歌辞、杂曲歌辞、近代曲辞、杂歌谣辞、新乐府辞是目前学界普遍认可的分类方式。相和歌辞一般是配以相和乐曲而创作的诗歌,以其和谐悦耳的旋律和朴实自然的语言风格而闻名。杂曲歌辞则是以各种不同的曲调为伴奏,内容涉及各个方面的题材,呈现出多样化的艺术风貌。鼓吹曲辞和郊庙歌辞则分别与鼓吹和祭祀活动相关联,体现了宫廷礼仪和宗教仪式的特殊性。

(三)两汉乐府诗的艺术特点

"两汉乐府诗的出现标志着中国古代叙事诗的成熟。乐府诗成熟精湛的叙事艺术主要体现在:选材具有典型性、戏剧性和新奇性;叙事情节完整,波澜起伏,引人入胜;详略得当,注重细节描写,并且善用对话方式推动情节发展;人物形象鲜明生动,通过直接描写与间接描写相结合展现人物个性化的性格"[①]。两汉乐府诗作为中国古代叙事诗的成熟代表,具有多方面的突出特点,其中叙事艺术的成功展现着其独特魅力。

第一,两汉乐府诗以其极强的叙事性和成功的叙事手法而著称。这些诗歌所述故事大多情节曲折,故事情节完整而生动。作品如《孔雀东南飞》等,通过生动的故事情节和曲折的发展,吸引读者的兴趣,展现出了作者高超的叙事艺术水平。

第二,两汉乐府诗承袭了《诗经》所开创的现实主义传统,对现实生活进行直面式的刻画和揭示。这些诗歌关注社会生活,用朴素自然的

---

① 樊蕊. 两汉乐府诗:中国古代叙事诗成熟的标志[J]. 宜宾学院学报,2013,13(8):74.

语言反映了当时的社会风貌和人民生活，具有浓厚的生活气息。这种现实主义的创作传统不仅丰富了古代诗歌的内容，也为后世文学作品提供了借鉴与启示。

第三，两汉乐府诗善于运用比喻、拟人、夸张等艺术手法。通过比喻和拟人化的手法，这些诗歌赋予了动植物以人的特质，通过他们的对话和命运展示了丰富的寓意，引人深思。这种富有想象力和表现力的手法为诗歌赋予了更深层次的意义和感染力。

第四，两汉乐府诗所塑造的人物形象栩栩如生，各具特色，绝无雷同。这些人物形象既有历史人物，也有虚构人物，他们的性格鲜明生动，通过丰富的描写和对话方式，展现出了丰富的内心世界和个性特征，使诗歌更加生动有趣。

二、魏晋南北朝的文学

（一）魏晋南北朝的辞赋

魏晋南北朝辞赋的创作进入了一个新的发展阶段，主要特点包括：①辞赋的题材大大扩展；②抒情化的复归，并有明显的诗赋合流的趋势，而在体制上则趋于短小，行文也日趋活泼，很大程度上摆脱了汉赋堆积名物辞藻的板重之习；③语言趋向骈偶化，出现辞赋的一种新形式——骈赋。魏晋南北朝辞赋中最具代表的作家，当推曹植、王粲和潘岳等人。

1. 曹植的辞赋

曹植的辞赋作品在中国古代文学史上占据着重要地位，其辞赋作品的艺术成就体现了两汉以来抒情小赋传统的继承与发展，同时融合了楚辞的浪漫主义精神，为辞赋文学开辟了新的境界。《洛神赋》是曹植最为著名、代表性最强的辞赋作品之一。这篇辞赋以浪漫主义的手法为特色，通过梦幻般的叙事，细腻描绘了人神之间的真挚爱情。全篇情节曲折，情感真挚动人，特别是作者对"人神殊道"的描写，凸显了感情的复杂性和无奈，引人深思。曹植的辞赋以其丰富的想象力、清新的文辞以及多样的艺术手法而著称。曹植在作品中善用比喻、烘托等手法，巧妙地营造了错综复杂、令人陶醉的意境，使读者在阅读过程中沉浸其中，领略其中的艺术魅力。

2. 王粲的辞赋

王粲作为一位杰出的辞赋作家，其在辞赋领域的成就远胜于诗歌创作。王粲所创作的辞赋作品虽然数量有限，但在艺术表达和情感沟通方面却达到了极高的水平。他的辞赋作品以《登楼赋》为代表，展现了其独特的艺术风格和情感表达能力。

《登楼赋》是王粲在荆州依附刘表时所创作的一篇辞赋作品。在这篇赋中，作者通过登高远眺的景象，寄托自己的情感和思想，将内心的愁绪与外在的景色巧妙地融为一体。起初，作者原本怀揣着消愁的愿望，希望通过欣赏美景来抚慰内心的苦闷。然而，美丽的景色反而勾起了他对故乡的思念和对岁月流逝的感慨。在远眺之际，他感叹自己才情无处施展，国家时局动荡，自己却无法为国尽忠，心中满是孤独和悲凉之情。最后，他以落日的凄凉孤寂来寓意自己的心境，通过景物的描绘和自身的感受，将内心的情感表现得淋漓尽致。

王粲的《登楼赋》语言自然流畅，富有韵律美，同时又不失其朴素和质朴之美。他的文字行云流水，优美而不矫揉造作，将情感真挚地流露在笔端。通过自然而恰如其分的文字安排，他成功地营造了一种舒缓而深沉的笔调，使读者在阅读过程中能够与作者情感共鸣，达到情景与情感融为一体的艺术效果。

3. 潘岳的辞赋

潘岳作为辞赋家，在中国古代文学史上留下了二十四篇辞赋作品，以其长于抒情见称，作品风格清丽、凄婉。其中，《秋兴赋》《西征赋》和《闲居赋》等作品是其代表性的辞赋作品。《秋兴赋》描绘了潘岳年轻时遭受怨恨的心境，以恬淡清婉的笔触展现了内心的苦闷，呈现出一种独特的清丽风格。《西征赋》描述了潘岳赴任长安令途中所见所闻，通过对山川形胜、人物古迹以及关中风土人情的描绘，表达了他对现实的感慨，呈现出一种凄婉的叙事风格。《闲居赋》展现了京城和市郊封建庄园主人的安乐生活，抒发了作者年过五旬却郁郁不得志的情感。潘岳的辞赋作品以其清新、凄婉的风格，展现了作者丰富的情感世界和对生活的感慨。

（二）魏晋南北朝的散文

1. 魏晋散文

魏晋时期是中国散文史上的一个重要时代，散文的发展经历了曹魏、三国、晋朝等历史阶段，呈现出多样的风貌和特点。散文作为一种自由体文章，与诗歌相辅相成，呈现出独特的魅力。

在建安时期，曹操的散文风格清俊、通脱、华美、壮大，彰显出他豪爽、坦率、自然、通脱的个性特征。他的作品朴素自然，清峻简约，不受礼法约束，直抒胸怀，情真意切。同时，诸葛亮的《出师表》也是当时的代表作之一，展现其政治家、军事家的胸襟和眼光，以及献身精神，具有强烈的感染力和艺术表现力。这些作品在情感表达和思想深度上都达到了较高的水平，为当时散文的发展做出了重要贡献。

进入正始时期，阮籍的散文延续了建安文学的优良传统，具有深刻的思想内涵和艺术风格。他的《达庄论》和《大人先生传》等作品在玄学思辨精神的影响下，说理透彻、论证严密，展现出了他独特的见解和风格。嵇康的《与山巨源绝交书》则是一篇充满激情和批判精神的宣言书，展现了对世俗礼教的鄙夷和蔑视，具有通脱恣肆、朴质自然的艺术风格。

晋代的散文作品也同样引人注目。李密的《陈情表》以婉转凄恻的笔调，表达了个人的处境与祖孙间的深厚感情，感人肺腑。陈寿的《三国志》叙事简明，句法整齐，具有良史之才，展现了他优秀的史学造诣和文学才华。陶渊明的散文作品以《五柳先生传》《桃花源记》等为代表，充分展示了他的个性特点和精神世界，成为中国文学史上的经典之作。

2. 南北朝的散文

自齐梁时代开始，南朝散文逐渐式微。然而，在南北文化交流融合的进程中，北朝时期的文学水平却显著提升，并出现了两部具有相当文学价值的学术著作，即郦道元的《水经注》和杨衒之的《洛阳伽蓝记》。

《水经注》因注《水经》而得名，其篇幅广泛，总字数达30多万字，详尽记录了水道两岸的名胜古迹、神话传说和当地风土人情。其文笔简洁精美，将内容生动地展现出来。是一部具有文学价值的地理与史学著作。

《洛阳伽蓝记》的作者杨衒之。全书分为五卷，主要叙述了洛阳佛寺的沿革，并涉及北魏时期洛阳的多个方面，包括政治、社会、民俗等，是一部集历史、地理、佛教、文学于一身的历史人物、故事类笔记。该书体系完整，考据精密，叙事简明，文笔清丽，行文多采用单行散文，并夹以骈偶句式，风格平实流畅。这使得《洛阳伽蓝记》成为一部具有特色的散文著作。

此外，《颜氏家训》也是北朝散文的杰作之一。作者颜之推以儒家思想教训子弟为主要内容，但同时也保存了丰富的历史资料，插叙了作者的亲身经历，反映了较为广泛的社会内容。文风基本为散行，虽然句式多为四言，但不过多使用偶对，风格平易亲切，甚至具有讽刺之笔，引人注目。

第三节　唐宋诗词的辉煌

一、唐代诗词的辉煌成就

唐诗泛指唐代诗人创作的诗，其卓越的成就是空前绝后的。唐代文学写作上承魏晋南北朝的写作技巧，通过文人自觉的倡导与古文运动的革新，逐渐去除华艳文风对文学创作的不良影响，文人在创作中愈加明显地表现个人性情。

第一，唐代诗歌的作品之多、作者之广，确是空前绝后的。《全唐诗》等汇编作品所收录的诗歌数量远超先秦至南北朝的诗篇总和，显示了唐代诗歌的极高生产力与创作活跃度。其中，诗人的身份也呈现多样性，既有帝王将相，又有各阶层百姓，这反映了当时社会各界对诗歌创作的广泛参与和重视程度。

第二，唐代诗歌的体裁完备、题材丰富，展现了其文学的多样性与深厚内涵。从古体诗到近体格律诗，从乐府歌行到绝句，各种体裁得到了充分的发展与实践。而在题材方面，唐代诗歌几乎涵盖了唐代社会生活的方方面面，包括对国家统一和强盛的歌颂、对个人功业的赞美、对自然山水的描绘、对时代风貌的反映以及对人情世态的抒发，这些都展现了诗人们深厚的情感与丰富的人生体验。

第三，唐代诗歌的风格多样，流派众多，展现了其在艺术表达上的丰富性与广泛性。李白的豪放飘逸、杜甫的深沉忧郁、王维的清丽精致，以及初唐四杰、山水田园诗派、边塞诗派、元内诗派等各种流派和风格，构成了唐代诗歌的独特魅力与多元面貌，为后世诗坛的发展开辟了广阔的道路。

（一）初唐时期的诗歌

初唐时期的诗歌创作，作为中国古代文学史上的一个重要阶段，呈现出了许多显著的特征和历史进程，这些特征不仅反映了当时社会文化的特点，也为后世的诗歌创作奠定了重要基础。

初唐时期，即从高祖武德元年至玄宗开元元年，可以分为前后两个阶段。在这段时间里，诗歌文风与创作取向发生了明显的变化。初唐前50年，以唯美主义文风为主导，宫廷诗仍然是主流。宫廷诗人如上官仪等以其空灵婉约、华美绮丽的创作风格成为当时备受推崇的代表人物，他们的作品被称为上官体。这一时期的诗歌创作虽然受到六朝唯美主义文风的影响，但在形式和内容上仍在积极探索近体诗的发展路径，总结了对偶规律，为后续近体诗的发展奠定了基础。

初唐时期的诗歌创作并非一成不变,而是经历了重大的变革和转变。随着时代的发展和社会的变迁,诗歌的文风逐渐向现实主义转变,从宫廷诗歌向民间诗歌转换。这一历史进程充满了变革与创新的精神,为唐代诗歌的繁荣与发展奠定了坚实的基础。

在这一转变的过程中,诗人们开始更加关注日常生活中的真情实感和社会现实,他们的诗作更加接近人民群众的生活,反映了社会百态和人民生活的真实情况。这种现实主义的创作风格,使得诗歌更加具有感染力和生活气息,更能引起读者的共鸣和共情。

与此同时,初唐时期的诗歌创作也呈现出了多样化和开放性。除了宫廷诗人的创作,还有许多民间诗人和山水田园诗人的涌现,他们以简朴自然、率真直接的语言,创作了大量反映人民生活、自然景色和社会风情的诗歌作品,丰富了当时的诗歌文化。

(二)盛唐时期的诗歌

盛唐时期的诗歌创作达到了全面繁荣的巅峰,呈现出雄壮浑厚的特点,被誉为中国诗歌史上的黄金时期。在这个时期,出现了两个著名的诗派,即山水田园诗派和边塞诗派。

山水田园诗派又称为"王孟诗派",以王维和孟浩然为代表。这一诗派的特点是清新自然、含蓄凝练的语言风格,以描绘山水的壮美清幽和田园的风情意趣为主要创作内容。诗人们师承陶渊明、谢灵运等前贤,通过他们的作品,表达了对自然景物的独特感悟,将自然美与诗歌艺术完美结合,达到了"诗中有画"的艺术境界。

边塞诗派以高适、岑参为代表,包括诸如王昌龄、李颀、崔颢、王之涣、王翰等诗人。这一诗派主要描写边塞战争、风土人情以及战争带来的各种矛盾和情感,如离别、思乡、闺怨等。在形式上,边塞诗派多采用七言歌行和五、七言绝句,诗风慷慨悲壮,格调雄浑深沉,展现出对边塞生活和战争的真实描写和深刻思考。

盛唐时期的诗歌创作呈现出了多样化和丰富性，在山水田园和边塞主题的诗歌中，诗人们通过各自独特的创作风格和主题表达，展现了盛唐时期诗歌的雄壮气象和浓厚文化内涵。这些诗派的出现和发展，丰富了唐代诗歌的形式和内容，为中国诗歌史上的辉煌时期留下了宝贵的文学遗产。

（三）晚唐时期的诗歌

晚唐时期，自文宗开成元年至昭宗元祐四年，是唐王朝的一个动荡时期，社会政治经济都面临着严峻挑战，而这一时期的诗歌则承载了诗人们怀古伤今的情怀，呈现出了一种悲凉的氛围。在这个时期，两位杰出的诗人杜牧和李商隐以各自独特的风格和主题为晚唐诗歌的发展做出了重要贡献，同时还有一批现实主义诗人如皮日休、聂夷中、杜荀鹤等，共同构成了晚唐诗歌的丰富多彩。

杜牧和李商隐被合称为"小李杜"，是晚唐时期比较具有代表性的诗人。他们的诗作以其独特的风格和深刻的内涵，为晚唐诗歌注入了新的活力。杜牧以其豪放率真的诗风，擅长怀古咏史，表达了对历史的追忆和对时局的忧虑。他的诗作中常常流露出对时代变迁的感叹和对社会现实的关注，具有强烈的个性主张和时代感。而李商隐则以其深情绵丽的诗风，以个人情感为主题，表达了对人生、爱情和自然的深刻思考和体验。他的诗作中常常流露出对人世沧桑的感慨和对情感的深切抒发，具有浓厚的个人色彩和感情张力。

除了杜牧和李商隐，晚唐时期还涌现出了一批现实主义诗人，他们以批判现实、关怀人民的态度，通过诗歌反映了社会的黑暗面和人民的悲苦生活。皮日休、聂夷中、杜荀鹤等诗人以朴实直接的语言，刻画了社会各阶层的形象，反映了社会的不公和人民的苦难。他们的诗作中常常流露出对社会现实的愤怒和对人民命运的关切，具有强烈的社会责任感和人道主义情怀。

（四）唐五代时期词的形成

词形成于唐代，最初以曲子词之名而为人所知，是一种新颖的诗歌形式。其形式与音乐的紧密结合，又被称为"诗余""长短句""乐府""琴趣"等。词的兴起与发展与唐代经济文化的繁荣息息相关。唐代社会经济繁荣，城市发达，文化交流频繁，市民阶层对文化娱乐的需求日益增长，促进了词的发展。在这一过程中，词的产生也与音乐有着密切的关系。自北周、隋朝时期开始，来自西北各民族的燕乐逐步传入中原，再加上东南亚、中亚、印度等地的音乐影响，与中原音乐、民间俗乐相融合，形成了被称为"唐乐"的音乐形式，其中包括了燕乐。词随着燕乐的广泛传播而得以流传。词的发展也与近体诗的兴起有关。在近体诗的基础上，许多乐工、伶人和诗人对近体诗进行改造，形成了参差不齐的句式与乐曲进行配合，逐渐确立了词的规范。

词最初源自民间，敦煌曲子词中保留了大量的民间词，这些词内容广泛。尽管艺术水平总体上还比较粗糙，但敦煌民间词具有真挚的情感、通俗的语言和丰富的想象，因此仍然具有一定的价值。

晚唐时期是词的发展阶段，文人填词变得更为普遍。晚唐时期，国势逐渐衰微，文人们已不具备盛唐时期的奋发精神，他们更多地流连于秦楼楚馆，创作的词内容相对狭窄，多反映男女情爱，风格趋于柔靡。晚唐词人中，温庭筠、段成式、皇甫松、司空图、韩偓等都是著名的代表人物，其中温庭筠的成就尤为突出。

二、宋代诗词的蓬勃发展

（一）北宋词的发展

1. 北宋前期的词

北宋前期词的创作延续了五代时期的传统，主要以小令为主，情感以柔情为主题，审美倾向以柔美婉丽为主导。然而，与此同时，北宋前期词在传承中也呈现出一些革新之处，词风逐渐向着更深邃、更俊秀的方向发展，内容也开始进一步拓展。词开始逐渐向诗歌化的方向演变，同时开始有规模地创制。

在北宋前期词的发展过程中，词人们在传承五代词风的基础上，不断进行探索和创新。他们在柔情的基础上加入了更深刻、更丰富的情感表达，使词的审美更加多元化。词人们也开始拓展词的题材，不仅局限于情感表达，还涉及社会生活、自然景物等更广泛的内容，使词的表现形式更加丰富多样。

在词的发展过程中，词人们开始尝试将词歌词化，使其更具有诗歌的韵味和艺术性。他们通过对词的结构、语言的运用等方面进行创新和改革，使词的艺术价值得到了进一步提升。词的创制也逐渐步入正轨，形成了一定的规模和体系，这为后来词的发展奠定了坚实的基础。

2. 北宋中后期的词

北宋中后期词坛形成了两大创作群体，一是以苏轼为领袖的苏门词人群体，二是以周邦彦为首的另一词人群体。苏轼以其豪放飘逸的词风为人所知，其词作内容丰富，语境阔大，形成独特的风格，被视为自成一格。然而，苏轼的词作虽具有较高的可读性，却常常不符合音律，因而受到一些批评。

晏几道作为北宋词坛上婉约词派的代表之一，是北宋词坛上最后一位专攻小令的词人。他与其父晏殊并称"二晏"，但在词风和情感表达上有所不同。晏几道的作品仍然坚守着"花间"传统，以小令形式表达男女悲欢离合之情。他的词作中常常表现出对昔日爱情的追忆和刻骨铭心的相思之情，将爱情视为一种纯粹的精神追求。其词的结构常常呈现出今昔两种不同情感世界的对比，通过生动的场景描写，表达出重逢的惊喜和交集之情。上阕回忆初次相遇的一见钟情，下阕则表现别后思念的情感，情感真挚，情义清丽深婉，将梦幻与现实相融合，展现出深刻的内在情感世界。

在北宋词坛上，苏轼和晏几道分别代表了豪放派和婉约派的不同风格和审美取向。他们的词作虽然风格迥异，但都为丰富北宋词的表现形式和情感内涵方面做出了重要贡献，对中国古代词的发展产生了深远的影响。

（二）南宋词的发展

1. 南宋前期的词

在南宋前期词坛中，李清照是最为重要的词人之一，其代表作品集《漱玉集》至今仍为后人传诵。南渡前的李清照生活相对舒适，以家庭为中心，夫妇之间感情深厚。然而，丈夫经常外出为官，这使得她经常感到孤独和寂寞。她的词作多以多愁善感或轻愁思念为主题，如《如梦令·昨夜雨疏风骤》中描写了贵族少女的闲情，情调轻松。《醉花阴·薄雾浓云愁永昼》则以委婉含蓄的笔触表达了闺中的寂寞和离情，展现出对美好爱情生活的向往和对自然的热爱。南渡后，李清照遭遇了国破家亡的巨变，丈夫去世后，她过着漂泊无依的凄苦生活，经历了种种人生辛酸，感情变得更加悲哀沉痛和凄切。

李清照作为中国文学史上最具创造力和成就的女性作家之一，以其独特的视角和才华，在内容上展现了对爱情的热烈追求，表达了真挚的情感。她的作品不仅在形式上超越了传统的"男子作闺音"，更改变了当时男子主导的文坛格局。李清照被誉为"当行本色"的婉约正宗和最高代表，对后世词人产生了深远的影响。

2. 南宋中后期的词

南宋中期的代表人物陆游，在诗歌创作上取得了显著成就，其词作虽然仅是以余力为之，但也展现出与诗篇不相上下的成就。他的词作将写实与抒情高度结合，题材丰富，风格多样。尤其在其爱国词方面，其风格豪放、情感激烈，如《诉衷情·当年万里觅封侯》《汉宫春·初自南郑来成都作》《夜游宫·记梦寄师伯浑》等作品，与其爱国诗篇相媲美，体现了其对国家命运的深切关怀与热情表达。

陆游的作品也不乏清雄旷达之作，如《卜算子·咏梅》，其中所表现的形象抒发慷慨之情，与苏轼的《卜算子·缺月挂疏桐》可谓同调。同时，他的农村词作如《鹧鸪天·煮茧》清新可喜，展现了他对自然情感的敏锐感知与抒发。

南宋后期，国力进一步衰弱，导致收复中原的希望渺茫。在这一时期，词人主要有骚雅派，这一流派规模庞大，作家众多。他们以雅相标榜，以雅为美学理想，并反对俚俗、直露、柔媚、浮艳、狂怪、豪放等风格。他们以诗人的笔法入词，继承并代表了《离骚》开创的传统，主要目的在于表现自我、抒发自我的主观性，强调写心境。骚雅派词人加强了词的表现自我的能力，丰富了词的表现手法，为词的发展与丰富做出了重要贡献。然而，这一倾向也容易使词走向隐晦朦胧、细小破碎的道路，将词带入一个狭小的创作天地，从而影响了词的发展方向。

（三）北宋诗歌的发展

在北宋时期，诗歌创作呈现出显著的发展趋势，其艺术成就和文化价值在文学史上占有重要地位。该时期的诗歌，不仅在形式上继承了前代的优良传统，更在内容与表现手法上进行了创新与突破，体现了时代精神与文化自觉。其中具有代表性的诗人有：王安石、黄庭坚。

1. 王安石的诗歌

王安石的诗歌创作经历了明显的阶段性变化，其前期作品着重关注社会现实，深刻反映了下层人民的疾苦，表达了对社会现状的忧虑和不满。这一阶段的诗作直抒胸臆，语言直白明了，如《感事》《河北民》等作品，生动揭示了农民所受租税之苦以及百姓深受阶级剥削和官府无能的现实。同时，王安石的咏史之作也别具特色，如《明妃曲》一诗通过塑造王昭君的形象，表达了对朝廷屈辱政策的批评和对统治者的讽刺，具有较高的艺术价值和时代意义。

王安石的诗歌风格不仅在政治上高瞻远瞩，而且在表现形式上也颇具创新。他的作品如《登飞来峰》等，既有生动的形象描绘，又包含深刻的哲理思考，展现了诗人的政治勇气和决心。随着晚年罢相隐居后，王安石的诗歌风格逐渐转变，创作中更多地借景抒情，政治性和现实性有所减弱，但诗作炼字精巧，意境清新。他创作的小诗多为七绝，常被称为"半山体"，如《书湖阴先生壁》《泊船瓜州》等作品，描绘了江南山村景致以及怀乡情怀，具有较高的艺术价值和感染力。

2. 黄庭坚的诗歌

黄庭坚是"江西诗派"的开创者，以其丰富的诗歌创作和独特的诗学观念在中国文学史上占据重要地位。他主张诗歌创作源于学问，注重典故引用，并提出"点铁成金"和"夺胎换骨"的诗歌创作核心观点，即从前人诗文中点化出新的意境和表达方式。在一些作品中，黄庭坚关注社会现实，表达对民生疾苦的关切，如《虎号南山》《流民叹》等，这些作品凸显了他对社会的关注与思考。

黄庭坚的诗歌创作经历了生平的曲折与坎坷，尤其是晚年频遭贬谪的境遇。然而，正是在这样的逆境中，他的部分作品展现了突破诗歌理论束缚的勇气和创造力，具有较高的艺术价值。例如，《寄黄几复》《雨中登岳阳楼望君山二首》等作品，不仅在形式上富有变化和创新，而且在情感表达和意境塑造上达到了较高水平，展示了他作为诗人的才华和气魄。

黄庭坚崇尚杜甫，追求诗歌技巧的精湛，刻意追求新颖与变化。他善于构思造拗句，押险韵，形成了独具特色的瘦硬奇峭的艺术风格。这种风格既体现了他对诗歌形式的挑战与探索，又展示了他对诗歌创作的独特理解和审美追求。

（四）南宋诗歌的发展

南宋时期，诗歌在中国文学史上呈现出丰富多彩的发展面貌，其中包括了一批具有代表性的诗人和作品。其中代表性的人物有：杨万里、文天祥。

1. 杨万里

杨万里以其爱国热情和对社会现实的关注而著称。在他的诗歌中，常常可以看到对国家命运的忧虑和对民生疾苦的关怀。通过作品如《初入淮河四绝句》等，他表达了对国家深重灾难和人民生活的同情与担忧。杨万里的诗歌不仅反映了时代的社会政治风貌，更是直接抒发了他内心深处的爱国情感，呼唤着国家的振兴和人民的幸福。

杨万里的诗歌风格独特，其创作涵盖了自然景物和日常生活等多方面内容。他善于运用幽默诙谐的语言，构思新颖奇特，常以通俗活泼的笔调探讨生活琐事。例如，他以《戏笔》中的"野菊荒苔各铸钱"一句，巧妙地将平凡的自然景物与社会现实相结合，展现了他对世态人情的独到见解。尽管杨万里的诗作偶有意境不够深远之处，但其独创性和个性化仍然受到了广泛认可。他能够摆脱诗派的束缚，勇于追求新颖与变化，为南宋诗歌的发展做出了积极的贡献。

2. 文天祥

文天祥作为南宋末期的著名爱国诗人，其诗歌不仅在当时具有重要意义，而且在后世也被视为中国爱国诗歌的经典之作。在南宋末期，国家局势岌岌可危。在这样的背景下，文天祥通过诗歌表达了对家国的深情厚爱和对民族精神的忠诚。

文天祥的诗歌常常流露出对国家兴亡的担忧和对故土的眷恋。在他的诗作中，对祖国的忠诚之情可以用"血染的诗篇"来形容。例如，他在《金陵驿二首》中写道："从今别却江南日，化作啼鹃带血归。"这句诗表达了他被俘后对家园的无限思念和沉痛悲愤。这种痛彻心扉的情感，既是对个人遭遇的诉说，也是对国家命运的深切关注。文天祥的诗歌，以其深刻的思想和激情澎湃的笔触，将爱国情怀融入每一首诗篇之中，成为中国爱国诗歌的典范之作。

文天祥的诗歌具有浓厚的时代色彩和深刻的社会意义。他的诗作不仅反映了当时社会政治经济的动荡和人民的苦难,更是对南宋命运和荣辱的一种见证和记录。他通过诗歌表达了自己对国家兴亡的忧虑和对民族精神的坚守,激励着后人对祖国的热爱和对民族精神的传承。他的诗歌被后人视为中国爱国诗歌的典范之作,深受人们的敬仰和推崇。

第四节　元明清小说戏曲的兴起

在元明清时期,中国文学领域中小说与戏曲的兴起,标志着文学艺术的一次重大转型与创新。这一时期的文学作品,不仅在数量上呈现出前所未有的繁荣,更在艺术表现和文化价值上达到了新的高度,对后世文学发展产生了深远的影响。

一、元代杂剧的兴起

(一)元代杂剧

元代杂剧是中国古典戏剧中一道亮丽的风景线,具有较高的地位,是中国戏剧史上浓墨重彩的一笔,传播较为广泛。元代戏曲艺术在中国文学史上占有重要地位,其中元曲即元代杂剧和散曲两个门类的兴盛,被视为中国戏曲艺术发展成熟的标志。元代杂剧的结构常见为"四折一楔子",虽然也存在着少数变例,如《赵氏孤儿》和《西厢记》等。在元代杂剧中,每一个"折"都是故事情节发展的自然段落,类似于现代戏剧的"幕",并且也是音乐组织的基本单元。元代流行的宫调多达九种,它们在剧情变化中的应用,使得剧作的音乐组织与情节发展相辅相成,展现出丰富的音乐情绪。

"楔子"在元代杂剧中扮演着弥补四折结构限制的角色,类似于现代戏剧中的开场戏或过场戏,使得整体结构更加严密。元代杂剧的末尾常常出现"题目正名",通过一联偶语来概括基本内容,确定剧本名称。元代杂剧的剧本构成包括曲、白、科三个部分,其中"曲"指戏剧人物的唱词,是元代杂剧的主要组成部分,而"白"则指剧中人物的台词和道白,由于杂剧以唱为主,因此将道白称为"宾"。"科"主要指的是戏剧中的动作、表情和舞台效果等,是演员在表演过程中需要遵循的指示和提示。元代杂剧中的角色复杂多样,大致可分为旦、末、净、杂四大类。

(二)元代杂剧的作家及其作品

1. 关汉卿及其杂剧作品

关汉卿是中国元代著名的杂剧作家,他所创作的六十余种杂剧作品中,仅有18种流传至今。这些作品内容丰富,大致可分为社会公案剧、爱情婚姻剧、历史剧三类。从创作方法上看,关汉卿以现实主义笔触描绘了元代社会生活的图景,通过塑造皇亲国戚、权豪势要、夫人小姐、文士书生、寡妇婢女等各类人物形象,真实展现了当时社会的各种阶层和生活面貌。他对现实中的重大问题进行深刻揭露,如统治阶级的贪婪残暴等,同时也表现出对被压迫、受残害的人民的深切同情。

关汉卿的作品兼具现实主义和浪漫主义色彩,体现了积极乐观的人生态度。尽管他通过作品揭示了社会的黑暗面,但同时也展现了对美好的向往和追求。社会公案剧如《窦娥冤》《蝴蝶梦》《鲁斋郎》等,不仅揭露了统治阶级的丑恶行径,更是表达了对人性的探索和对正义的追求。这些作品中所展现的理想主义精神,为当时社会注入了一股正能量,启迪了人们对美好未来的信念。

2. 马致远及其杂剧作品

马致远作为"元曲四大家"之一,在杂剧和散曲方面的成就颇为显著。他创作了15种杂剧作品,其中现存7种。马致远擅长创作神仙道化剧,其作品包括《任风子》《黄粱梦》《岳阳楼》《陈抟高卧》等,这些作品以其独特的文采和深刻的意境而著称。尤其是历史剧《汉宫秋》，被认为是他的代表作之一。马致远的文风优美清丽，意境典雅，被称为"曲状元"，这一美誉足以证明他在元代文学史上的地位和影响。

《汉宫秋》是马致远创作的一部历史剧，以王昭君出塞和亲的故事为题材，吸取了民间传说，对史实进行了改编。这部剧通过加入新的人物角色和情节设置，体现了作者的人生感悟和民族情感。其中，对于王昭君的塑造更为深入，将其塑造成为一个勇敢、坚毅，不畏艰险，敢于牺牲的形象，反映了作者对民族气节的歌颂。此外，剧中还通过对历史事件的再现，表达了对奸佞小人的憎恶、对国家命运的忧虑以及对理想的追求，彰显了作者积极向上的人生态度。

另一部作品《黄粱梦》展现了马致远对归隐思想的追求。这部神仙道化剧以太极真人钟离权度脱吕洞宾的故事为主线，表现了对世俗纷扰的厌倦，向往归隐世外的愿望。剧中所描述的神仙生活，以及对逍遥自在的追求，反映了作者内心深处对于超脱尘世的向往和渴望。

《陈抟高卧》也表达了马致远对于自由自在、隐逸生活的向往和追求，这些作品共同展现了作者对于理想境界的不懈追求和对美好生活的向往。

二、明代小说戏剧的兴起

明代文学是指从朱元璋1368年建国到1644年李自成农民起义军推翻明朝这276年间的文学现象。"明代文学发展流变的重要表征是以小说、戏曲和小品文为代表的休闲性文学的大繁荣，而休闲作为人类重要的精神现象，对人类的思想文化发展意义深远"[①]。

（一）明代小说的发展

在明代，我国小说创作达到了前所未有的繁荣，这一时期的小说文学打破了正统诗文的垄断地位，成为当时文学界的一股新势力。其中，

---

① 李玉芝. 论明代文学休闲化转向 [J]. 北方论丛，2015（4）：24.

文言小说作为一种新兴的文学形式,在明代文学史上占据了重要地位。文人们逐渐将带有小说性质的琐事逸闻纳入笔记之中,这种记录贴近现实生活的文学形式逐渐普及,其中既有质朴真实的记述,也有以奇闻逸事为主题的作品。

1. 长篇小说的类型

(1)历史演义小说。历史演义小说是一类源自宋元时期的文学作品,起源于"讲史"话本,其主要特征是以通俗易懂的语言叙述兴废争战、朝代更迭等历史事件,代表作包括《三国演义》《春秋列国志传》《两汉通俗演义》《东西两晋演义》和《新列国志》等。这类小说多以正史为依据,虚实结合,通俗易懂,有助于普及历史知识。

(2)英雄传奇小说则源于宋元的"说铁骑儿"话本,以历史上的英雄人物为主要描写对象,多反映民族斗争,并寄托一定的民族情感。《水浒传》被视为代表作之一。

(3)神魔小说。神魔小说起源于宋元的"说经"话本,其以神魔鬼怪、奇异幻想故事为主要内容,通过幻想手法曲折地反映现实社会生活,代表作包括《西游记》和《封神演义》等。其他如《三遂平妖传》《三宝太监西洋记通俗演义》《东游记》《南游记》《北游记》《西游补》以及《牛郎织女传》等也是当时较为有名的神魔小说作品。

(4)公案小说。公案小说主要描写冤狱诉讼案件,反映了广泛的社会生活。主要作品有《海刚峰先生居官公案传》《全像包公演义》《包公图判百家公案全传》《皇明诸司公案传》和《龙陶公案》等,这些作品歌颂了清官如海瑞、包拯、况钟等人。

2. 长篇小说的体式

长篇小说的体式中,章回体是我国文学中的一种典型表现形式。其特点在于将整部作品分割为若干章节,每一章节称为"回"或节,每个回或节以单句或两句对偶的文字作为标题,概括该回的故事内容,这称为"题目"。每回的叙述通常以"话说""说"等起叙,而在结尾处常出现"欲知后事如何,且听下回分解"等收束语。每个回都叙述一个较为完整的故事段落,具有相对独立性。

章回体代表作品包括《三国演义》《水浒传》和《西游记》等。其中,《三国演义》作为我国第一部长篇章回体历史演义小说,享有广泛的群众基础和深远的影响。《水浒传》是一部极具代表性的英雄传奇小说,在我国文学史上占据着重要地位。《西游记》作为明代神魔小说的杰作,不仅在文学史上具有崇高地位,也深受一代又一代的读者喜爱。

这些作品以其独特的章回体结构,将广阔的故事内容进行了有效组织,使得整体叙事具有清晰的线索和节奏感。同时,这种体式也有助于读者更好地理解和吸收作品的内容,加深对其中人物命运和情节发展的理解。因此,章回体在我国长篇小说的发展历程中扮演着重要的角色,为中国文学的繁荣和传承做出了重要贡献。

(二)明代戏剧的发展

在中国戏剧文学史上,明代戏曲创作是继元杂剧创作之后的又一座高峰。其数量之多,范围之宽,成就之大,都是空前绝后的。随着明政府中央集权制度的加深,戏曲开始被统治者纳入了宣教的轨道,进行传奇戏曲创作的文人开始用八股文的格调写剧本,将封建社会的人伦纲常教化之意融入戏曲创作中,从而导致了传奇的八股化。

1. 南戏的演变

南戏,即南曲戏文的简称,最初在浙东沿海一带兴盛,被称为温州杂剧或永嘉杂剧,其流行地域主要分布在南方地区,后世为了与元代北方杂剧相区别,将元代南方的杂剧称为南戏。明代后期,南戏逐渐进入宫廷,经历了快速的发展阶段。在此时期,文人作家开始投入南戏的创作,由于创作主体的变迁,南戏也开始向传奇剧目演变。

南戏向传奇的发展,既源于民间艺人和文人作家不同的身份角色,也受到两类剧作不同编剧过程的影响。南戏是一种世代累积的集体创作,而传奇则更多地呈现为文人个人的创作。明代传奇在继承宋元民间南戏基础上得以发展，元末明初出现的《琵琶记》和"荆、刘、拜、杀"四大南戏即是南戏向传奇过渡的最初阶段，然而在概念上两者并不十分明确。

传奇与南戏相比，呈现了一些新的特征。首先，在音乐方面，南戏通常由民间流行的曲子组成，不受宫调限制，而传奇则逐渐采用按宫调填词的方式。其次，在曲词的使用上，南戏主要采用南曲，偶尔使用北曲，而传奇则往往南北曲并用，形成南北合套的风格。实际上，明代传奇是南戏与北方杂剧的一种融合。最后，在乐曲中，明代传奇扩大了曲调的范围，使之更加多样和丰富。第四，明代传奇开始将剧本进行分出，并逐渐规范化，与宋元南戏的不分出形成了明显的对比。

2. 明代杂剧

明代杂剧作家的作品在文坛上占据一席之地。明代杂剧作品种类繁多，包括有姓名可考的种类、姓氏的种类以及至今流传下来的种类。

明初时期，杂剧创作相对单调，但仍有一些杰出的作品。影响较大的杂剧作家包括朱权和朱有燉。朱权是明太祖之子，他的作品多点缀生平、歌功颂德，主要创作类型包括喜庆剧、道德剧和神仙剧。朱有燉是明代杂剧史上创作较多的作家，他的作品内容也主要围绕歌功颂德、神仙道化和鼓吹封建道德等方面。朱有燉突破了元杂剧的规则，创造了对唱、合唱及南、北曲兼用的新体制，推动了明代杂剧的进一步发展。

除了宫廷派杂剧作家，明代还有一些来自中下层文人阶层的杂剧作家。这些作家包括刘东生、王子一、杨景贤、贾仲明等人。他们的作品也对后世产生了一定影响，如刘东生的剧本《娇红记》和杨景贤的剧本《西游记》。

明代中叶以后，著名的杂剧作家包括王九思、徐复祚、徐渭、冯惟敏、王骥德、吕天成、凌濛初、孟称舜等人。他们的作品具有较强的现实批判精神，讽刺喜剧、寓剧和影射现实的历史剧在这一时期占据了较大比重。

三、清代小说戏曲的兴起

（一）清代小说的兴起

1. 社会批判小说的兴起

社会批判小说在清代的兴起，以吴敬梓的《儒林外史》为代表，展现了文人们对封建文化体系中深层结构进行怀疑和批判的精神。这部作品通过对科举制度的剖析，对传统政治型文化进行了反思。作者通过描写几类典型人物，如痴迷于科举制度的周进、范进，近似清醒明智的马二先生以及受人引诱的蘧公孙等，深刻反映了科举制度的种种弊端和荒诞，呼唤人们对自身的认知和对民族文化的真实性有更深层次的理解。

《儒林外史》也揭露了封建礼教的丑陋面目，对道德型文化进行了反思。在进步思想的影响下，吴敬梓通过小说中的形象揭露了礼教的残酷现实，同时也塑造了一些闪耀着时代光芒的形象，如敢于反抗并追求自由的沈琼枝、有独立人格并争取自由的鲍文卿等。这些形象的出现预示着尊重个人价值和个人自由发展的真正人文主义的觉醒，促使民族精神文化得以内省和更新。

《儒林外史》所展现的社会批判精神，不仅在当时对于封建统治和道德文化的质疑和反思，更在后世对于个人自由和人文主义的探索中产生了深远的影响。这部作品的出现，标志着中国文学开始关注社会现实和思考个体命运的思考，为中国近代文学的发展奠定了重要的基础。

2.《儒林外史》的艺术成就

富有民族特色的讽刺艺术在中国文学史上占据着重要的地位，《儒林外史》作为其中的杰作，展现了其独特的艺术成就。以下将对《儒林外史》中的讽刺艺术进行详细解读，以揭示其丰富的内涵和深刻的社会意义。

首先，作者吴敬梓善于把握讽刺的分寸，能够针对不同的人物给予不同程度和方式的讽刺。这种讽刺的灵活运用体现了作者的深刻洞察力和扎实的创作功底。例如，对于腐儒形象如周进、范进、马二先生等的讽刺，往往是包含怜悯之情的。这种怜悯并非对其行为的认同或纵容，而是对其处境的一种理解和同情。而对于贪官污吏与土豪劣绅等的讽刺，则暴露出愤怒的态度，作者用无情的笔触揭示了他们的丑恶行径，展现了对社会黑暗面的严厉批判。这种针对不同对象的不同程度和方式的讽刺，使得《儒林外史》具有了丰富的情感层次和鲜明的社会观察力。

其次，《儒林外史》的讽刺生动而真实，不仅面向社会，挖掘其社会根源，还将诙谐的讽刺与严肃的写实相结合，展现了讽刺的客观真实性。通过对一系列生动的情节和人物形象的描绘，作品生动地再现了当时社会环境的真实面貌。例如，周进撞号板、范进中举后发疯、马二先生游西湖只顾八股文选本的销路等情节，都是当时社会生活的真实写照，使得读者产生共鸣，领会到作者对社会现实的深刻洞察和批判态度。同时，作者对这些被科举制度和社会追逐功名富贵风气所毒害的具体讽刺对象，往往是饱含怜悯之情的。这种带泪的讽刺，使得作品不仅具有批判社会黑暗面的锐利目光，也展现了作者对人性的理解和关怀。

最后，《儒林外史》作为一部喜剧性与悲剧性相结合的作品，具有悲喜交融的美学风格。作品通过喜剧性的情节揭示其中悲剧性的内容，展现了作品讽刺的深刻性和独特的艺术品性。讽刺冷峻、振聋发聩，既显示了作者对社会现实的深刻认识，也展现了其对人性的关怀和理解。尤其是对王玉辉形象的刻画，作者通过真实细腻的描写，展现了一个悲剧性的形象，使得读者深刻感受到封建礼教对人性的扭曲和伤害，进而对社会的现状产生深刻的反思和思考。

3.《儒林外史》的影响

《儒林外史》作为中国文学史上的经典之作，其影响不仅体现在中国小说史上，还对后代的小说创作产生了深远的影响。下面将详细探讨《儒林外史》的影响，并阐述其在晚清谴责小说和鲁迅的小说创作中的具体表现。

首先，谴责小说在内容上吸取了《儒林外史》的批判精神，对科举制度的腐败、名士的虚伪、社会的道德沦丧以及官僚的贪污等社会现象进行了程度不同的揭露和批判。《儒林外史》对封建社会的种种弊端进行了深入剖析和严厉批评，为后来的谴责小说提供了重要的启示和范本。谴责小说以其深刻的社会批判和对人性黑暗面的揭示，成为晚清文学的重要流派之一，为当时社会的变革和文化的更新发挥了积极作用。

其次，鲁迅的小说创作受到《儒林外史》的影响也是显而易见的。鲁迅深刻关注知识分子的命运和社会的弊病，这与《儒林外史》中对科举制度和名士虚伪的批判有着密切联系。鲁迅借鉴了《儒林外史》中的讽刺艺术手法，将对社会黑暗面的揭露与对人性的关怀相结合，塑造了一系列充满生命力和批判力的形象，如《狂人日记》中的孔乙己和《阿Q正传》中的阿Q。虽然鲁迅的批判更为彻底，艺术也更加成熟，但《儒林外史》对他的影响是不可忽视的。

最后，《儒林外史》的影响不仅局限于中国，其译本在世界范围内也得到了广泛传播。英、法、德、俄、越、日等语言版本的译本使得《儒林外史》的影响跨越了语言和文化的障碍，为外国读者了解中国文学和文化提供了重要的窗口。世界各大百科全书对《儒林外史》及其作者吴敬梓也都有概括的介绍和评论，进一步扩大了其影响的范围和深度。

（二）世情小说的创作

清代中期，随着《红楼梦》的出现，世情小说在中国古代小说发展史上登上了顶峰，成为当时众多小说流派中成绩斐然的一派小说。

1.《红楼梦》的具体表现

《红楼梦》作为中国古典文学中世情小说的巅峰之作，以其丰富的情节、深刻的人物描写和独特的艺术手法，展现了一幅封建社会的悲剧画卷。《红楼梦》写的就是一出悲剧，而这出悲剧具体表现在以下方面：

（1）封建大家族的悲剧。在《红楼梦》中，贾府作为小说中的主要舞台之一，是一个典型的封建大家族，其兴盛和衰落过程贯穿全书，成为一条重要线索。贾府代表了封建贵族的兴盛和衰败，通过对其成员、生活和命运的描写，广泛而深刻地反映了封建末世的复杂矛盾和社会的深层次问题。贾府虽然与上层统治阶级有着密切的联系，但其内部矛盾和衰落趋势不可避免。作者通过对贾府家族成员的塑造，展现了封建社会的种种弊端和内在矛盾，揭示了封建家族必然衰败的历史命运。

（2）贾宝玉的人生悲剧。贾宝玉作为小说的主人公之一，是一个半现实半意象化的人物，代表了作者对社会和人生的怨恨、期盼和思考。贾宝玉追求纯真、自由的爱情，尊重一切生命，却深受封建礼教和社会现实的束缚和伤害。他对林黛玉的钟情和对其他女孩子们的关怀，体现了他内心的善良和真诚，但也带来了他的痛苦和无奈。贾宝玉的人生充满了挣扎和迷茫，他感受到了封建社会的冷漠和残酷，最终陷入了无法摆脱的痛苦之中。

（3）女儿国的悲剧。这个女儿国充满了机关算尽、命运坎坷的女性形象，她们或聪明伶俐、或纯真善良，但最终都无法摆脱封建社会的压迫和束缚，注定要面对各种困境和挑战。王熙凤、李纨、史湘云、妙玉等女性形象，都在封建礼教和社会现实的夹缝中挣扎求存，最终陷入了各自的悲剧命运之中。她们的命运反映了封建社会对女性的剥削和压迫，同时也展现了作者对女性命运的关注和思考。

2.《红楼梦》的艺术成就

作为一部具有高度思想性和高度艺术性的伟大作品，《红楼梦》取得了极高的艺术成就，这主要表现在以下方面：

（1）叙事方面。《红楼梦》采用了一种具有现代意味的叙述方式，其中叙述人的角色扮演着至关重要的角色。曹雪芹创造了一个具有假定性和神秘性的叙述者形象，即小说中的"石头"。在叙述过程中，作者与叙述者以及主人公之间存在一种复杂的关系，彼此交织，互相影响。叙述者与作者之间并非完全分离，而是在某种程度上相互渗透，相互交织，这种关系既模糊又密切。

叙事语言方面，小说采用了北方口语为基础进行加工和提炼，使得叙事语言自然流畅、生动形象,并带有浓厚的生活气息和感染力。作者运用的语言不仅神奇诡谲,又兼具平淡朴实之感。此外,叙事语言既遵循着一定的法则,又能够展现出一定的恣肆和酣畅之感。这种多样性使得小说在叙事过程中既具有立体感,又充满了吸引力和魅力。

(2)结构方面。《红楼梦》呈现出一种多条线索并进、相互交织、互相制约的网状结构。从开篇的梦境开始,到结尾的梦境告终,小说构建了一个严密而契合天地循环的圆形结构,体现了人生如梦、世事无常的主题。在这样的结构中,小说中的众多人物和事件,如宝玉的禅机领悟、黛玉葬花、情悟梨香院、闷制风雨词、联诗悲寂寞等情节相互交织,形成了一个立体的、交叉重叠的宏大结构。

这种结构的设计使得小说的情节一环接一环,相互关联,相互影响,呈现出了复杂而丰富的层次。各个情节之间的联系紧密而有序,既有纵向的逻辑,又有横向的发展,使得整个故事呈现出了一种有条不紊的节奏。通过这样的结构,小说中所表达的主题和思想得以更加深入地展现和阐释。这种结构也使得读者在阅读过程中能够感受到故事的丰富性和多样性。不同情节之间的交错和层次分明,使得读者能够更加全面地理解故事的内涵和意义。这种立体的结构设计为小说的情节发展提供了丰富的空间,使得作品具有了更加丰富和深刻的内涵。

(3)人物塑造方面。《红楼梦》展现了丰富多彩、性格鲜明且充满社会内涵的人物形象,每一个角色都以其独特的个性深深吸引着读者的目光。其中,最引人注目的莫过于宝玉、黛玉和宝钗这三位主要人物。宝玉作为故事中的核心人物,生长于富足昌明的家族,却有着与众不同的行为举止,他的风流袅娜、孤高自负的性格,以及对经济之道的冷漠态度,都使得他成为小说中备受瞩目的角色之一。与宝玉相对比的是黛玉,她同样具有独特的个性,她的孤傲自负、情感丰富,让她成为小说中一个令人难忘的角色。宝钗则展现了一种端庄娴雅、城府深沉的特质,她的品格和容貌都让人感到惊艳。

除了这三位主要人物之外,王熙凤的形象也是小说中的一大亮点。

作为荣国府的女主人,她不仅外貌出众,而且在言行举止上展现出了她的独特性格和地位身份。王熙凤机智善变、泼辣豪爽,是家庭管理的得力助手,同时也是一个极端的利己主义者。她的种种行为,如克扣月例银、勾结官府等,都展现了她对于利益的追逐和内心的复杂。

《红楼梦》是章回体小说的巅峰之作,问世之初就引起了极大的反响。乾隆、嘉庆年间,京城已"见人家案头必有一本《红楼梦》"(郝懿行《晒书堂笔录》)。光绪初,士大夫中已有了"红学"的说法(李放《八旗画录注》),甚至有人宣称"开谈不讲《红楼梦》,纵读诗书亦枉然"(《京都竹枝词》)。从此,对《红楼梦》的研究形成了一种专门的学问——"红学"。从早期的以评点、索引、题咏为代表的旧红学,到以考证、评论为代表的新红学,再到后来的新时期红学,《红楼梦》的思想内涵、人物、形象、艺术特征等方面,都得到了日益深入细致的探讨、解析,红学发展呈现出一派生机勃勃、欣欣向荣的景象。

(三)清代戏曲的发展

"清代戏曲的内容和形式都呈现出多元、多样、多变的趋势,从戏曲文学剧本的情况来看,雅与俗两种倾向的并存与互补是突出的特点"①。清代戏曲发展达到了一个崭新的阶段。其中,主要是昆曲发展到极致而转衰;地方戏曲勃兴;闻名于世的京剧形成。促使清代戏曲发展的原因如下:

1. 昆曲的地位

在清代初期,昆曲享有极高的地位,被视为"正音",在上层社会具有显著的地位和影响力。士大夫阶层对昆曲情有独钟,拥有自己的戏班,并将听曲看戏作为日常消遣的重要方式。他们不仅具备相当的经济实力,还深具文化修养,因此在昆曲表演中展现出较高的艺术造诣。这些士大

---

① 王永宽. 清代戏曲的雅俗并存与互补[J]. 东南大学学报(哲学社会科学版),2008(3):86.

夫们对昆曲的倾心与推崇，不仅促进了昆曲的发展，也推动了昆曲艺术的改进与提升。

士大夫阶层对昆曲的青睐程度在当时社会可谓是独具一格。他们不仅是昆曲的欣赏者，更是其中的重要推动者和改进者。对于昆曲的演出和表现，士大夫们提供了持续的支持和鼓励。他们的经济实力和文化底蕴，为昆曲的繁荣提供了坚实的基础。

昆曲因其地位之高而受到了极大的重视。昆曲曲谱的制定更是经过了精心设计和详尽记录，从康熙至乾隆年间，相继出现了一系列详细的昆曲曲谱。这些曲谱的问世，标志着昆曲艺术达到了前所未有的高度，形成了独具特色的艺术体系和演出规范。

随着时间的推移，昆曲的高度发展也逐渐走向衰落。曲谱制定的过度严格和琐细，导致了昆曲的局限性增加，使得昆曲的表演和传承受到了影响。尤其是在乾隆时期之后，昆曲的衰落趋势愈发明显，曾经的繁荣景象逐渐消退。

2. 通俗的地方戏曲

地方戏曲在中国戏曲形式的演变中扮演着不可或缺的角色，尤其是在清代，其地位和影响力达到了前所未有的高度。相较于昆曲等传统戏曲形式，地方戏曲以其通俗易懂的特点，吸引了广大民众的热情与关注，成为社会下层群众喜爱的文艺娱乐形式。

清代地方戏曲的盛行，部分源于当时社会文化环境的变化。在昆曲渐衰之际，地方戏曲迅速崛起，成为广大民众娱乐消遣的主要选择。其曲调朴实直接，词意深入人心，使得即便妇孺亦能津津有味地欣赏，这一特点使地方戏曲得以在社会底层迅速传播开来。

地方戏曲之所以备受欢迎，还在于其富有独特魅力的表现形式。其通俗化的语言风格、悠扬动人的曲调以及诙谐热闹的形式，深深吸引了社会下层广大民众的喜爱与追捧。在郭外各村等地，地方戏曲的演出更是成为农叟、渔夫们传唱演唱的日常活动，久而久之，成为当地人文生活的一部分。

尽管地方戏曲在初期曾遭受非议和禁止，但其独特魅力和广泛流传的影响力使得它逐渐获得了社会认可与尊重。在与昆曲等传统戏曲的竞争中，地方戏曲不断取得了优势地位。即便在士大夫阶层中，地方戏曲也开始逐渐受到认可和推崇，成为不可忽视的文化现象。

3. 京剧的产生

京剧作为中国传统戏曲的代表之一，其产生历经了一个渐进而又富有变革的过程，其背后蕴含着丰富的历史文化内涵。在解释京剧产生的过程时，不仅需要探讨其历史背景和文化环境，还需要深入探讨不同剧种之间的交流融合以及京剧在社会上的地位和影响。

首先，理解京剧的产生背景，必须考察清代北京的文化状况。作为政治、经济、文化的中心，北京聚集了众多的文化人才和戏曲艺人，形成了繁荣的戏曲市场。在乾隆初年，昆曲等传统剧种在京城剧坛上占据主导地位，但随着时间的推移，徽班等其他剧种也开始进入北京，引发了剧种之间的激烈竞争和交流。徽班作为其中一支重要的剧种，最初只在内廷供奉，与外界接触有限。然而，随着徽班改为外班并与其他剧种进行交流，徽班的声腔表演逐渐扩展至西皮和二黄等，吸收了其他剧种的长处，并逐步形成了皮黄戏，即后来的京剧。这种剧种之间的融合和发展，标志着京剧的初步形成。

其次，理解京剧的风行全国，需要从其艺术特点和社会地位两个方面进行考察。京剧在形成之后，以其独特的表演形式和音乐艺术风格风靡了全国。其艺术特点包括折子戏、唱腔、动作表演等，这些特点吸引了广大观众的喜爱，并得到了社会的广泛认可。京剧的风行还得益于其能够适应不同地域观众的口味和文化需求。京剧将南方戏曲艺术移植到北方，并结合了北京地区的语言、风俗习惯，使其具有了更广泛的受众群体。这种南北文化的融合和京剧艺术的多元性，使其成为中国戏曲领域的主导剧种，经久不衰。

第二章 古代文学的观念解读与鲜明特征

在古代文学的宝库中,我们探寻着那些跨越时空的文字魅力。古代文学不仅承载了古人的智慧与情感,更映射出他们独特的文化观念和审美追求。本章节将深入探讨古代文学的鲜明特征,从观念解读、形式风格、主题思想到审美技巧,全面剖析其深层内涵。通过这一研究,我们不仅能更好地理解古代文学的艺术价值,还能从中汲取灵感,为当代文学与文化发展提供宝贵的借鉴与启示。

第一节 古代文学的观念解读

古代文学观念的历史演变是一个复杂而丰富的过程,它不仅反映了各个时期社会文化的特点,也体现了文学自身发展的内在逻辑。

一、古代文学观念的内容维度

(一)文学与道德

在古代文学观念中,文学与道德的关系占据着核心地位。文学被视为道德教化的重要工具,尤其在儒家思想体系中,文学的道德功能被高度重视。儒家主张通过文学来传递道德规范、培养个人品德,以达到社会教化的目的。在这种观念下，文学作品不仅是情感和艺术的表达，更肩负着弘扬正义、传播美德的重要使命。通过文学作品，古代文人试图引导人们走向道德高地，树立正确的价值观和道德标准。文学因此被视为一种能够激发情感、观察社会、表达不满和陶冶性情的工具，其目的在于提升社会整体的道德水平。

（二）文学与政治

文学与政治的关系在古代中国同样紧密。文学不仅是个体情感和思想的表达，更是政治理念和社会观念的传播工具。在古代社会，文人通过诗歌、散文等形式，表达对政治现实的批判或赞美，传达政治理念和社会责任感。文学作品中的隐喻和象征常常蕴含着对统治者的讽刺或颂扬，对社会现象的揭露或赞美，从而在一定程度上反映了文人的政治立场和社会关怀。文学与政治的结合使得文学不仅在艺术层面上具有重要价值，在社会政治生活中也发挥着积极作用，成为文人参与政治、表达意见的重要途径。

（三）文学与自然

文学与自然的关系在古代文学中表现为一种深刻的审美追求和哲学思考。受道家思想的影响，古代文学强调人与自然的和谐共生，追求"天人合一"的境界。自然景物在文学作品中不仅是外在的描写对象，更是内在情感和哲理思考的投射。文学作品通过对自然美景的描绘，表达对自然之美的赞美和向往，也反映了文人对生命本质的探索。自然在古代文学中成为一种象征，体现了文人对自然和谐之美的追求，对生活哲理和生命意义的深刻思考。

（四）文学与人生

文学与人生的关系是古代文学观念中最为深刻和广泛的主题。文学作品常常通过各种形式探讨人生的意义、价值和目的。从古代民间歌谣到个人抒情诗作，从哲理性诗词到描写人生百态的小说，文学作品展现了对人生的深刻理解和独到见解。文学不仅是对个人和社会生活经验的记录，更是对人生价值的探索和对人生理想的追求。通过文学，文人们表达对人生哲理的思考，反映个人的情感体验和社会现实，传达对生命的深刻认识和理解。

二、古代文学观念与创作实践

古代文学观念与创作实践之间的关系是相互影响、相互促进的。这些文学观念不仅指导着文学创作的方向，而且在创作实践中不断得到反馈和修正。通过探讨古代诗歌、散文、小说和戏曲的创作实践，可以更清晰地看到文学观念如何具体影响和塑造了这些文学形式。

（一）诗歌创作中的文学观念

诗歌作为中国古代文学的瑰宝，其创作深受儒家和道家等文学观念的影响。

儒家文学观念强调诗歌的教化功能，认为诗歌能够"兴观群怨"，即激发情感、观察社会、表达不满和陶冶性情。孔子在《论语》中提倡"诗教"，强调诗歌在道德教育中的作用。儒家认为，诗歌应当传达正义和美德，起到引导人们向善的作用。在这种观念的指导下，诗人们在创作时不仅注重表达个人情感，更关注如何通过诗歌作品传递道德教诲和社会关怀。

道家文学观念更注重诗歌的审美和自然属性，强调诗歌作为表达自然之道和个人情感的媒介。道家主张顺应自然、追求心灵的宁静与和谐，这种观念在诗歌创作中体现为对自然景物的细腻描绘和对心灵状态的深刻体验。诗人在创作过程中，通过描绘自然景色和表达对自然的赞美，追求音韵和谐、意境深远的艺术效果，从而达到"天人合一"的审美境界。

（二）散文创作中的文学观念

散文作为一种灵活多变的文学形式，在古代文学中占有重要地位。

儒家文学观念对散文创作的影响主要体现在对内容的道德教化要求上。儒家学者提出"性善论",认为文学能够启迪人的内在善性,促进个人品德的提升。这种观念在散文创作中体现为对道德情操的强调和对社会责任的关注。文人在创作散文时,通过叙述个人经历、社会现象或历史事件,传递道德价值观和人生哲理,以达到教化世人的目的。

道家文学观念在散文创作中则更注重散文的审美和自然属性。道家强调自然之美和语言的自然流畅,散文创作应追求内容的哲理性和语言的优美性。文人在创作散文时,常通过描写自然景象、探讨人生哲理,展现对生命本质的深刻理解和对自然和谐的向往。这种创作实践不仅丰富了散文的艺术表现形式,也深化了散文的思想内涵。

(三)小说创作中的文学观念

小说作为一种叙事文学形式,在古代文学中经历了从萌芽到成熟的过程。

儒家文学观念对小说创作的影响主要体现在对人物形象的道德评价和对社会现实的反映上。儒家强调忠义、仁爱等道德品质,小说作品中塑造的英雄人物往往具有这些美德,以引导读者向善。小说通过讲述历史故事、描绘人物形象,反映社会现象和道德观念,起到教育和警示的作用。

道家文学观念在小说创作中的体现则更多地表现为对自然和人生的探索。道家注重自然法则和个人自由,小说中常通过奇幻的故事情节和丰富的想象力,探讨自然与人性的关系。小说作品通过描绘神奇的冒险历程和人物的心灵探索,表达对自由和谐、自然之美的向往,体现了道家的哲学思想和审美追求。

(四)戏曲创作中的文学观念

戏曲作为中国古代文学的重要组成部分,其创作同样受到儒家和道家等文学观念的影响。

儒家文学观念在戏曲创作中体现为对人物道德品质的强调和对社会伦理的维护。戏曲作品通过讲述忠孝节义的故事，塑造道德高尚的人物形象，传递儒家的伦理道德观念，教育观众向善，维护社会的道德秩序。

道家文学观念在戏曲创作中的体现则更多地表现为对自然和谐与人生哲理的追求。戏曲作品通过描绘人物与自然的关系，表现对自由和谐的生活状态的向往，以及对人生意义的深刻思考。戏曲创作在表现人物命运和情感时，常借助自然景象和哲理思考，丰富了戏曲的艺术表现力和思想深度。

三、古代文学观念的影响与价值

古代文学观念作为中华文化的重要组成部分，对后世文学创作、文学批评以及文化传承产生了深远的影响。通过深入探讨这些影响，可以更好地理解古代文学观念的价值和意义。

（一）对后世文学的影响

古代文学观念对后世文学的影响是多方面的。

首先，古代文学观念为文学创作提供了丰富的思想资源和艺术手法。儒家文学观念中的道德教化思想，影响了后世文人对于文学的社会责任和道德追求，促使文学作品在道德内涵方面得到深化。儒家倡导的"诗教"，使得文学作品不仅要具备艺术价值，还需承担道德教育的功能。道家文学观念中的自然和谐思想，则为诗歌、散文等文学形式提供了独特的审美追求，道家注重自然之美和心灵的自由，这种思想在后世文学创作中得到广泛应用，丰富了文学作品的意境和情感表达。

其次，古代文学观念对文学体裁的发展也产生了重要影响。诗歌、散文、小说、戏曲等文学体裁在继承古代文学观念的基础上，不断创新和发展，形成了各自独特的艺术风格和表现手法。古代文学观念中强调的结构严谨、语言优美和情感真挚，成为后世文学创作的重要标准。通过不断探索和创新，这些文学体裁不仅继承了古代文学的精髓，还在新的历史背景下焕发出新的活力。

（二）对文学批评的影响

古代文学观念对文学批评的影响同样显著。它为文学批评提供了理论基础和批评标准。儒家文学观念强调文学作品的道德教化功能，因此在文学批评中，评价一部作品往往要考虑其道德价值和产生的社会效果。儒家的伦理观念和社会责任感，使得文学批评不仅关注作品的艺术价值，还重视其社会意义和道德影响。道家文学观念则更注重文学作品的审美价值，强调作品的艺术性和创造性。道家对自然之美的追求，使得文学批评在评判作品时，更加关注其意境和情感表达的深度。

此外，古代文学观念还影响了文学批评的方法和视角。儒家文学批评倾向于从社会和道德的角度进行分析，注重作品对社会的积极影响和道德启示。道家文学批评则更注重作品的自然美和内在情感，从个体的心灵体验出发，探讨作品的哲理和审美价值。这些不同的批评视角，使得文学批评在方法和内容上更加丰富多样，能够全面深入地解读文学作品的多层次意义。

（三）对文化传承的影响

古代文学观念对文化传承的影响是深远的。

首先，古代文学观念为中华文化的传承和发展提供了重要的精神支撑。古代文学观念中蕴含的道德观念、审美追求和人生哲理，成为中华文化的核心价值之一，影响了一代又一代的中国人。儒家的伦理道德和社会责任感，道家的自然和谐和心灵自由，这些观念在文化传承中起到了重要的作用，塑造了中华民族的精神面貌和文化特质。

其次，古代文学观念通过文学作品的传播，促进了文化的交流和融合。文学作品作为文化的重要载体，不仅在国内传播古代文学观念，也在国际上展示了中华文化的魅力。古代文学作品中蕴含的深刻思想和独特艺术形式，吸引了众多海外学者和读者。通过文学的传播和交流，促进了中外文化的相互理解和融合。古代文学观念在国际文化交流中，不仅展示了中华文化的博大精深，也丰富了世界文学的多样性。

四、古代文学观念的现代解读

古代文学观念作为中华文化宝库中的珍贵遗产，不仅在历史上具有深远的影响，而且在当代社会依然具有重要的价值和意义。

（一）现代视角下的古代文学观念

在现代视角下，古代文学观念呈现出新的解读和价值。

首先，现代学者通过对古代文学作品的重新审视，挖掘出古代文学观念中的普遍性和时代性。例如，儒家文学观念中的道德教化思想在现代社会依然具有启发性，引导人们追求高尚的道德品质。儒家强调的"修身齐家治国平天下"理念，仍然为当代社会提供了道德准则和行为规范，强调个人修养对社会和谐的重要性。这种道德教化功能在当今社会的公民教育中依然具有重要意义。

其次，现代视角下对古代文学观念的解读，更加注重文学的多元性和包容性。现代学者认识到，古代文学观念并非单一的、固定的，而是多元的、发展的。这种多元性和包容性为现代文学创作提供了丰富的灵感和可能性。例如，道家的自然和谐思想在当代生态文学中得到了新的诠释，强调人与自然的和谐共生，这与现代环境保护理念相契合。通过对古代文学观念的多维度解读，现代文学得以在继承传统的基础上，不断创新和拓展，展现出新的生机与活力。

（二）古代文学观念与现代文学的关系

古代文学观念与现代文学之间存在着紧密的联系。

一方面，现代文学在继承古代文学观念的基础上进行了创新和发展。例如，现代诗歌在继承古代诗歌的韵律美和意境美的同时，也吸收了现代语言和表现手法，形成了独特的现代诗歌风格。古代文学观念中的意境创造、情感抒发和形式美追求，成为现代文学创作的重要参考和灵感来源，推动了现代文学形式和内容的多样化发展。

另一方面，现代文学在反思和超越古代文学观念的过程中形成了自己的特色和价值。现代文学作品在表现现代社会的复杂性和多样性时，往往采用更加开放和多元的视角，对古代文学观念进行了重新诠释和拓展。现代文学不仅关注个体的情感和经历，还关注社会的变迁和现实问题，通过多元的叙事手法和创新的艺术表达，赋予古代文学观念新的内涵和时代意义。古代文学观念中的"诗教"精神在现代文学教育中也得到了延续和发展，成为培养文学素养和文化自信的重要途径。

（三）古代文学观念在当代的传承与发展

古代文学观念在当代的传承与发展，体现在多个领域。

首先，在教育领域，古代文学观念作为中华文化的重要组成部分，被纳入文学教育和道德教育中，对培养现代公民的文化素养和道德素养具有重要作用。通过对《论语》《孟子》《庄子》等古代经典文学作品的学习，学生不仅能够理解古代文学观念中的智慧和哲理，还能在潜移默化中树立正确的价值观和人生观。

其次，在文学创作领域，古代文学观念为现代作家提供了丰富的思想资源和艺术手法。现代作家在继承古代文学观念的基础上，结合现代社会的特点，创作出具有时代特色的文学作品。古代文学观念中的意境创造、修辞技巧和叙事方式，为现代文学创作提供了重要的参考和借鉴，推动了现代文学形式的创新和内容的丰富。在网络文学、影视剧创作等新兴文学形式中，古代文学观念的影响也随处可见，成为现代文艺创作的重要资源。

最后，在文化交流领域，古代文学观念作为中华文化的重要载体，通过文学作品的翻译和传播，促进了中华文化与世界文化的交流和融合，提升了中华文化的国际影响力。古代文学作品中的哲理和艺术成就，通过翻译和传播，吸引了众多海外学者和读者，促进了中外文化的相互理解和借鉴。在国际文学交流活动中,古代文学观念中的智慧和美学,成为展示中华文化软实力的重要组成部分,推动了中华文化在全球范围内的传播和认同。

第二节 古代文学的形式及风格

中国古代文学是中华文化的重要组成部分,其形式多样、内容丰富。以下将从诗歌、散文、小说和戏曲四个主要方面,系统地探讨这些文学形式的定义与分类,并深入分析其特征及演变。

一、古代诗歌的形式及风格

"中华文化博大精深,源远流长,诗歌发展至今已有三千多年历史,是我国文学样式一块瑰宝,更是中国传统文化的重要组成部分,其对现代文学的发展起着积极的推动作用"[①]。诗歌作为中国古代文学的重要表现形式,历来受到文人的青睐和推崇。其定义可以从形式和内容两个方面进行理解:在形式上,诗歌讲究韵律和节奏,通过押韵、对仗等手法形成其独特的美感;在内容上,诗歌不仅承载了个人情感的抒发,还反映了社会生活、自然景观及哲学思考等方面的内容。

(一)诗歌形式

1. 古体诗与近体诗

古体诗与近体诗是中国古代诗歌的两大基本形式。

古体诗又称古风,始于先秦时期,注重自然的抒发和自由的表达,形式较为灵活,不严格遵循平仄和对仗的规则。古体诗包括四言古诗、

---

① 任媛媛. 试论古代诗歌在现代文学中的应用 [J]. 吉林广播电视大学学报,2014(8):67-68.

五言古诗和七言古诗等,代表作有《诗经》和《楚辞》等。

近体诗亦称今体诗,严格遵循平仄、对仗、押韵等格律要求,形成于南北朝末期,唐代达到高峰。近体诗包括律诗和绝句,律诗有五言律诗和七言律诗,绝句有五言绝句和七言绝句,形式整齐划一,注重音律美。

2.《诗经》、楚辞、汉赋、唐诗、宋词、元曲

《诗经》是中国最早的一部诗歌总集,收录了从西周初年到春秋中叶的诗歌305篇。它以四言为主,分为风、雅、颂三部分,具有鲜明的民歌特色和礼乐风范。

楚辞是战国时期楚国诗人屈原创作的诗歌体裁,以其独特的楚地方言和浪漫主义色彩,丰富了中国诗歌的表现形式。

汉赋作为汉代特有的文学体裁,融合了散文和韵文的特点,以铺陈夸张的手法描绘物象,表现盛大宏伟的气势。汉赋的代表作品以其宏大的气魄和华丽的辞藻,成为汉代文学的瑰宝。

唐诗是中国古典诗歌的巅峰,风格多样,内容丰富。唐诗不仅在形式上追求音律和谐美,而且在内容上涵盖了社会生活的各个方面。

宋词则以婉约和豪放两大风格著称,形式上更加自由灵活,注重词调的配合和情感的表达。

元曲结合了戏剧和诗歌的特点,以通俗易懂的语言和生动的表演形式,成为元代文学的重要组成部分。

(二)风格特点

诗歌作为中国古代文学的重要形式之一,其风格特点体现了时代的精神风貌和文化内涵。

1.《诗经》的风格特点

在《诗经》中,风、雅、颂三部分各具独特的风格。

风部以其自由灵动的形式和丰富多彩的内容而闻名。这部分诗歌多为各地民歌,反映了古代社会各阶层人民的生活、情感和价值观念。

雅部分被分为大雅和小雅，多为贵族阶层所作，具有较高的艺术性和思想性，反映了当时社会的礼乐文化和统治阶级的审美追求。

颂部分多用于祭祀和礼仪，其风格庄重典雅，体现了古代宗庙祭祀的庄严氛围与精神内涵。

2. 楚辞的浪漫主义色彩

楚辞作为中国古代文学的重要代表之一，其浪漫主义色彩影响深远。楚辞注重情感的抒发和想象的驰骋，以华丽的语言和奇特的意象描绘了诗人的内心世界和理想生活，表现了对自然、爱情、人生等主题的追求和思考。楚辞的浪漫主义色彩在中国古典文学史上具有重要地位，为后世文学创作提供了丰富的艺术资源和精神营养。

3. 唐诗的多样风格

在唐代诗歌中，多样性是其风格的显著特点。边塞诗描绘了边疆战争和将士生活，豪迈壮阔，充满了英雄气概；田园诗则描绘了田园风光和乡村生活，清新自然，展现了诗人对田园生活的热爱；而豪放诗以其激昂的情感和奔放的语言，表现了诗人的豪迈情怀和积极进取的精神。此外，还有山水诗、宫廷诗等不同风格，每种风格都反映了唐代诗人多样的审美追求和内心体验。

4. 宋词的婉约与豪放

宋词作为宋代文学的代表，形成了婉约和豪放两大风格。婉约派词风细腻柔美，语言优雅，多以描写爱情、离别和个人情感为主，表现了词人细腻的情感和深沉的思考。豪放派词风豪迈奔放，语言雄浑，内容多为抒发壮志豪情和对现实的感慨，表现了词人开阔的胸襟和不屈的精神。婉约与豪放两大风格互为补充，丰富了宋词的表现力和艺术魅力。

二、古代散文的形式及风格

散文作为另一种重要的文学形式，其定义相对宽泛。散文以其内容的丰富性和形式的多样性著称，不受韵律和对仗的限制，强调自然流畅的表达和灵活多变的结构。散文的内容涵盖了历史记述、哲学论述、社会风俗、个人情感等多个方面。

（一）散文形式

中国古代散文的形式多样，可以根据不同的标准进行划分。按内容和功能，散文可分为记叙文、议论文、抒情文等。记叙文主要以叙述事件为主，通过生动的描述和具体情节，展现人物的形象和事件的发展，代表作品有《烛之武退秦师》。议论文以论证为主要手段，通过严密的逻辑和有力的论据，表达作者的观点和立场，代表作品有《师说》。抒情文则重在抒发个人的情感和思想，语言优美，情感真挚，具有较强的感染力，代表作品有《春江花月夜》。

按文体形式，散文可分为骈文和散体文。骈文以其对仗工整、音律和谐而著称，常常运用排比、对偶和华丽的辞藻，形成一种绚丽多姿的艺术风格。骈文起源于汉末，形成并盛行于南北朝，以其形式上的严谨和辞藻的华美，成为当时文人创作的重要体裁。散体文则以自由、灵活的形式见长，不拘泥于对仗和音律，更加注重内容的表达和思想的阐发。散体文在先秦时期已有较大发展，至唐宋时期达到高峰，成为古代文学的重要组成部分。

（二）风格特点

"在秦汉时期，中国的疆土进一步扩大，各民族进一步融合，特别是在武帝时代，达到了全盛时期，经济繁荣，文化发达。进入汉代以后，文学的价值开始受到统治者的重视，两汉文学开创了文学发展的新局面。散文、诗歌、辞赋全方面发展。从整体上来看，汉代的文学形成了许多自身的特点，并在中国文学史上占有重要地位"[1]。先秦散文以其朴实无

---

[1] 马君，李雪. 中国古代文学创作研究[M]. 长春：吉林人民出版社，2023：15.

华、内容丰富的特点著称。先秦时期的散文作品,如《左传》《国语》《战国策》等,以记叙历史事件和政治谋略为主,语言简洁明快,富有哲理性。这些作品不仅记录了当时的社会风貌和历史变迁,也蕴含着深刻的政治智慧和人生哲理,具有较高的文学和思想价值。

两汉时期的散文在继承先秦传统的基础上,逐渐形成了庄重典雅的风格。汉代散文如《史记》《汉书》等,不仅在内容上更加丰富多彩,在形式上也更趋成熟。两汉散文注重语言的精练和修辞的运用,讲究词句的对仗和音韵的和谐,形成了一种庄重典雅、气势宏大的艺术风格。这种风格不仅反映了汉代文人的审美追求,也展示了汉代文化的辉煌与灿烂。

魏晋南北朝时期的散文风格独具一格,以其清新流丽、意境深远而著称。魏晋时期的散文,如《世说新语》《文选》等,以记叙逸事和抒发情怀为主,语言清新自然,文风洒脱飘逸,表现了文人们对个性解放和自由精神的追求。南北朝时期的骈文,虽然在形式上更加华丽工整,但也不乏清新流丽的特点,形成了一种既有形式美又富有情感表达的独特风格。

唐宋散文在中国文学史上占有重要地位,以其理性与情感并重的特点著称。唐代散文,如韩愈的《进学解》、柳宗元的《捕蛇者说》等作品,强调"文以载道",注重理性思辨和思想的表达,语言简洁有力,风格质朴雄健。宋代散文,如欧阳修的《醉翁亭记》、苏轼的《赤壁赋》等作品,则在继承唐代传统的基础上,更加注重情感的抒发和文学的审美追求,形成了理性与情感并重、形式与内容兼美的独特风格。这种风格不仅体现了宋代文人的审美追求,也反映了宋代文化的高度发达和多样性。

三、古代小说的形式及风格

小说作为一种叙事文学形式,在中国古代文学中占有重要地位。小说的定义是以虚构的故事情节和人物形象来反映现实生活,具有较强的叙事性和艺术性。小说通过描写人物的活动、心理状态和社会环境,揭示社会矛盾和人生哲理。

(一)小说形式

1. 短篇小说与长篇小说

古代小说在形式上可分为短篇小说与长篇小说。

短篇小说篇幅较短,情节集中,通常描绘单一事件或人物,具有情节紧凑、叙述简洁的特点。代表作品如明清时期的《聊斋志异》,收录许多短小精悍、寓意深刻的故事,每一则都独立成章,通过奇幻的鬼怪故事反映当时社会的种种现象。

长篇小说则篇幅较长,情节复杂,涵盖多个事件和人物,通过详细的描写和叙述,展现出丰富的社会生活和多层次的人物关系。如《红楼梦》,这部清代的长篇小说以其宏大的叙事结构、细腻的人物刻画和深刻的社会批判,成为中国古典小说的巅峰之作,展现了封建社会的兴衰历程和人物的悲欢离合。

2. 章回体小说、笔记小说和话本小说

章回体小说是中国古代长篇小说的主要形式之一,结构上以章回分节,每章回都有标题,内容相对独立但彼此联系紧密。章回体小说在叙事上常采用"引子—正文—收尾"的模式,注重情节的发展和人物的刻画。代表作品如《三国演义》,通过一个个紧密相连的章回,讲述了东汉末年到西晋初年间的英雄豪杰和历史事件,人物形象鲜明,情节跌宕起伏。

笔记小说是一种以记录奇闻逸事、逸闻趣事为主要内容的小说形式,常见于魏晋南北朝及后来的各个时期。这类小说篇幅短小,内容多样,语言简洁,常以片段或短小故事的形式出现,注重记录与描述。代表作品如《世说新语》,收录众多魏晋时期名士的言行轶事,展现了那个时代的风貌和人物性格。

话本小说是宋元时期兴起的一种通俗小说形式,以市井小民的生活为题材,语言通俗易懂,情节生动有趣,具有浓厚的市井气息和现实色彩。话本小说通常以故事会的形式进行口头传播,经后人整理成书。代表作品

如《警世通言》，收录许多以市井生活为背景的故事，情节曲折，语言生动，反映了当时社会的种种现象和人们的生活状态。

（二）风格特点

1. 先秦神话传说的幻想风格

先秦时期的神话传说以其丰富的幻想色彩和奇异的情节著称。这类作品往往充满了超自然的元素，如神灵、怪物、奇异的自然现象等，通过这些幻想元素的叙述，表达了古人对自然和宇宙的认识与想象。代表作品如《山海经》，书中记载了大量奇珍异兽、神话传说和地理知识，充满了丰富的想象力和奇幻色彩，为后世文学创作提供了无尽的灵感来源。这种幻想风格不仅丰富了古代文学的想象力，也为后世的文学创作提供了丰富的素材和灵感。

2. 魏晋志怪小说的神秘色彩

魏晋志怪小说以其神秘莫测的风格和奇异的内容著称。志怪小说记录了大量关于鬼神、怪异事件的故事，如《搜神记》，通过对神秘色彩的叙述，反映了当时人们对未知世界的好奇和恐惧。志怪小说不仅在内容上充满了神秘感，其叙述方式也常常采用离奇诡异的笔调，使读者在阅读时感受到强烈的神秘氛围。

3. 唐代传奇小说的浪漫与现实结合

唐代传奇小说以其浪漫主义与现实主义相结合的风格著称。这类小说常常通过奇幻的情节和美丽的想象，如《莺莺传》《柳毅传》等，表现出对爱情、理想、侠义精神的追求。同时，唐代传奇也注重现实生活的描写，如《李娃传》通过对社会现实的细致描绘，展现出唐代社会的风貌和人们的生活状况。这种浪漫与现实结合的风格，使唐代传奇小说既富有幻想色彩，又具有现实意义。

4. 宋元话本小说的市井气息

宋元话本小说以其浓厚的市井气息和对现实生活的描写而广受欢迎。这类小说多以市民生活为题材，如《清平山堂话本》《大宋宣和遗事》等，语言通俗易懂，情节生动有趣，常常通过市井小民的故事，反映出当时的社会现实和人们的日常生活。话本小说的市井气息不仅使其具有广泛的群众基础，也为后世的文学创作提供了丰富的题材和表现手法。

5. 明清长篇小说的世情与历史描绘

明清长篇小说以其对社会世情和历史事件的详细描绘而著称。这类小说如《三国演义》《水浒传》《西游记》《红楼梦》等，通过复杂的情节和众多的人物，展现了当时社会的方方面面，从宫廷权谋到市井生活，无所不包。长篇小说注重对人物性格的细腻刻画和对社会现实的深入描写，形成了内容丰富、结构复杂、风格多样的文学特色。

四、古代戏曲的形式及风格

戏曲是中国古代文学中一种综合性的表演艺术形式，其定义包括文学、音乐、舞蹈和戏剧等多种成分。戏曲不仅是一种文学形式，更是一种表演艺术，通过唱、念、做、打等手段，将文学作品转化为舞台表演。

（一）戏曲形式

1. 南戏、杂剧、传奇

中国古代戏曲的形式丰富多样，主要包括南戏、杂剧和传奇。

南戏又称戏文，起源于南方，特别是浙江温州一带。南戏的演出形式和内容丰富多样，既有历史故事，也有民间传说，其语言通俗易懂，音乐旋律优美，富有地方特色。南戏的结构较为松散，篇幅较长，常常包含大量的曲牌和过场音乐。

杂剧是元代最为兴盛的戏曲形式，起源于北方，以北京为中心发展起来。元杂剧结构紧凑，一般由四折一楔子组成，每折独立成篇但又相互关联。杂剧重视情节发展和人物刻画，语言简洁有力，唱词和对白兼备，音乐旋律清新明快。

传奇是明清时期兴起的戏曲形式，受南戏和杂剧的影响而发展。传奇结构复杂，篇幅较长，常常包含多达数十折的内容。传奇注重故事的完整性和戏剧性，角色众多，情节跌宕起伏，音乐和舞蹈成分较多，表演形式多样。

2. 科白、曲词、唱腔

戏曲的表演形式离不开科白、曲词和唱腔。

科白是指戏曲中的对白和叙述部分，用以推动剧情发展和表现人物性格。科白既包括剧中人物的对话，也包括旁白和场景说明。科白语言生动，具有强烈的节奏感和感染力。

曲词是戏曲中的唱词部分，由演员按照特定的曲牌演唱。曲词不仅要求押韵、合辙，还需与剧情、人物情感相契合。曲词的写作注重音韵美和意境美，常常采用比喻、对仗、引用典故等修辞手法，富有诗意。

唱腔是戏曲表演中音乐演唱的部分，是通过旋律和节奏来表现人物情感和推动剧情的关键。不同的戏曲形式和地方剧种有着各自独特的唱腔风格，形成了丰富多彩的音乐体系。唱腔要求演员具备较高的音乐素养和表演技巧，通过声腔的变化和情感的表达，赋予戏曲以生命力和感染力。

（二）风格特点

1. 元杂剧的现实主义风格

元杂剧在中国戏曲史上占有重要地位，其风格以现实主义为主。元杂剧的创作受当时社会环境和文化背景的影响，注重反映现实生活中的矛盾和冲突，揭示社会问题和人性弱点。如《窦娥冤》通过窦娥的冤屈和抗争，揭示封建社会的黑暗；《西厢记》则通过张生与崔莺莺的爱情故事，展现青年男女对自由和爱情的渴望与追求。元杂剧的语言简洁明快，人物刻画生动真实，情节紧凑有力，通过戏剧化的表现手法，展现出深刻的社会批判精神和人文关怀。

2. 明清传奇的抒情与叙事结合

明清传奇在继承南戏和杂剧的基础上，形成了抒情与叙事相结合的独特风格。传奇注重情感的表达和故事的完整性，既有细腻的情感描写，又有曲折的情节发展。如《牡丹亭》通过杜丽娘与柳梦梅的爱情故事，展现了情感的纯真与执着，其曲词优美，富有诗意；而《桃花扇》则通过侯方域与李香君的爱情波折，反映了南明王朝的兴衰更迭。传奇的语言优美，富有诗意，常常通过抒情的曲词表现人物的内心世界和情感变化。同时，传奇也注重情节的跌宕起伏，通过复杂的情节设置和多层次的结构，展现出丰富的戏剧效果。

3. 戏曲的地方风格与流派

中国古代戏曲的地方风格与流派丰富多样，各具特色。不同的地方戏曲剧种在语言、音乐、表演形式等方面都有自己的独特风格。京剧作为中国国粹，集南北戏曲之大成，形成了独特的艺术体系，如《霸王别姬》《贵妃醉酒》等作品深受观众喜爱。昆曲以其优美的唱腔和精致的表演著称，被誉为"百戏之祖"，其代表作《长生殿》《牡丹亭》等展现昆曲的艺术魅力。此外，各地的地方戏曲如粤剧《帝女花》、越剧《红楼梦》、黄梅戏《天仙配》、川剧《变脸》等，也各有特色，形成丰富多彩的戏曲文化，展现中华戏曲艺术的博大精深。

五、古代文学形式及风格比较

（一）不同文学形式的相互影响

1. 诗歌与散文的相互渗透

诗歌与散文在中国古代文学中各具特色，但两者之间的相互渗透显著。诗歌以其高度凝练的语言和丰富的情感表达，影响了散文的语言风格，使得许多散文作品兼具诗意和韵律感。反之，散文的叙述性和逻辑性也渗透到诗歌创作中，使得某些诗歌作品在表达上条理更为清晰。

在形式上，诗歌的精练和节奏感促使散文在描写自然景物和抒发情感时，常常采用对偶、排比等修辞手法，增强了散文的艺术感染力。散文中的议论和叙述部分则为诗歌提供了丰富的素材和灵感，使得诗歌创作在内容上更加多样和深入。

2. 小说与戏曲的相互借鉴

小说与戏曲作为叙事性文学形式，有着密切的联系和相互借鉴的历史。小说中的故事情节和人物塑造常常被戏曲所吸收和改编，形成戏剧化的表现方式。小说的叙事技巧，如细腻的心理描写和复杂的情节设计，也对戏曲的创作产生了深远影响，使戏曲在表现力和艺术性上得到了提升。

戏曲的舞台表现和对白形式同样影响了小说的创作。戏曲的生动对白和场景描写为小说的语言风格提供了参考，使小说在对话和情节描写中更具表现力和感染力。戏曲中的音乐和表演元素也为小说增添了艺术色彩，使得小说在描写人物情感和事件发展时，更加生动和直观。

（二）不同文学形式风格的异同

1. 语言风格

诗歌的语言高度凝练，注重音韵和节奏，常采用对偶、比喻、象征等修辞手法，追求意境的深远和情感的浓烈。散文的语言更为平实自然，注重叙述的清晰和逻辑性，讲究语言的流畅和表达的准确。小说的语言兼具叙述和对话功能，既要求语言的生动和形象，又要符合人物的性格和身份。戏曲的语言则具有强烈的节奏感和表演性，讲究音韵和对白的艺术性，常常融入方言和口语，增强戏剧效果。

2. 情感表达

诗歌的情感表达常以抒情为主，情感浓烈而直接，通过意象和意境的营造，表达作者的内心感受和情感波动。散文的情感表达则较为内敛，通过叙述和议论的方式，表现出作者的情感和思想。小说的情感表达则通过人物的言行和心理描写，展现出丰富多样的情感世界。戏曲的情感表达则通过演员的表演、唱词和音乐，直接传达给观众，具有强烈的现场感和感染力。

3. 主题处理

诗歌的主题处理多以个人情感和自然景物为主，注重表达情感的深度和意境的美感。散文的主题处理则更为广泛，涵盖历史、哲学、社会等多方面内容，强调思想性和学术性。小说的主题处理则注重故事性和社会性，通过复杂的情节和人物关系，反映社会现实和人性复杂。戏曲的主题处理则兼具抒情和叙事，通过戏剧情节和人物命运，表达作者对社会和人生的看法和思考。

六、古代文学形式及风格的现代解读

古代文学形式及风格在现代文学创作中扮演着重要的角色，其影响体现在传统文学形式的继承与创新以及古代文学风格的现代表达两个方面。

首先，现代文学作品在继承古代文学形式的基础上进行了诸多创新。对于诗歌形式而言，现代诗歌在传承古体诗和近体诗的同时，融合了自由诗和白话诗的特点，形成了更加多样化的表现形式。这种形式上的变革使得现代诗歌更加贴近当代生活，更具个性化和表现力。同样，现代散文在传承古代散文的叙事和抒情功能的同时，更加注重语言的个性化和思想的深刻性。通过对语言和思想的深度挖掘，现代散文创作呈现出更加丰富多彩的风貌。小说和戏曲领域也在传统形式的基础上进行了探索和创新，如先锋小说、实验戏剧等新兴文学形式的涌现，为现代文学创作注入了新的活力。例如，莫言的小说《红高粱家族》借鉴了古代传奇小说的叙事风格，将民间故事与历史背景巧妙融合，展现了独特的文学魅力；余华的《许三观卖血记》则通过细腻的人物刻画和悲凉的命运描绘，让人联想到古代文学中对人性的深刻洞察。在戏曲方面，林兆华的京剧《三岔口》对传统剧目进行大胆改编，运用现代戏剧手法，使古老故事焕发新生。这种对传统形式的创新性改造不仅丰富了现代文学的表现手段和艺术形式，也为文学创作注入了新的思想和情感。

其次，古代文学风格在现代文学创作中得到了新的表现和发扬。古代诗歌的意境美、散文的质朴美、小说的叙事美和戏曲的表演美在现代文学中得到了重新演绎和表达。例如，现代诗歌在追求意境美时，常常采用简洁的语言和深邃的意象，传达出独特的诗意。同时，现代散文在表达质朴美时，注重生活细节和情感的真实，形成了一种清新自然的风格。现代小说在叙事美的表现上，更加注重人物内心的刻画和情节的复杂性，使作品更具有戏剧性和张力。现代戏剧在表演美的追求上融合了多种艺术形式，增强了舞台表现力，使得传统戏曲艺术焕发出新的生机和活力。这种现代表达不仅使古代文学风格得到了传承和发扬，也使现代文学创作具有了深厚的文化底蕴和丰富的艺术内涵。通过对古代文学风格的创新性表达，现代作家能够更好地与传统对话，创造出具有独特风格和深刻思想的文学作品。

第三节 古代文学的主题与思想

一、古代文学的主要主题

（一）自然与人生

中国古代文学中，自然与人生的关系被广泛而深刻地探讨。自然被视为人类生活的基础，同时也被赋予了丰富的象征意义。在《诗经》与《楚辞》等作品中，自然描写与人生感悟被紧密地结合在一起，反映了古代人对自然的敬畏与对人生的思考。

《诗经》是中国古代最早的诗歌总集，其中反映了古代人民对自然的感受和对生活的思考。诗中常常描绘自然景观，如山川、江河、草木等，通过对自然景物的描写，抒发了古人对生活的感悟和情感。例如《关雎》中的"关关雎鸠，在河之洲。窈窕淑女，君子好逑"，通过对鸟鸣的描写，反映了古人对爱情与婚姻的向往与追求，展现了自然与人生之间的紧密联系。

《楚辞》作为中国古代文学的又一代表作，也深刻地探讨了自然与人生的关系。其中，屈原的《离骚》被认为是中国古代最为重要的一篇抒情诗歌，其中的自然描写与人生感悟相辅相成，将自然景物与个人情感巧妙地融合在一起。例如"东临碣石，以观沧海"，表达了诗人对自然壮阔景象的赞美与对人生沧桑的感慨，展示了中国古代文学中自然与人生主题的独特魅力。

（二）英雄与忠义

中国古代文学中，英雄与忠义是常见且重要的主题之一。英雄人物常常被塑造成具有崇高品质和非凡能力的形象，而忠义精神则被视为人格高尚的象征，在古代文学作品中得到了充分的体现。

《史记》作为中国古代最早的一部纪传体通史，集中展现了各个历史时期的英雄人物形象和忠义精神。其中，诸如《项羽本纪》《淮阴侯列传》等篇章详细叙述了这些英雄人物的生平事迹，塑造了一系列令人敬仰的英雄形象，体现了他们对国家、民族的忠诚与热爱，体现了中国古代文学中英雄主题的丰富内涵。

《三国演义》作为中国古代四大名著之一，也是中国文学史上最具代表性的史诗小说之一，其塑造了众多英雄形象，如刘备、关羽、张飞等，展现了他们忠义千秋、侠肝义胆的精神风貌。作品中通过对英雄人物的生动刻画，生动地展现了中国古代文学中英雄与忠义的高度融合，为后世留下了丰富的精神财富。

(三)爱情与婚姻

在中国古代文学中,爱情与婚姻是一直备受关注的主题之一,也是人们生活中不可或缺的一部分。古代作家通过诗歌、散文、小说等文学形式,表达了他们对爱情与婚姻的理解与感悟,将这些情感与自然、社会相结合,呈现出了多样化而丰富的文学形态。

《诗经》作为中国古代最早的诗歌总集,其中不乏表达爱情与婚姻之情的篇章。诗人们常常通过对自然景物的描写,来抒发自己对爱情的向往与表达。例如《邶风·击鼓》中"击鼓其镗,踊跃用兵",表达了男女之间的情感交流与对爱情的渴望。而《楚辞》中,屈原的《离骚》更是以爱情为主题,通过对自然景物的描写,抒发了诗人对爱情的深情思念与追求。

《红楼梦》作为中国古代四大名著之一,也深刻地探讨了爱情与婚姻这一主题。作品通过对贾宝玉、林黛玉、薛宝钗等人物之间复杂的情感纠葛的描写,展现了古代社会的婚姻观念与爱情观念,呈现了一幅真实而凄美的爱情与婚姻画卷。

(四)政治与社会

政治与社会是中国古代文学中另一个重要的主题。在古代文学作品中,政治与社会常常被作为背景,也是作品中重要的情节发展线索之一。作家们通过对政治权力的争斗、社会阶层的分化等现象的描写,反映了当时社会的政治风貌和社会结构,同时也借此抒发了对社会现实的思考与观点。

《论语》作为儒家经典之一,其中的言论不仅涉及道德伦理,也包含了对政治与社会的关注。孔子和其弟子们在《论语》中对政治制度、社会秩序等方面的探讨,反映了他们对当时政治与社会问题的关切。例如《论语·里仁》中的"子曰:'君子喻于义,小人喻于利。'",反映了孔子对政治人物应有的道德品质的期许与赞赏。

《水浒传》是一部以宋朝社会为背景的长篇小说,其中充满了对朝堂政治与下层社会的描写。作品通过对宋朝朝廷的腐败与地方豪强的压迫等现象的生动描写，反映了当时社会的政治黑暗与民不聊生的现实，表达了作者对社会秩序的反思与渴望改变的心情。

在这些作品中，政治与社会主题常常与其他主题相互交织，共同构成了作品丰富多彩的情节与内涵。通过对政治与社会的描写，古代文学作品不仅展现了当时社会的真实面貌，也对社会问题进行了深刻的反思与探讨，体现了作家们对社会发展的积极关注与思考。

二、古代文学的思想内涵

（一）儒家思想

儒家思想作为中国古代文化的核心之一，对中国古代文学产生了深远影响，其思想内涵在文学作品中得到了广泛体现。儒家强调的仁、义、礼、智、信等核心价值观贯穿了古代文学作品的方方面面，体现了儒家思想在文学中的重要地位。

《诗经》作为中国古代最早的诗歌总集，其中不乏对儒家思想的体现。在《诗经》中，不少篇章表达了对仁、义、礼、智、信等儒家核心价值观的赞颂与歌颂。例如《国风·周南·关雎》中"关关雎鸠，在河之洲。窈窕淑女，君子好逑"，反映了儒家所提倡的美好婚姻观念。而《诗经》中对君臣关系、亲情、友情等的描写，也都反映了儒家伦理观念的体现。

《红楼梦》作为中国古代四大名著之一，也充分体现了儒家思想在文学中的深刻影响。作品中通过对贾宝玉、林黛玉等人物的塑造，展现了儒家强调的仁爱之心、礼法之义等核心思想。宝玉和黛玉之间的情感纠葛，以及家庭伦理、人情冷暖等的描写，都体现了儒家思想对作者的影响与作品内涵的体现。

（二）道家思想

道家思想在中国古代文学中也占有一席之地，其主张的无为而治、随遇而安等理念在文学作品中得到了广泛反映。《老子》等经典文献中的思想贯穿了中国古代文学的方方面面,成为许多文学作品的重要主题。

《老子》中的"天之道,损有余而补不足",反映了作者对无为而治的向往与追求。

《庄子》中的无为而治思想对中国古代文学产生了深远影响。作品中通过对无为而治这一理念的阐述,突出体现了顺应自然、随遇而安的生活态度。这种思想不仅体现在文学作品的创作中,也影响了文学作品中人物的塑造与情节的发展。

《楚辞》作为中国古代文学的又一代表作,也充分体现了道家思想在文学中的重要地位。作品中通过对自然、生命、人生等方面的思考,展现了对无为而治、顺应自然的理念的赞扬与歌颂,为中国古代文学增添了独特的魅力。

(三)佛教思想

佛教思想在中国古代文学中的影响同样不可忽视。佛教强调的无常、苦、空、无我等核心理念,深深地影响了中国古代文学作品的创作与内涵。

唐诗、宋词作为中国古代文学的重要组成部分,其中不乏对佛教思想的体现。唐代诗人通过对生命的感悟和对世间万物的描写,反映了佛教的无常观念。例如,王之涣的《登鹳雀楼》中"白日依山尽,黄河入海流。欲穷千里目,更上一层楼",表达了对人生无常的深刻体验。宋代词人也在作品中体现了对佛教思想的吸收与体悟。他们通过对自然、人生、情感等方面的描写,表达了对苦苦无常的领悟。例如苏轼的《水调歌头·明月几时有》中"但愿人长久,千里共婵娟",表达了对生命短暂与无常的感慨,以及对永恒的向往。

(四)伦理与道德

伦理与道德观念是中国古代文学中的重要主题之一,受到了儒家思想的深刻影响。古代文学作品常常通过对人物品行、行为准则等方面的描写，反映了古代人对伦理道德的关注与思考。

《三字经》作为中国古代儿童启蒙读物，其中蕴含了丰富的伦理道德观念。作品通过对孝、悌、忠、信等传统道德的阐释，教育了古代儿童应该如何为人处世、报效国家的理想。例如，"父子恩，夫妇从，兄则友，弟则恭"这句简单的文字，蕴含着古代中国伦理道德观的核心，强调了家庭和睦、社会和谐的重要性。

《二十四孝图》作为古代伦理教化的经典之作，也在文学作品中体现了伦理道德的重要性。作品通过对二十四个孝子故事的描述，反映了古代社会对孝道的推崇与弘扬。这些孝道故事既是道德典范，也是社会风尚的表达，为古代中国的社会文化建设做出了重要贡献。

（五）人生哲理

人生哲理是中国古代文学中常见的主题之一，作家们通过文学作品的创作，探索了生命的意义、人生的价值与存在的意义等深刻问题，为读者提供了丰富的思想食粮。

《离骚》作为中国古代文学的重要篇章之一，被誉为中国古代诗歌的巅峰之作。作品通过对人生苦短、岁月无情的描写，表达了诗人对人生的思考与感悟。

《红楼梦》作为中国古代四大名著之一，也深刻地探讨了人生哲理这一主题。作品通过对贾宝玉、林黛玉等主要人物的情感纠葛和人生命运的起伏，反映了古代社会的价值观念与人生观念。作品中所体现的"情之所钟，意之所指"，"红尘滚滚难久留"的境界，引领着读者思考人生的真谛和人生的意义。

在这些作品中，人生哲理被赋予了深刻的内涵与广阔的意义，为读者提供了丰富的心灵食粮，引导人们思考人生的意义、价值与境界，体现了中国古代文学作品的深邃与博大。

三、古代文学主题与思想的当代价值

（一）对当代文学创作的影响

古代文学作为中国文学悠久传统的根基与灵魂所在，对当代文学的创作实践产生了深远且持续的影响。其主题的丰富性与思想内涵的深邃，为当代文学创作者开辟了一片广袤的灵感沃土。

古代文学主题的多元性为当代文学创作提供了取之不尽的素材库与创意源泉。从对自然的细腻描绘，如《楚辞》中瑰丽奇幻的自然景象，到对人生百态的深刻剖析，像《西游记》中师徒四人取经路上的种种遭遇，再到对社会伦理与政治哲学的探讨，如《水浒传》中反映的忠义精神与反抗压迫的主题，这些丰富的文学遗产为当代作家提供了多样的视角与深刻的思考。它们不仅拓宽了当代文学的表现领域，也促使作家们在继承中创新，创作出既具有古典韵味又不失现代气息的作品。

1. 当代文学创作对古代文学主题的借鉴

古代文学主题构成了当代文学创作不可或缺的灵感源泉与思想宝库。当代作家们通过深入挖掘古代文学作品的精髓，不仅汲取了丰富的创作技法，还传承了其深邃的精神意蕴，为当代文学创作增添了独特的韵味与深度。

在题材选择的维度上，当代文学作品明显受到了古代文学主题的启迪与引领。通过对古代经典文本的细致研读与创造性转化，当代作家们选取了一系列既传统又具现代性的主题与题材，极大地丰富了当代文学的表现领域与审美形态。以莫言的《红高粱家族》为例，该作品在叙事结构与人物塑造上明显借鉴了《聊斋志异》等古代志怪小说的奇幻元素，同时融入了对乡土社会变迁的深刻洞察，展现了古代文学主题在当代语境下的新生命。

在思想内涵层面，古代文学思想同样对当代文学创作产生了深远的影响与启示。当代作家们不仅继承了古代文学中的人文关怀与道德追求，还结合时代特征进行了创新性阐发，赋予作品更为深刻的思想内容与价值导向。阿来的《尘埃落定》便是一个典型的例子，该作品借鉴了《史记》等古代史传文学的历史叙事手法，通过对藏族土司制度的兴衰史进行艺术再现，深刻反思了权力、欲望与人性的复杂关系，展现了古代文学思想在当代文学创作中的深刻影响与积极转化。

2. 古代思想在当代文学中的传承与创新

古代思想在当代文学中的传承与创新，如同一股不息的文化之流，为当代文学创作提供了不竭的灵感与动力。通过深入挖掘与重新诠释古代思想，当代作家们不仅丰富了文学的表现手法，还赋予了作品深刻的文化底蕴与时代价值。

在传承方面，当代文学作品对古代思想的汲取与再现，展现出深厚的文化积淀与思想底蕴。作家们通过对古代思想的细致研究，巧妙地将这些思想精髓融入文学作品中，赋予作品以厚重的历史感与独特的文化韵味。以余华的《活着》为例，该作品在叙述主人公福贵坎坷人生经历的同时，深刻体现了道家"顺应自然""无为而治"的思想。通过福贵面对生活苦难时的坚韧与豁达，作品展现了古代道家思想在当代社会中的生命力与启示意义，使读者在感受人物命运的同时，也能体会到古代智慧的深远影响。

在创新层面，当代文学作品对古代思想的创造性转化与时代性解读，为古代思想注入了新的活力与审美价值。作家们不拘泥于古代思想的传统表述，而是将其与现代社会的实际问题相结合，通过独特的文学想象与叙事技巧，赋予古代思想以新的时代意义与审美特征。以贾平凹的《废都》为例，该作品在描绘都市生活的繁华与落寞的同时，巧妙融入了佛教思想中的"空"与"无常"观念。通过对主人公庄之蝶在都市生活中的沉浮与挣扎的细腻刻画，作品展现了佛教思想在当代社会中的独特魅力与启示作用，使读者在感受都市喧嚣的同时，也能领悟到佛教智慧的深邃与广阔。

(二)对社会文化的影响

古代文学作品所蕴含的人文精神和道德情怀,对当代社会的道德观念和文化传统产生了深远的影响,为社会文化的建设和发展提供了重要的借鉴和启示。

古代文学作品所体现的儒家思想对当代社会道德观念的影响至关重要。儒家思想强调了仁爱、孝道、礼仪等传统道德观念,这些价值观在中国社会中根深蒂固,对人们的行为规范和社会秩序起到了重要的约束和引导作用。在当代社会,儒家思想仍然是中华文化的重要组成部分,其影响力不仅体现在日常生活中的行为规范和社会礼仪上,更体现在社会公德、家庭伦理等方面。例如,弘扬孝道、尊师重教的传统观念,有助于培养和传承社会的正统道德观念,促进社会和谐稳定发展。

古代文学主题在当代文化中的再现为当代社会提供了重要的文化资源和精神支撑。古代文学作品所反映的历史文化、传统价值观念等,成为当代文化建设的重要组成部分。在当代社会,人们通过对古代文学的研读和再现,重新审视传统文化的价值和意义,激发了对传统文化的热爱和传承。例如,通过文学作品的再现,人们可以更加深入地了解古代社会的风土人情、文化传统,增强文化自信心和民族自豪感,提升文化素养,从而推动中华传统文化的传承和发展。

中国古代文学主题与思想的当代价值还体现在对当代社会问题的启示和解决上。古代文学作品所反映的人生哲理、社会道德、政治理想等,对当代社会问题的思考和解决提供了重要的参考和启示。在当今社会,人们面临着诸如人与自然的关系、人与人的关系、个人命运与社会命运等诸多重大问题,而古代文学作品中所体现的智慧和哲学思考,为人们提供了重要的思想资源和精神支持。通过对古代文学的研究和借鉴,人们可以更好地理解和应对当代社会问题,促进个人社会的发展和进步。

第四节 古代文学的审美与技巧

一、古代文学的审美观念

（一）审美观念的定义与内涵

审美观念是文学作品中审美价值和审美标准的体现，是人们对美的认知和追求的集中表现。在古代文学中，审美观念包含了对美的理解、表达和追求，是文学艺术创作的内在精神基础。古代文学审美观念的内涵主要体现在以下方面：

首先，古代文学审美观念注重对情感、美感和思想的统一。古代文学作品不仅追求情感的真挚和深刻，还注重表现美的形象和意境，同时融入对人生、世界和道德的思考。审美观念将情感、美感和思想有机地统一起来，体现了古代文学作品的综合性和丰富性。

其次，古代文学审美观念强调对艺术形式的精致和完美。古代文学作品在形式上注重韵律、节奏和结构的优美和协调，追求语言的准确和精炼，体现了对艺术形式的高度重视。审美观念将艺术形式与文学内容有机结合，使作品既具有思想深度，又具有艺术表现力。

最后，古代文学审美观念体现对自然、人生和社会的审美理想。古代文学作品通过对自然景物、人物形象和社会现象的描写和表现，展现了人们对美好生活和理想社会的向往和追求。审美观念将艺术创作与人类生活和社会理想紧密联系在一起，具有深刻的人文主义精神。

（二）古代文学中的审美追求

古代文学在审美追求上体现了多样性和丰富性，不同历史时期和地区的文学作品表现出不同的审美取向和特点。古代文学的审美追求主要体现在以下方面：

首先，古代文学注重情感的真挚和深沉。诗歌、散文、小说和戏曲等不同形式的文学作品都倾注了作者深厚的情感和个人体验，表现出情感的真实性和强烈性。审美追求在于通过情感的表达和抒发，使作品更具感染力和共鸣性。

其次，古代文学强调意象的丰富和深刻。古代诗歌、散文和小说作品常常运用丰富的意象和象征来表现情感和思想，通过对自然景物、人物形象和社会现象的生动描绘和象征性表达，实现审美效果的最大化。

再次，古代文学注重形式的优美和协调。诗歌的韵律、散文的章法、小说的情节结构和戏曲的唱腔都体现了古代文学对艺术形式的精雕细琢和完美追求。审美追求在于通过形式的优美和协调，增强作品的艺术感染力和审美效果。

最后，古代文学追求思想的深邃和超越。古代文学作品常常思考和探讨人生、世界和道德等重大问题，体现了对人类精神世界的深刻关怀和超越追求。审美追求在于通过思想的深刻和超越，提升作品的思想内涵和艺术价值。

（三）不同时期的审美观念比较

在不同的历史时期，古代文学的审美观念有所不同，反映了当时社会文化、思想风貌和艺术风格的特点。以中国古代文学为例，可以从不同历史时期的审美观念进行比较。

在古代诗歌方面，先秦时期的诗歌追求朴实和自然，注重情感的真挚和自然的表现；唐宋时期的诗歌则更加注重形式的优美和意象的丰富，追求意境的深远和韵律的和谐。

在古代散文方面，先秦时期的散文追求思想的深邃和哲理的表达，强调人生的意义和道德的追求；魏晋南北朝时期的散文则更加注重情感的表达和文学形式的艺术化，注重意象的丰富和修辞手法的运用。

在古代小说方面，不同历史时期的小说作品也体现出不同的审美追求。先秦时期的神话传说更多地体现了想象力和幻想色彩，注重对奇幻世界的描绘和探索；唐宋时期的长篇小说则更加注重人物形象的塑造和情节的跌宕起伏，追求真实生动的表现和社会生活的反映。

在古代戏曲方面，不同历史时期的戏曲作品也表现出不同的审美观念。元代的杂剧追求对社会现实的真实描写和人物性格的丰满刻画，注重音乐和舞蹈的艺术表现；明清时期的传奇则更多地体现了对幻想世界的追求和浪漫情感的表达，注重对历史传说和神话故事的改编和发挥。

二、古代文学的艺术手法与技巧

在古代文学中，艺术手法与技巧是作家表达思想、情感以及创造艺术形象的重要工具。

（一）诗歌

1. 意境

意境是中国古代诗歌的重要艺术手法之一。意境通过景物描写和情感抒发，将自然景象和主观情感融为一体，创造出一种富有诗意的境界。意境的营造要求诗人在有限的篇幅内，通过精炼的语言和生动的意象，表达出深远的情感和哲理。意境不仅是诗歌艺术的核心，也是中国古代文论的重要范畴。

2. 比兴

比兴是《诗经》以来中国诗歌中常用的表现手法。比是通过类比来表达情感或思想，如"借物喻人"，使诗意更加形象生动；兴则是通过起兴来引出诗歌的主题，如"先言他物以引起所咏之词"，增加诗歌的层次感和联想空间。比兴手法的运用，不仅增强了诗歌的表现力和感染力，也丰富了诗歌的意象和内涵。

3. 对仗

对仗是中国古代诗歌中一种重要的修辞手法，特别是在近体诗中得到了广泛应用。对仗要求上下句在字数、词性、结构甚至平仄等方面相对称,形成一种工整对称的美感。对仗不仅可以增强诗歌的音韵美和节奏感,还能通过对比和衬托,使诗意更加鲜明和突出。对仗的形式多样,可以是单句对仗、连续对仗或重叠对仗,灵活运用于不同类型的诗歌中。

4. 平仄

平仄是中国古代诗歌中一种独特的音韵规则,尤其在近体诗中具有重要地位。平仄指汉字声调中的平声和仄声,通过平仄的交替和协调,形成诗歌的韵律和节奏。平仄的运用要求严格,对诗人创作提出了高难度的挑战,但也因此造就了中国古代诗歌音韵美的极致。平仄规则使诗歌在形式上更加严谨、工整,同时也丰富了诗歌的表现力和审美效果。

(二)散文

1. 手法

古代散文作为一种灵活多变的文学形式,其艺术手法主要体现在描写、抒情和叙事方面。

(1)描写。散文作品注重对客观事物的生动描写和具体表现,通过对景物、人物、事件等的详细描绘,展现出丰富的想象力和艺术感染力。描写的技巧包括生动的语言、具体的细节和形象的比喻,使读者能够身临其境,感受到作者的思想和情感。

(2)抒情。散文作品常常通过抒情的方式表达作者的情感和思想,使作品具有更深的感染力和艺术价值。抒情的表达可以通过对个人情感和经历的倾诉,或对社会现实和人生哲理的思考,使读者对作品充满情感上的共鸣,受到思想上的启迪。

(3)叙事。散文作品在叙事方面也有其独特的技法和表现形式,包括线性叙事、回溯叙事、叙事视角的选择等。通过合理的叙事结构和布局,使散文作品具有丰富的叙事张力和艺术美感,引导读者进入作者构建的故事世界。

2. 技巧

（1）修辞。古代散文在修辞手法上有着丰富的表现，排比、对偶和用典是其中最为常见的手法。排比是通过句式的重复和结构的对称，增强文章的气势和节奏感，使语言更加生动有力。对偶是通过词句的对称和平衡，形成一种工整对称的美感，增强文章的艺术感染力。用典是通过引用经典作品中的人物、事件或言辞，增加文章的深度和厚度，使内容更加丰富多彩。这些修辞手法不仅丰富了散文的表现力，也提升了散文的艺术性和文学价值。

（2）结构与布局。散文的结构与布局是其艺术表现的重要方面。古代散文在结构上常常讲究层次分明、布局严谨，注重首尾呼应和段落之间的衔接与过渡。在布局上，先秦散文多以事件发展为线索，结构较为松散；汉代散文注重篇章的完整性和逻辑性，结构更加严密；魏晋南北朝散文在追求形式美的同时，注重意境的营造和情感的抒发，结构灵活多变；唐宋散文则在继承传统的基础上，注重内容的深刻性和形式的完美结合，形成了独特的结构布局特点。

（三）小说

古代小说作为叙事性强、想象力丰富的文学形式，其艺术手法主要体现在情节设置、人物塑造和语言表达方面。

1. 情节设置

情节设置是小说创作的重要环节。古代小说在情节设置上注重波澜起伏和悬念的运用，通过巧妙的情节安排，引起读者的兴趣和注意。情节的展开常常伴随着突转和高潮，使故事富有戏剧性和感染力。章回体小说尤其注重每章回的情节设置，通过悬念的设置和情节的推进，保持读者的阅读兴趣。

2. 人物刻画

人物刻画是小说艺术的重要组成部分。古代小说通过细腻的描写和生动的语言，塑造出栩栩如生的人物形象。人物的外貌、语言、行动、心理描写等方面的细致刻画，使得小说中的人物形象鲜明、生动。通过对人物性格和命运的描写，小说不仅展现了人物的内心世界，也反映了社会现实和人性的复杂。

3. 语言风格

语言风格是小说艺术的重要表现手段。古代小说在语言上注重简洁明快和生动形象，既有文言文的典雅和凝练，也有白话文的通俗和流畅。不同类型的小说在语言风格上各具特色：骈文小说讲究对仗工整和辞藻华丽；话本小说则注重通俗易懂和生动有趣。语言风格的多样性不仅丰富了小说的表现手法，也增强了小说的艺术感染力。

（四）戏曲

古代戏曲是一种结合了音乐、舞蹈、表演和文学的综合艺术形式，其艺术手法主要体现以下方面：

1. 戏剧情节的设置

戏剧情节的设置是戏曲创作的核心。古代戏曲在情节设置上注重戏剧性和感染力，通过曲折的情节和紧凑的结构，吸引观众的注意力。情节的发展常常伴随着悬念和高潮，通过冲突和矛盾的展开，推动故事的进程。戏剧情节不仅要具有戏剧性，还要符合逻辑，体现出人物的性格和命运。

2. 人物形象的塑造

人物形象的塑造是戏曲艺术的重点。古代戏曲通过细腻的描写和生动的表演，塑造出鲜明的人物形象。人物的语言、动作、表情等方面的刻画，都是表现人物性格和内心世界的重要手段。戏曲中的人物形象往往具有典型性和代表性，通过对人物的细致描绘，揭示出人物的情感和命运，增强戏曲的感染力和表现力。

3. 舞台表现与表演艺术

舞台表现与表演艺术是戏曲艺术的重要组成部分。古代戏曲注重舞台的视觉效果，通过服装、道具、布景等方面的设计，营造出戏曲情境和氛围。表演艺术是戏曲的灵魂，演员通过精湛的表演技巧，赋予戏曲以生命力和感染力。戏曲表演不仅包括唱、念、做、打等基本功，还要求演员具备较高的艺术修养和表现力。

三、古代文学的审美价值及其现代解读

古代文学作为人类文明的重要组成部分，不仅具有深厚的历史积淀，更蕴含着丰富的审美价值，其在当代的解读与传承对于文化的持续繁荣至关重要。

（一）古代文学的审美价值

古代文学在审美价值方面展现了多重层面的意义，其对审美情趣的满足、对文化传承的贡献以及对人类精神追求的启示，构成了其丰富而深远的审美价值。

首先，古代文学作品以其独特的艺术表现和丰富的内涵，为人们提供了美的享受和心灵的愉悦。在诗歌领域，古代诗人通过对自然、人情、历史等丰富话题的抒发，创造出了许多意境深远、音韵优美的诗篇，让读者在阅读中沉浸于美的海洋之中。散文则以其细腻的描写和真挚的情感，勾勒出了一幅幅生动的画面，使人们感受到文学之美。小说则通过跌宕起伏的情节和丰富多彩的人物形象，引发读者的情感共鸣。戏曲以其独特的音乐、舞蹈和表演形式，给人们带来了视觉和听觉上的享受。这些文学形式通过不同的艺术手法和表现方式，满足了人们对美的追求，为读者带来了愉悦和享受。

其次，古代文学作为一种重要的文化形式，对文化传承和弘扬中华文明产生了重要影响。《诗经》、楚辞、唐诗、宋词等经典文学作品不仅记录了当时社会的生活和风土人情，更凝聚了民族的智慧和情感，成

为中华文明的重要组成部分。这些作品通过丰富多彩的文学形式和深刻的文化内涵，传承了民族的历史记忆和文化传统，为后世的文化传承提供了重要的参考和借鉴。古代文学作品所反映的价值观念、道德理念和审美追求，为后世的文化建设和精神追求提供了重要的参考和启示。

最后，古代文学作品所蕴含的人生智慧、情感体验和哲学思考，为人类的精神追求和内心寄托提供了深刻的启示。作品中所反映的人生感悟、情感抒发和道德思考，为人们指明了生活的方向和价值取向，激发了人们内心深处的共鸣和思考。古代文学作品所传达的人类情感和智慧，超越了时代的界限，触动了人类共同的情感和理念，让人们在纷繁复杂的社会中寻找到了精神的依托和归属。

（二）古代文学的现代解读

在当代社会，古代文学作品依然具有重要的现实意义和现代价值，其审美观念和艺术手法对于当代文学的创作和审美体验具有重要启示和借鉴意义。

古代审美观念在当代的意义：古代文学作品中所体现的审美观念，如儒家的道德理想、道家的自然追求、佛家的超脱境界，以及对美的追求和对人生意义的思考，对于当代社会仍具有重要的启示意义。在当代多元化的审美观念中，古代文学所传达的人文情怀和审美理念，为当代人们提供了宝贵的精神营养和情感寄托。

古代艺术手法在现代文学创作中的运用：古代文学作品中所运用的各种艺术手法，如意境的营造、对仗与韵律的运用、情节设置与发展等，对于现代文学创作仍具有重要的借鉴意义。现当代作家在继承古代文学传统的基础上，通过运用古代艺术手法，创造出具有现当代特色的文学作品，丰富了现当代文学的形式和内容，增强了作品的艺术感染力和表现力。

古代文学对当代审美观念的影响与启示：古代文学作为中国古代智慧和文化的结晶，对现当代审美观念产生了深远影响。它通过对美的追求和对人性、生命的思考,启示人们珍视生活、追求美好、崇尚道德,为现当代人们提供了思想上的启迪和情感上的慰藉。在当代社会中,我们可以从古代文学作品中汲取智慧和力量,塑造积极向上的审美情趣和人生态度,使我们的生活更加充实和有意义。

通过对古代文学的审美价值和现代解读的深入探讨,可以更好地认识和理解古代文学作品的深刻内涵和时代意义,为文学研究和创作提供重要的参考和借鉴。

四、古代文学的技巧在当代文学中的应用

古代文学所蕴含的丰富技巧和艺术手法,对于当代文学创作具有重要的借鉴和启示意义。在当代文学中,古代诗歌、散文、小说和戏曲的技巧被赋予了新的时代内涵,展现出独特的现代魅力和创新。

(一)古代诗歌技巧的现代应用

古代诗歌技巧在现代文学创作中扮演着重要角色,其中自由诗和古代韵律的现代应用展现了诗歌形式的丰富多样性和创新性。

首先,自由诗作为一种摆脱传统格律和形式束缚的诗歌形式,在当代诗歌创作中得到了广泛应用。古代诗歌的意象表达和情感抒发为现代自由诗提供了重要的灵感和参考。古代诗人通过对自然景物、人生情感等丰富多彩的主题的表达,拓展了诗歌的表现形式和意义空间。现代自由诗借鉴了古代诗歌的意象丰富性和情感深度,通过语言的自由度和想象力的发挥,传达出当代人们更为直接和真实的情感体验。自由诗不拘泥于传统的格律和韵律,更加注重情感的真实性和个性的表达,使诗歌成为当代文学中一种重要的表现形式。

其次,古代诗歌中的韵律美对现代诗歌的音韵美产生了深远影响。虽然现代诗歌已经摆脱了传统的严格格律,但古代诗歌中的韵律美依然为现代诗歌的音韵美提供了重要启示。现代诗人在创作中往往注重音韵的韵味和节奏感,借鉴古代诗歌的韵律美,使诗歌在语言上更富韵律感

和音乐感。古代诗歌中的平仄、押韵等技巧为现代诗歌提供了丰富多彩的音韵表现手段，丰富了诗歌的表现形式和艺术魅力。现代诗歌通过对古代韵律的继承和创新，使诗歌在音韵上更加丰富多彩，更具有感染力和表现力。

（二）古代散文技巧的现代演绎

古代散文技巧在现代文学创作中具有重要的现实意义和启发价值。叙述技法与抒情表达是古代散文的两大特点，在当代散文的创作中，这些技巧得到了继承和发展，为文学作品注入了深厚的文化底蕴和人文情感。

首先，叙述技法在古代散文中起到了至关重要的作用，其简洁明了的语言风格和生动形象的描写手法为当代散文提供了重要的借鉴和启示。古代散文往往通过叙述的方式，生动地描绘人物形象、环境氛围和情节发展，使读者身临其境，感受其中的情感和思想。现代散文在继承古代叙述技法的基础上，注重语言的生动性和形象的鲜明性，通过真实的叙述和细腻地描写，使作品更具感染力和表现力。古代散文所体现的叙述技法，为当代散文提供了丰富的表现手段和艺术样式，使文学作品更加生动和具体。

其次，古代散文中的抒情情感和人生感悟为现代散文的创作提供了丰富的情感素材和内涵。古代散文常常通过抒情的语言和深刻的思想，表达对人生的感悟和对世界的理解，打动读者的心灵，引发共鸣。现当代作家在继承古代抒情传统的同时，注重情感的真实性和个性化表达，通过对自身情感和生活经历的反思和表达，使作品更加贴近读者的心灵，具有更广泛的感召力和影响力。古代散文中所蕴含的抒情情感和人生感悟，为当代散文提供了丰富的文化资源和情感情境，使文学作品更具有内涵和深度。

（三）古代小说技巧的现代创新

古代小说技巧的现代创新在当代文学创作中扮演着重要的角色，其涉及的叙事结构与人物塑造方面的创新为现代小说的发展提供了丰富的资源和启示。这种创新不仅是对传统文学的继承与发展，更是对当代文学的丰富与拓展。

首先，古代小说的叙事结构为现代小说的发展提供了宝贵的经验和启示。古代小说在叙事上往往采用跌宕起伏的叙述方式，通过情节的铺陈和发展，引导读者进入故事的世界，体验其中的喜怒哀乐。这种叙事结构的跌宕起伏和曲折发展，使作品更具有张力和吸引力，为现代小说的情节设置和叙述方式提供了有益的参考。现代小说在继承古代叙事技巧的基础上，注重情节的合理安排和节奏的掌握，通过精心设计的叙事结构，使作品更具有层次感和张力，引发读者的思考和共鸣。

其次，古代小说中丰富多彩的人物形象为现代小说的人物塑造提供了丰富的素材和创作灵感。古代小说中所塑造的各种人物形象，包括英雄豪杰、普通百姓、善良女子等，都具有鲜明的个性和生动的形象，使作品更加丰富多彩。现代作家在创作中往往通过对古代人物形象的借鉴和发展，塑造出更具有现实感和立体感的人物形象，使作品更加真实和生动。古代小说中的人物形象所蕴含的情感和思想，为现当代小说的人物塑造提供了丰富的内涵和深度，使作品更具有感染力和表现力。

（四）古代戏曲技巧的现代表现

古代戏曲技巧在现代表现方面具有重要的意义和价值，其在传统戏曲艺术与现代舞台表演的融合以及古代戏剧冲突与当代话剧的创新方面发挥着重要作用。

首先，传统戏曲艺术与现代舞台表演的融合是古代戏曲技巧在现代的一大亮点。传统戏曲作为中国文化的瑰宝，具有悠久的历史和丰富的文化内涵。在现代舞台表演中，传统戏曲艺术得到了新的发展和创新。现代舞台表演注重舞台效果和表演艺术的融合，通过舞台布景、服装道具和灯光效果等手段,使传统戏曲艺术焕发出新的时代魅力。传统的唱腔、表演技巧和戏曲表演方式与现代舞台表演相结合,呈现出新颖独特的艺术效果,吸引了更多的观众,使传统戏曲艺术在当代得到了更广泛的传播和发展。

  其次,古代戏剧冲突与现代话剧的创新为现代话剧的发展提供了重要的启示。古代戏剧中所蕴含的戏剧冲突和情节张力,为现代话剧的创新提供了丰富的素材和灵感。现代话剧在叙事结构和角色塑造上,通过借鉴古代戏剧的技巧,注重情节的紧张和人物的冲突,对现实生活的深刻反映和人性的探讨使得作品更具有时代感和社会关怀。古代戏剧所展现的人物命运和社会矛盾,与现代社会的发展和人们的生活息息相关,通过对这些题材的重新演绎和深入探讨,现代话剧能够更好地反映时代精神和社会现实,引发观众的思考和共鸣。

第三章　古代文学创作及其影响分析

古代文学不仅记录了历史的变迁，也展现了古人的智慧与情感。研究古代文学创作，是对中华优秀传统文化的深入挖掘与传承，对于理解古代社会的风土人情、价值观念以及审美趣味具有重要意义。古代文学对后世文学发展产生了深远的影响，为现代文学创作提供了丰富的素材与灵感。

第一节　古代文学的创作发生

"汉语言文学是我国古典文化中的重要组成部分，古典诗学就是其中的文化作品之一。再加上汉语言文学有着属于自己的语言表达习惯，为诗歌传播打下了坚实基础，对后续的文化发展产生了极大影响"[①]。优秀文学创作的发生虽然具有一定的偶然性，但深入探究其背后的规律和触发因素会发现，这些作品的产生并非完全随机。文学创作是一个复杂的心理和情感活动，它受到作者个人经历、社会环境、文化背景以及时代精神等多方面因素的影响。作家的敏感性、想象力和创造力，以及他们对语言的驾驭能力，都是文学创作中不可或缺的要素。同时，文学作品的产生也与作者所处的社会环境紧密相关，社会的变化、历史的进程、

---

① 李永刚. 中国古代文学创作的技巧理论阐述[J]. 作家天地，2023（14）：10.

人民的生活状态等，都能成为激发文学创作的重要源泉。

一、文学创作与物情有关

文学创作与物情相关，这种观点认为文学作品的产生与作者对周围事物的感知和情感反应紧密相连。这种观点认为，人们的情感是由外界事物触发的，而这种情感的表达则通过文学作品来实现。这种观点在历史上得到了广泛的认同，并被历代文人所引述。

文学的本源"物"有两个主要含义：一是自然景物，如四季变化、天气状况等，这些自然元素常常激发人们的情感，从而引发文学创作；二是社会生活，包括人们的日常生活和社会事件，这些社会现象同样能够触动人心，成为文学创作的源泉。

文学作品是情感和思想的表达，而这些情感和思想的产生是基于对现实事物的感触。不同的生活遭遇会激发不同的思想情感及其表现形式。因此，古代文论中有"不平则鸣"的说法，即当人们内心有所不满或有所追求时，会通过文学创作来表达自己的情感和思想。

历史上的许多文学作品都是在作者经历了逆境或挫折后创作的。这些作品往往情感真挚，能够深刻地触动人心。例如，当人们处于困境或逆境时，他们的情感会更加真实和深刻，能够激发出更强烈的创作灵感。这种现象被称为"诗穷而后工"，意味着在困境中创作的文学作品往往更加优秀和感人。

文学创作是一个复杂的过程，它不仅涉及作者的个人经历和情感体验，还与作者对周围世界的观察和理解密切相关。作家的生活经历和人生际遇对创作具有重要的影响，因为这些经历和际遇构成了作家感知世界和表达情感的基础。作家的亲身体验和直观观察是其创作灵感的重要来源。

作家应该深入生活，广泛阅读，丰富自己的知识和经验。"伫中区以玄览"，即在生活的中心进行深刻的思考和观察。作家要通过广泛阅读和亲身经历来扩大视野，增加见识。

作家不应仅仅依靠书本知识进行创作，即所谓的"纸上谈兵"或"闭门造车"。书本上的知识虽然重要，但如果不通过亲身实践来验证和深化，那么这种知识终究是浅薄的。真正的理解和认识必须建立在亲身体验的基础上。只有通过亲身经历和实践，作家才能创作出真实感人、具有深刻内涵的作品。

在探讨文学创作的根源时，古人提出了"物—情—辞"的文源论。这种观点认为，文学作品的产生首先是作者对外界事物的感知，然后是情感的激发，最后是通过语言文字来表达这种情感。但如果进一步追问"物"是从何而来的，古人会回答说，它是由"道"派生的。这里的"道"是指宇宙的本体，是一种超越心灵和人类存在的存在，它产生了天地万物，包括人类社会和自然界。

根据老庄的宇宙观，天下万物都是从"无"中生出的。这个过程可以概括为"道"（或称为"太极""无"）生出"一"（即"气"，已经属于"有"的范畴），"一"生出"二"（即"阴阳"），"二"生出"三"（即天、地、人"三才"），"三"最终生出"万物"。这种宇宙生成的图式，虽然不是直接论述文学创作，但实际上也包含了对文学创作根源的理解。既然万物都源于"道"，那么文学这种现象自然也是由"道"产生的。

二、文学创作的发生来源于内心的渴求

文学创作的发生，往往源自作者内心深处的渴求和冲动。这种渴求可能源于对美的追求、对真理的探索，或是对人生意义的思考。在文学生成的过程中，文学的本源不在于外界的"物"，而在于作者内心的"情"和"心"。这种观点认为，文学不是对现实的简单模仿，而是心灵深处情感和思想的表现。

在文学表现论中，文学被视为心灵的表现，而非现实的复制。因此，外界事物在文学创作中的作用，不是作为文艺的直接反映对象，而是作为激发心灵火花的媒介。一旦这些外界事物激发了作者的情感和思想，

它们就完成了自己的使命，文学的表现重点转向了由这些事物所点燃的心灵火花。这种观点很容易让人得出"诗本性情"的文源观，即认为文学作品本质上是作者性情的流露。

此外，人们观察到，外界事物对人的心灵可以产生深刻的思想和情感，但对其他生物则不能产生同样的效果。这一事实也促使人们将文学表现的情感和思想的源头，归结为"人"这个具有丰富情感的"有心之器"的"心"，而不是作为情感激发器的"物"。

随着时间的推移，特别是在宋明理学和禅宗哲学的影响下，人们开始更加重视内心世界在文学创作中的作用。宋明理学将"天道""太极"从人心之外转移到人心之内，认为"吾心便是宇宙"，"人人心中一太极"，"心外无物"。这种思想进一步强化了"文本心性"的观点，即文学作品的产生和存在完全源于作者的内心世界。

在这种思想影响下，出现了与"文本心性"相关的理论。文学创作的发生与作者内心的渴求密切相关。文学作品不是对现实的简单复制，而是作者内心情感和思想的表现。随着时间的推移，人们越来越重视内心世界在文学创作中的作用，认为文学作品的产生和存在完全源于作者的内心世界。这种观点不仅丰富了文学理论，也为文学创作提供了深刻的启示。

三、文学创作的发生来源于经典的启发

文学创作是一个复杂而深刻的过程，它既包含了作者的个人情感和体验，也融入了丰富的文化传统和知识积累。在探讨文学创作的根源时，不同的文化和时代有着不同的看法。现代文学理论通常认为，书本只是文学创作可资借鉴的"流"，而不是文学创作赖以发生的"源"。然而，在中国古代文论中，书本，尤其是经书，被视为文学创作的源泉。

文学创作与经书有着密不可分的联系。经书是文学创作取之不尽、用之不竭的源泉。这种观点源于对经书的崇高地位的认识。在中国古代，经书被视为最高智慧的结晶，是道德、哲学、历史等知识的集大成者。

文学创作应该以经书为根本，从中汲取灵感和素材。

在这种观念的影响下，文学创作被看作是一种对经书的诠释和延伸。文学作品不仅仅是艺术的表达，更是对经书精神的传承和发扬。文学创作的过程，被视为一种对经书内涵的深入挖掘和创造性转化的过程。

此外，中国古代的文人学者往往过着书斋生活，他们的创作灵感很大程度上来自书本的启发。书本是文学创作的源泉，通过阅读和学习，可以激发创作灵感，丰富文学内涵。文学创作不是凭空想象，而是建立在深厚的学问和知识基础之上。

同时，中国古代的文学创作也强调学问、义理、辞章的统一。文学作品不仅要有优美的形式，更要有深刻的内涵和思想。这种观点认为，文学创作的过程，是一种对经书学问的深化和拓展，是一种对经书义理的阐释和发挥，是一种对经书辞章的借鉴和创新。

第二节 古代文学的创作构思

一、静思说

（一）静思：文学构思的专注性

在文学创作的实践中，文学构思被视为一种思想高度集中的思维活动。这种集中性不仅体现在创作者对审美意象的全身心投入，更体现在创作者能够达到物我两忘的至高境界。在这一状态下，外界的喧嚣和内心的纷扰被暂时置于一旁，创作者能够全神贯注地沉浸在艺术创作的世界里。

文学构思的专注性要求创作者必须摒弃一切杂念，全神贯注于审美意象的塑造。在这种状态下，创作者不再受到外界环境的干扰，而是将全部精力投入到文学作品的构思和创作中。这种专注性是文学创作成功的关键,因为只有当创作者全身心投入时,才能创作出具有深度和广度的艺术作品。

(二)追求"静"与"虚"的境界

在艺术构思的过程中,创作者需要追求一种"静"与"虚"的境界。这种境界是艺术构思深入进行的重要保证,也是艺术创作达到高水平的必经之路。

"静"是一种心灵的平静和宁静。在文学创作中,创作者需要进入一种杳冥寂寞的状态,让自己的心灵得到充分的休息和净化。这种"静"境能够帮助创作者更好地洞察事物的本质,把握审美意象的精髓。同时,"静"也能够让创作者在创作过程中保持清醒的头脑,确保艺术构思的顺利进行。

"虚"则是一种无我无物的状态。在文学创作中,创作者需要摆脱物质世界的束缚,进入一种超越物质世界的境界。这种"虚"境能够让创作者在心灵上获得更大的自由,从而能够更加自由地表达自己的情感和思想。

(三)培养"虚静"心态

为了达到"虚静"状态,创作者需要培养一种超然的心态。这种心态包括"去物我"以获得"虚"和"息群动"以获得"静"。

"去物我"意味着在感官接触外物时保持一种不被干扰的状态。创作者需要学会将自己的心灵与外物分离,不被外物的形象所牵引,而是保持一种超然的心态去观察和感受外物。这种"去物"的实践能够让创作者在心灵上获得更大的自由,从而能够更好地把握审美意象的精髓。"去我"是指排除与创作无关的内在欲念和情绪。在文学创作中,创作者需要摆脱个人的私欲和情绪的影响,保持一种客观和冷静的心态去构思和创作。这种"去我"的实践能够让创作者在心灵上获得一种平静和宁静的状态,从而能够更好地专注于艺术创作。

"息群动"强调在心灵层面平息纷繁复杂的思绪与情感波动。创作者需学会在创作过程中暂时放下外界的喧嚣与内心的纷扰，使心灵回归平静。这种"息群动"的实践，有助于创作者在构思与创作时思维保持高度的专注与清晰度，从而更加深入地探索艺术创作的内在规律与美学价值。通过"息群动"，创作者能够在心灵上达到一种极致的宁静状态，为创作提供更为纯粹与深刻的灵感源泉。

（四）"虚"与"静"的相互关联

"虚"与"静"是相互关联的两种心理状态。在文学构思中，这两种状态相互依存、相互促进。

当创作者的心灵达到"虚"的状态时，他们的思维会变得更加开阔和灵活。这种开阔和灵活的思维状态能够帮助创作者更好地观察和感受外物，从而能够创造出更加生动和真实的艺术形象。同时，"虚"的状态也能够让创作者在构思过程中摆脱传统的束缚，创造出具有独特风格和个性的艺术作品。

当创作者的心灵达到"静"的状态时，他们的思维会变得更加清晰和敏锐。这种清晰和敏锐的思维状态能够帮助创作者更好地把握审美意象的精髓，从而能够创作出具有深刻内涵和独到见解的文学作品。

（五）"虚静"状态下文学构思的创造性

文学构思是一个由内而外的创造过程。在这个过程中，创作者需要将自己的情感和思想融入审美意象中，从而创造出具有独特风格和个性的艺术作品。在"虚静"状态下，创作者能够充分发挥自己的想象力和创造力，创作出具有深刻内涵和独到见解的文学作品。

同时，文学构思也是一个不断自我净化和提升的过程。在"虚静"状态下，创作者能够排除杂念和外界干扰，达到至纯至静的创作状态。这种纯净的创作状态能够让创作者更好地洞察事物的本质，把握审美意象的精髓，从而创作出具有艺术价值和思想深度的作品。

(六)现代社会中文学创作的"虚静"

在现代社会中,文学创作面临着许多挑战和干扰。然而,通过"虚静"的修养,创作者可以在复杂多变的世界中保持清醒和独立。他们能够在喧嚣的环境中寻找内心的平静和宁静,从而在文学创作中保持自己的独特性和创新性。"虚静"的修养也能够让创作者在面对挑战和困难时更加从容和自信,从而创作出具有艺术价值和思想深度的作品。

古代文论家所倡导的"虚静"心态对今天的文学创作具有重要的启示意义。它提醒创作者在追求文学创作的道路上需要不断地自我净化、自我提升以达到更高的艺术境界。同时,"虚静"心态也能够帮助创作者在复杂多变的世界中保持清醒和独立,创作出具有艺术价值和思想深度的作品。因此,在文学创作中培养"虚静"心态是非常必要的。

二、神思说

在文学创作的宏伟大厦中,艺术构思是支撑整个结构的基石。它是创作者神思的概念阐释。神思是中国古代文论中的一个重要概念,它不仅是古代文人对艺术创作过程中心理活动的高度总结,也是他们对文学创作本质的深刻理解。神思涉及艺术构思和创作过程中高度集中且富有创造性的心理状态,这种状态不仅仅是对外部世界的模仿,更是对创作者内心世界的反映和投射。在这一过程中,创作者通过高度集中的思维活动,超越现实的限制,在心灵中构建和重组意象,最终完成具有独特艺术魅力的文学作品。

(一)神思与形象性

在文学创作中,神思是一个复杂而深邃的心理过程,它要求创作者超越现实的直接感知,通过内心的洞察力来探索和构建艺术形象。形象性作为神思中的核心要素,其重要性不容忽视。

1. 观察与体验的结合

形象性的形成首先依赖于创作者对现实世界的细致观察和深刻体验。创作者必须具备敏锐的感知能力，能够捕捉到自然界和社会生活中的微妙变化，以及人物性格和情感的复杂性。这种观察和体验不仅局限于表面现象，更深入到事物的本质和内在联系。

2. 内心世界的构建

创作者通过内心的构建，将观察到的物象转化为具有个人特色和情感色彩的意象。这一过程涉及对现实素材的选择、提炼和重组。创作者在心灵深处构建的场景，往往融合了个人的记忆、情感、思想和价值观，从而赋予作品独特的内在生命力。

3. 情感的投入

情感性是形象性不可或缺的一部分。创作者在构建艺术形象时，需要将自己的情感投入其中，使形象不仅具有外在形态的生动性，更具有内在情感的深度。这种情感的投入，使得作品能够与读者产生共鸣，实现情感上的交流和沟通。

4. 艺术形象的完整性

形象性的最终目标是形成一个完整的艺术形象。这不仅要求创作者对细节的精心雕琢，更要求对整体结构的把握和对主题的深入挖掘。一个完整的艺术形象，能够独立于现实存在，具有自足性和内在逻辑性，为读者提供一个既熟悉又陌生的艺术世界。

5. 形象性与文学创作的互动

形象性与文学创作之间存在着密切的互动关系。一方面，形象性为文学创作提供了丰富的素材和灵感；另一方面，文学创作又不断地推动形象性的深化和发展。创作者在创作过程中不断地审视和完善自己的形象性，使其更加符合作品的艺术追求和审美要求。

形象性在神思的过程中扮演着至关重要的角色。它不仅仅是对现实的再现，更是创作者内心世界的外化和情感的投射。通过形象性，创作者能够将观察、体验、想象力和情感融为一体，创造出具有深刻内涵和艺术魅力的文学作品，为人类的精神世界增添独特的价值和意义。

（二）神思与情感性

情感性在文学创作中占据着举足轻重的地位，它是神思不可或缺的另一核心要素。在创作过程中，情感不仅是作品的灵魂，更是推动艺术构思深化和丰富的动力源泉。

1. 情感的真实性

真挚的情感是文学作品能够触动人心、产生共鸣的关键。创作者必须真诚地表达内心的情感，无论是喜悦、悲伤、愤怒还是恐惧，都需要真实地反映在作品中。这种真实性使得作品具有了生命力和感染力，能够跨越时间和空间的界限，与读者产生情感上的共鸣。

2. 情感的深度与复杂性

情感性不仅仅体现在情感的真实表达上，更体现在情感的深度与复杂性上。创作者需要深入挖掘和探索自己的内心世界，将复杂的情感体验融入作品之中。这种深度和复杂性使得作品的情感层次丰富，能够引发读者的深思和共鸣。

3. 情感与形象的融合

在神思的过程中，情感性与形象性不是孤立存在的，而是相互融合、相互促进的。创作者在构建外在形象的同时，需要将内在情感渗透其中，使形象与情感相互映照，共同构成作品的艺术魅力。这种融合使得作品既具有视觉上的美感，又具有情感上的深度。

4. 情感的表达与控制

情感性的表达需要创作者具有高度的控制力。情感的流露要恰到好处,既不能过于直白,也不能过于隐晦。创作者需要通过细腻的笔触和巧妙的构思,将情感自然而生动地表现出来,使读者能够感受到作品的情感力量。

5. 情感与主题的统一

情感性与作品的主题密切相关。创作者在表达情感时,需要紧紧围绕作品的主题,使情感的抒发与主题的展现相辅相成。这种统一使得作品的情感表达具有方向和深度,增强了作品的艺术感染力。

6. 情感的个性化

每个创作者的情感体验都是独特的,情感性的表达也需要具有个性化的特征。创作者需要根据自己的生活经历、性格特点和审美追求,表达出与众不同的情感体验。这种个性化的情感表达,使得作品具有了独特的艺术风格和魅力。

情感性是神思中的核心要素,它与形象性共同构成了文学作品的艺术魅力。创作者需要真诚地表达自己的情感,深入挖掘情感的深度和复杂性,并将情感与形象、主题相融合,展现出个性化的情感表达。通过情感性的抒发,文学作品能够触动读者的心灵,实现作者与读者之间的情感共鸣,展现出文学创作的深刻内涵和艺术价值。

(三)神思的创造性

创造性是文学创作中神思的重要体现,它要求创作者在思维的自由状态下,发挥想象力,创造出新颖独特的艺术形象和深刻的思想内容。这种创造性是文学作品区别于其他文本的核心特征,也是文学能够持续发展和创新的关键动力。

1. 想象力的发挥

创造性首先要求创作者具备丰富的想象力。想象力是文学创作的翅膀,它使创作者能够超越现实的界限,自由地在心灵中构建一个全新的世界。这个世界可能包含了现实中不存在的元素,也可能是对现实的一种重新组合和解读。想象力的发挥为文学作品提供了无限的可能。

2. 创新性语言的运用

除了想象力,创造性还要求创作者拥有创新性的语言运用能力。语言是文学创作的工具,创新性的语言运用能够使作品的表现力更加丰富,更能精准地捕捉和表达创作者的思想和情感。创新性的语言可能体现在新的词汇的创造、句式的构造、修辞手法的运用,或是语言节奏和音韵的把控上。

3. 思想内容的深度

创造性还体现在作品思想内容的深度上。创作者不仅要创造出新颖的艺术形象,更要赋予作品深刻的思想内涵。这种思想内容可能是对人生、社会、宇宙的深刻思考,也可能是对人性、情感、道德的深入探讨。思想内容的深度使文学作品具有了启发思考、引发共鸣的力量。

4. 艺术形式的探索

创造性还推动了文学形式的探索和创新。创作者在创作过程中,不断尝试新的表现手法和艺术形式,以适应和表达新的思想内容和艺术形象。这种探索可能涉及叙事结构的创新、文体的变革、视角的转换等多个方面。

5. 个性化的表达

创造性还鼓励创作者进行个性化的表达。每位创作者都有自己独特的生活经历、情感体验和思想观念,创造性使他们能够根据自己的个性,创造出独一无二的文学作品。这种个性化的表达是文学作品多样性和丰富性的来源。

6. 社会文化的影响

创造性不仅影响文学作品本身,还对社会文化产生深远的影响。具有创造性的文学作品能够推动社会思想的进步，引领文化潮流的发展，甚至改变人们的价值观念和生活方式。

神思中的创造性是文学创作的重要特征，它要求创作者发挥想象力，创新性地运用语言，深入地挖掘思想内容，探索艺术形式，并进行个性化的表达。创造性使文学作品具有独特的艺术魅力，推动了文学的创新和发展，对社会文化产生了积极的影响。通过创造性的发挥，文学作品能够成为人类文化宝库中的璀璨明珠，照亮人们的精神世界。

（四）神思的虚构性

虚构性作为神思过程中的一个重要特点，它为文学创作提供了无限的可能性和广阔的创作空间。在虚构的世界里，创作者可以摆脱现实世界的束缚，自由地驰骋在想象的天地之中，创造出令人惊叹的艺术形象和深刻的思想内容。

1. 超越现实的界限

虚构性首先体现在创作者能够超越现实的时空限制。现实世界的限制往往对文学创作构成一定的制约，而虚构性则打破了这些界限，使创作者能够穿越时空，探索人类存在的各种可能性。无论是回到遥远的古代，还是飞向不可知的未来，或是构建一个完全虚构的世界，虚构性都为创作者提供了这样的自由。

2. 打破常规的创新

虚构性还鼓励创作者打破常规，进行创新。在虚构的过程中，创作者不受现实逻辑的约束，可以创造出不符合现实逻辑但却具有艺术合理性的情节和人物。这种打破常规的创新，往往能够给读者带来新奇的阅读体验，激发读者的想象力和创造力。

3. 心灵创造的自由

虚构性赋予了创作者在心灵中创造一个全新艺术世界的自由。在这个世界里,创作者可以根据自己的审美追求和思想观念,构建出一个个独特的艺术形象。这些形象可能从未在现实中存在过,却能够深刻地反映创作者的内心世界和艺术追求。

4. 丰富表现手法的多样性

虚构性还丰富了文学作品的表现手法。在虚构的世界里,创作者可以运用各种文学手法,如象征、隐喻、夸张、讽刺等,来增强作品的艺术效果。这些手法的运用,使得文学作品的表现更加多样化,更加丰富多彩。

5. 思想内涵的深化

虚构性不仅丰富了文学作品的表现手法,还深化了作品的思想内涵。在虚构的过程中,创作者可以深入探讨各种哲学、道德、社会等方面的问题,使作品具有更加深刻的思想内涵。这种思想内涵的深化,使得文学作品不仅能够提供审美的享受,还能够启发人们的思考。

6. 艺术价值的提升

虚构性提升了文学作品的艺术价值。通过虚构,创作者创造出了一个个独特的艺术世界,这些世界具有独特的艺术魅力和审美价值。读者在阅读这些作品时,不仅能够获得美的享受,还能够获得思想上的启迪和情感上的共鸣。

(五)神思与文学构思的互动

文学构思中的神思是一个复杂而动态的互动过程,它要求创作者在捕捉灵感的同时,将其与个人的情感和思想紧密结合,形成具有个性化的艺术构思。这一过程不仅是创作者内心世界的反映,也是其艺术追求的具体体现。

1. 灵感与情感的结合

在文学构思的初期,创作者需要将灵感与个人情感相结合。灵感往往是创作过程中的触发点,而情感则是作品的灵魂。创作者需要将个人的情感体验融入灵感之中，使作品具有情感的深度和真实性。这种结合要求创作者具备敏锐的情感觉察能力和表达能力。

2. 思想与主题的统一

随着构思的深入，创作者需要将个人的思想与作品的主题相统一。思想是作品的骨架，主题是作品的核心。创作者需要围绕主题，构建起一个思想的体系，使作品具有思想的深度和逻辑性。这一过程要求创作者具备清晰的思考能力和深刻的主题意识。

3. 思维状态的调整

在文学构思的过程中，创作者需要不断地调整自己的思维状态。神思要求创作者保持高度集中和富有创造性的思维状态，这需要创作者在构思过程中保持精神的专注和思维的活跃。同时，创作者还需要具备灵活的思维转换能力，能够在不同的构思阶段和层面之间自由切换。

4. 洞察力与情感体验

创作者在构思过程中，需要运用敏锐的洞察力，深入观察和分析生活，捕捉到那些能够触动人心的细节和情景。创作者还需要有深刻的情感体验，能够将自己的情感与作品中的人物和情节相融合，使作品具有情感的共鸣和感染力。

5. 构思的反复推敲

文学构思是一个反复推敲的过程。创作者在构思过程中，需要不断地审视和完善自己的构思，从不同的角度和层面对构思进行考量和调整。这一过程要求创作者具备批判性思维能力，能够客观地分析和评价自己的构思。

6. 构思与创作的相互促进

文学构思与创作之间存在着相互促进的关系。构思为创作提供了方向和动力，而创作又能够反过来推动构思的深入和完善。在这一互动过程中，创作者不断地从创作实践中获得新的灵感和经验，使构思更加成熟和丰富。

神思在文学构思中发挥着至关重要的作用。它要求创作者在构思过程中，将灵感与个人情感、思想相结合，形成独特的艺术构思。这一过程不仅要求创作者具备高度集中和创造性的思维状态，还需要敏锐的洞察力和深刻的情感体验。通过神思与文学构思的互动，创作者能够创作出具有深刻内涵和艺术魅力的文学作品，为人类文化的发展做出贡献。

（六）神思的挑战与价值

神思虽然带来了创作的挑战，但同时也赋予了文学作品深刻的内涵和独特的艺术魅力。创作者在神思过程中，既需要敏锐的观察力和丰富的想象力，又需要深刻的情感体验和高度的艺术修养。这些能力的综合运用，使得文学作品不仅具有丰富的艺术形象和深邃的思想内涵，还能够触及读者的内心，引发情感共鸣和思考。

神思是文学创作中一种高度专业化的心理活动，它涉及形象性的构建、情感性的抒发、创造性的发挥和虚构性的超越。通过神思，创作者能够在文学的世界里自由翱翔，创作出具有深刻内涵和艺术魅力的作品，为人类文化和艺术的宝库增添璀璨的瑰宝。在当今社会，虽然科技和信息的发展改变了文学创作的环境和方式，但神思这一古老而深刻的创作理念，仍然具有重要的指导意义和价值。所以，在追求技术和形式创新的同时，不要忽视文学创作中最本质的心理活动和艺术追求，只有在神思的指引下，文学作品才能真正达到情感与艺术的高度统一，成为人类精神世界中永恒的经典。

第三节　古代文学的创作方法

一、活法说

（一）活法说的内涵阐释

活法说是一种文学创作理论，它强调在遵循传统文学创作规则的基础上，追求变化和创新。这一理论认为，文学作品不应局限于固定的模式和套路，而应根据作者的意图和情感，灵活运用各种手法，创造出具有个性和生命力的作品。

在文学创作中，活法说主要表现在以下方面：

第一，创作思维的开放性。活法说鼓励作者打破传统思维的束缚，以开放的心态接纳新的思想和观念。这种开放性使得文学作品能够反映出时代的变迁和社会的发展。

第二，情感表达的真实性。活法说强调情感在文学创作中的核心地位。作者应真实地表达自己的情感，而不是模仿或虚构情感。这种真实性使得文学作品能够触动读者的心灵，产生共鸣。

第三，艺术手法的多样性。活法说倡导作者在创作中运用多种艺术手法，以丰富文学作品的表现力。这种多样性使得文学作品具有更深层次的内涵和更丰富的艺术魅力。

第四，结构布局的灵活性。活法说认为文学作品的结构不应僵化，而应根据内容的需要灵活布局。这种灵活性使得文学作品在结构上更加自然、流畅，更能够吸引读者的阅读兴趣。

第五，语言运用的创新性。活法说提倡作者在语言运用上进行创新，通过新颖的词汇、独特的句式和富有节奏感的语言，增强文学作品的感染力。

(二）活法的起源与发展

活法这一概念最早由南宋诗人吕本中提出，其在文学创作中提倡的是一种既遵循传统规矩又能超越这些规矩，达到变化多端而不失根本的创作理念。这种思想突破了当时文学创作中过分讲究形式和技巧的局限，为文学创作提供了更为广阔的空间。

南宋进一步将活法的概念推广至整个文学创作领域，认为文学创作应当拥有活法，即在遵循传统的同时，更要注重创新和变化。这个观点对后世文学创作产生了深远的影响，使得活法成为文学创作中追求创新和个性的重要理论。

（三）活法对文学创作的影响

活法对文学创作的影响主要体现在以下方面：

第一，创新意识的培养。活法鼓励创作者在创作中不断探索和创新，不拘泥于传统的框架和模式，从而培养了文学创作的创新意识。

第二，个性化表达的提倡。活法强调创作者要根据个人的情感和思想来进行创作，提倡个性化的表达，这使得文学作品更加丰富多彩。

第三，文学形式的多样化。活法的应用使得文学作品在形式上更加多样化，不再局限于传统的诗歌、散文等，而是出现了更多新颖的文学形式。

第四，文学思想的深化。活法鼓励创作者深入思考和探索，使得文学作品在思想内容上更加深刻，能够反映出更为复杂的社会现实和人性问题。

第五，文学批评的发展。活法也影响了文学批评的发展，批评家们开始更加注重作品的创新性和个性化，而不仅仅是形式和技巧的评析。

活法作为南宋时期提出的一种文学创作理论，其影响深远，不仅在文学创作领域产生了广泛的影响，也在文学批评和文学理论的发展中占有重要地位。通过活法的推广和应用，文学作品的创新性、个性化以及形式的多样性得到了极大的提升，为中国文学的繁荣和发展做出了重要贡献。

（四）活法与创作自由

1. 活法的自由本质

活法作为一种文学创作理念，其核心在于创作自由。这种自由不是无序的、随意的，而是在深刻理解和掌握文学创作规律的基础上，对规则的超越和突破。"活法"，实际上是一种对传统创作规则的深刻内化和超越，它要求创作者在遵循基本技巧的同时，能够自由地发挥个人的创造力。

2. 规矩之内的自由

活法所倡导的自由，是在规矩之内的自由。这意味着创作者在创作过程中，并非完全摒弃所有的规则和技巧，而是在充分理解并掌握这些规则的基础上，灵活运用，甚至对其进行创新和改造。这种自由是一种合规律的无规律性，是对传统创作规则的深刻理解和再创造。

3. 创作者的基本技巧掌握

活法强调创作者必须经过长期的学习和实践，掌握文学创作所需的基本技巧。这些技巧是创作的基石，为创作者提供了表达思想和情感的工具。只有当创作者对这些技巧驾轻就熟时，才能在此基础上进行自由创作，达到活法所追求的创作境界。

4. 变通无碍的创作方法

活法还表现为一种变通无碍的创作方法。它要求创作者能够根据不同的创作情境，灵活地调整和运用各种具体的创作手段和技巧。妙悟之后创作者能够达到的自由境界，这种境界使得创作者能够在各种方法和技巧之间自由转换，不受任何固定模式的限制。

5. 创作自由的实现

活法的实现，要求创作者具备高度的创作自觉和自我反省能力。创作者需要不断地审视自己的创作过程，对自己的创作方法进行反思和调整。通过不断的实践和探索，创作者能够逐渐形成自己独特的创作风格，实现真正意义上的创作自由。

6. 创作自由与创新

活法所追求的创作自由，与文学创作的创新密切相关。在活法的指导下，创作者不再受限于传统的创作模式，而是能够根据个人的审美追求和创作意图，创造出具有个性和新意的作品。

活法作为一种文学创作的理念，其最大的价值在于为创作者提供了广阔的创作自由空间。通过长期的学习和实践，掌握基本技巧，并在此基础上进行创新和超越，创作者能够达到活法所追求的自由创作境界。这种自由不仅是对传统规则的突破，更是对创作者个性和创造力的肯定。通过活法的应用，文学作品能够呈现出更加丰富多样的风格和内涵，推动文学艺术的持续发展和繁荣。

（五）活法的创新性

1. 活法与创新的联系

活法作为一种文学创作方法，其创新性是其最显著的特点之一。与传统的、固定的创作模式不同，活法鼓励创作者跳出既有的框架，追求个性化和创新性。这种方法认为，文学作品的生命力来源于作者独特的视角和新颖的表达，而非对前人作品的简单模仿。

2. 对比蹈袭模仿

活法与蹈袭模仿形成鲜明对比。蹈袭模仿往往局限于复制已有的形式和内容，缺乏个人特色和时代精神。相反，活法倡导创作者在深刻理解文学传统的基础上，发展自己的风格和语言，创作出真正属于自己的作品。

3. 文学作品生命力的来源

活法认为，文学作品的生命力来源于作者的创新能力。通过活法的应用，文学作品能够反映出作者对生活的深刻理解和对现实的独到见解，从而具有打动人心的力量。这种生命力是文学作品能够跨越时间和空间，与读者产生共鸣的关键。

4. 追求创新和个性

活法是文学创作中追求创新和个性的重要方法。它要求创作者在创作过程中，不断探索新的表达方式和艺术手法，不断挑战和突破自我，以实现作品的创新。这种追求不仅体现在作品的形式上，更体现在作品的内在思想和情感上。

5. 创新性的具体体现

活法的创新性具体体现在以下方面：

（1）主题的创新。探索新颖的主题或对传统主题进行新的解读和表现。

（2）形式的创新。尝试不同的文学形式和结构，创造出独特的艺术形态。

（3）语言的创新。运用新颖的语言和修辞手法，增强文学作品的表现力和感染力。

（4）思想的创新。提出独到的见解和深刻的思考，丰富文学作品的思想内涵。

6. 创新性与文学发展

活法的创新性对文学的发展具有重要意义。它推动了文学的不断革新和发展，使得文学作品能够反映出时代的精神面貌和社会的进步。通过活法的应用，文学作品能够不断刷新读者的审美体验，激发读者的思考和共鸣。

二、定法说

(一) 定法的概念

定法是指一系列具体的、可学习和传授的文学创作技法。这些技法包括了文学创作的各个方面,如篇章结构、句式运用、词汇选择等,它们是历代文人在长期的文学实践中积累下来的审美经验的结晶。定法为文学创作提供了一套相对稳定的规则和指导,帮助作者在创作过程中遵循一定的美学原则,从而提高作品的艺术性和可读性。

(二) 定法与活法的相互关系

活法和定法在古代文论中代表了两种不同的文学创作方法。活法强调的是创作的灵活性和个性化,而定法则侧重于创作的规范性和可传授性。

1. 活法的创作自由与定法的结构支撑

在文学创作中,活法代表着一种自由的创作精神,它允许创作者根据个人的情感和对事物的深刻理解来塑造作品。然而,即使是最具创新精神的活法,在实际的状物叙事、表情达意时,也不可避免地需要依赖一些基本的章法、句法、字法等定法。这些定法为活法提供了结构上的支撑,使得作品在保持灵活和生动的同时,也能呈现出秩序和美感。

2. 定法作为活法的基础

定法可以被视为活法的基础。没有对定法的深入理解和掌握,活法的运用就可能失去方向,变得无的放矢。定法为创作者提供了一套行之有效的规则和方法,帮助他们在创作过程中组织思想、构建情节、塑造人物。通过定法的学习和实践,作者能够建立起对文学创作基本规律的认识,为进一步的创新和突破打下坚实的基础。

3. 活法对定法的超越

活法在很多情况下是对定法的超越。在掌握了定法之后,创作者可以根据作品的实际需要和自己的艺术追求,对定法进行调整、改造甚至颠覆。这种超越不是对定法的简单否定,而是一种在深刻理解定法基础上的创新和发展。活法使得作品能够跳出传统框架的束缚,展现出独特的艺术魅力和个性。

4. 定法与活法的动态平衡

在文学创作中,定法与活法之间需要保持一种动态平衡。过分依赖定法,作品可能会显得刻板和缺乏生气;而完全摒弃定法,作品又可能失去结构上的完整性和逻辑上的严密性。一个成熟的创作者懂得如何在定法的规范性和活法的自由性之间寻找平衡点,定法与活法的平衡运用使作品既有章法可循,又不失灵动和创新。

5. 定法与活法在不同文体中的体现

在不同的文学文体中,定法与活法的关系也会有所不同。例如,在诗歌创作中,定法可能更多地体现在格律、韵律等形式要素上,而活法则体现在诗人对情感的捕捉和意象的创造上。在小说创作中,定法可能体现在叙事结构和人物塑造上,而活法则体现在故事情节的创新和语言风格的个性化上。不同的文体对定法和活法的要求和运用方式各异,但两者的结合都是创作出优秀文学作品的关键。

定法与活法在文学创作中是相辅相成的。定法为活法提供了必要的结构和规则,而活法则赋予作品以生命力和创造力。两者之间的相互关系是动态的、发展的,需要创作者根据具体的创作实践来不断地调整和平衡。通过深入理解和巧妙运用定法与活法,创作者可以创作出既符合艺术规律又具有个性特色的文学作品。

(三)定法的重要价值

在艺术创作中,定法可以是构图、色彩运用、线条处理等技巧的集合。这些技巧是历代艺术家总结出来的经验,为后来者提供了一种学习和模仿的基础。然而,如果艺术家仅仅停留在模仿和遵循这些技巧,而忽视了个人情感的表达和创新思维的融入，那么创作出来的作品就会显得机械和缺乏灵魂。定法在这里的价值，在于它为艺术家提供了一个起点，一个可以在此基础上进行探索和超越的平台。

在哲学思考中，定法体现为对世界和人生的根本理解与认识。哲学追求的是普遍的真理，而定法提供了一种思考问题的框架和方法。通过定法，人们可以对复杂多变的现象进行分类和归纳，从而逐步接近事物的本质。但哲学的探索也要求超越定法，因为真理是不断发展和变化的，只有不断质疑和更新定法，才能更深入地理解世界。

在法律制定中，定法表现为法律条文和规范。这些规则为社会成员提供了行为的指引和预期，是维护社会秩序和公正的基础。然而，法律不是僵化不变的，它需要随着社会的发展和变化而不断调整和完善。定法在这里的价值，在于它为法律实践提供了稳定性和可预测性，同时也要求法律制定者和执行者具备灵活性和前瞻性，以适应不断变化的社会需求。

在实践中，过分依赖定法而忽视活法，会导致创新的缺失和生命力的枯竭。无论是艺术创作、哲学探索还是法律制定，都需要在遵循定法的同时，不断寻求突破和创新。只有这样，才能使作品、思想和法律都充满生机和活力，适应时代的发展，满足人们的需求。

三、用事说

在中国古代文学中，用事是一种常见的修辞手法，它通过引用古代的人事或成言来表达作者的思想感情，增强文章的说服力和文学性。以下是对用事概念的整合和阐释：

（一）用事的定义与应用

用事，或称用典，是中国古代文学创作中一种极为重要的修辞和论证手法。它不仅是一种语言的艺术，更是一种智慧的体现，它要求创作者在创作时既要有深厚的文化底蕴，又要有灵活运用的能力。通过巧妙地引用历史典故或古代名言，用事能够在不直接明说的情况下，传达出创作者的思想感情，增强文章的说服力和艺术感染力。

1. 用事的定义

用事的定义可以从两个层面来理解。首先，它是修辞手法的一种，通过引用古代的人事或成言来丰富文本内容，增加语言的表现力和深度。其次，它也是一种论证方法，通过援引古人古事来证明或支持自己的观点，使论证更加有力。

2. 用事的应用

在文学作品的创作中，用事这一艺术手法具有极其广泛的应用和深远的影响。它不仅在诗歌、散文这些传统的文学体裁中占据重要地位，同样也在戏剧、小说等更为复杂的文学形式中发挥着不可或缺的作用。

（1）在诗歌和散文中，用事是一种富有韵味的表现手法。通过引用历史事件、典故、神话传说等，创作者能够巧妙地融入丰富的文化内涵，使作品更加生动、有趣，同时也为读者提供了更多的解读角度。这种手法的运用，使得作品不仅具有文字的美感，更富有历史的厚重感和文化的深度。

（2）在戏剧和小说中，用事的应用则更为广泛和复杂。在这些文学形式中，用事往往成为推动情节发展、塑造人物形象的重要手段。通过巧妙地引用历史事件或典故，创作者能够营造出一种独特的氛围，使读者更容易沉浸在故事的情节之中。同时，用事还能够揭示人物的性格特点和内心世界，使人物形象更加鲜明、立体。

用事在文学作品中的应用，不仅增强了作品的文化厚重感，更使得读者在阅读时能够产生丰富的联想和共鸣。当读者在阅读过程中遇到熟悉的历史事件或典故时，他们往往会联想到自己的知识和经验，从而更好地理解作者的意图和作品的主题。这种联想和共鸣的产生，使得读者与作品之间建立了更为紧密的联系，也使得作品具有更强的感染力和影响力。

（二）用事的分类

用事的分类是理解和运用这一修辞手法的关键。在中国古代文学中，用事不仅是一种语言艺术，更是一种文化传承和智慧的体现。它通过将古代的人事、成言或名言巧妙地融入现代语境，增强了文学作品的深度和广度。

1. 事典与语典

（1）事典是指直接引用古代的人事或故事。这种用事方式能够使读者迅速联想到特定的历史背景或人物形象，从而加深对作品主题和情感的理解。

（2）语典是指引用古代的成言或名言，它通常以简洁有力的语言表达深刻的道理或情感。语典的使用可以使文章显得更为精练和典雅。

2. 明理与征义

（1）明理是通过引用成辞来阐述道理，这种方式相当于用语典。明理的用事往往需要读者对古代文化有较深的了解，因为成辞背后往往蕴含着丰富的哲学思想和道德观念。

（2）征义则通过列举人事来证明观点，这种方式相当于用事典。征义的用事更侧重于通过具体的历史事例来支持论点，使论证更加生动和有说服力。

用事的技巧在于如何恰当地选择和运用事典与语典，以及如何巧妙地结合明理与征义。用事的效果则体现在它能够使文学作品的表达更加含蓄、深刻，同时也能够激发读者的思考和联想。

用事的分类不仅体现了中国古代文学的丰富性，也反映了创作者的文化素养和创作智慧。通过用事，创作者能够在有限的文字中传达无限的意蕴，使作品具有更强的生命力和艺术魅力。

用事的分类是理解和掌握这一修辞手法的基础。事典与语典的区分，明理与征义的结合，共同构成了用事的丰富内涵和独特魅力。无论是在诗歌、散文，还是在戏剧、小说中，用事都是一种能够提升文学作品质量和深度的重要手段。通过对用事的深入理解和巧妙运用，作者能够创作出既具有文化底蕴又富有艺术感染力的文学作品，使读者在阅读中获得知识、情感和审美的多重享受。

（三）用事与修辞手法的关联

用事作为一种修辞手法，与其他修辞手法有着紧密的联系。它不仅能够独立运用，还能与其他修辞手法相结合，产生更为丰富和深刻的艺术效果。

1. 用事与比喻

用事与比喻的结合是一种常见的文学表达方式。比喻是通过类比的方式，将抽象的概念或情感与具体的事物相联系，从而增强表达的形象性和生动性。用事在比喻中的运用，通常是通过引用古人的故事或行为来隐喻创作者自己的情感或观点，使读者能够通过已知的历史典故来理解创作者想要传达的深层含义。

2. 用事与点化

点化是一种将已有的文本、语言或思想进行改造和创新的修辞手法。用事与点化的结合，体现在创作者对古代成言或名言的重新剪裁和融化，赋予其新的内涵和意义，以此来表达自己的思想和情感。

3. 用事与拟人

在文学创作中，用事与拟人这两种手法并非孤立存在，它们经常相互交织，共同构建出丰富多彩的艺术世界。当用事与拟人相结合时，不仅能增强作品的文化内涵，还能赋予作品以更深刻的情感和生动的形象，从而大大增强语言的表现力。用事与拟人的结合使得历史事件或典故中的非人类事物被赋予了人的情感和行为，使得它们不再是冷冰冰的历史记录或传说，而是充满了生机和活力的艺术形象。

4. 用事与象征

用事与象征手法的结合，是通过引用具有特定象征意义的古人古事来表达更为深远的主题。

用事与其他修辞手法的结合，不仅丰富了文学作品的表现手法，也提高了作品的艺术效果。通过用事，创作者能够在有限的文字中传达出更为丰富和深刻的思想情感，使读者在阅读中获得更为丰富的审美体验。通过对用事与其他修辞手法的深入研究和巧妙运用，可以更好地理解和欣赏中国古代文学的独特魅力。

（四）用事在文学史中的演变

用事在中国古代文学史中的演变，不仅反映了文学创作手法的发展，也映射了社会文化和审美观念的变迁。

1. 先秦至汉代

在先秦时期，文学创作以诸子散文为主流，用事手法在这一时期并不显著。诸子百家在阐述哲学思想和政治主张时，更多地直接引用古代圣贤的言论或历史事件来支持自己的观点。随着汉代赋体文学的兴起，用事开始作为一种修辞手法被引入文学作品中。赋体文学以其辞藻华美、结构严谨而著称，用事在其中多用于展示作者的博学和增强作品的文采。

2. 魏晋南北朝

进入魏晋南北朝时期，文学创作开始追求更为精致和讲究的艺术风格。骈文的兴起，特别是对偶和排比的运用，使得用事成为骈文中的一大特色。用事不仅在散文中得到广泛应用，也开始在诗歌创作中蔓延。诗人通过用事来表达情感、抒发志向，同时也用以展现个人的文学修养和审美情趣。

3. 唐代

唐代是中国文学史上的黄金时代，尤其是诗歌创作达到了前所未有的高峰。诗人们不仅在作品中广泛运用用事，而且开始系统地探讨和总结用事的技巧和规律。用事在唐代诗歌中的运用，不仅增强了作品的艺术表现力，也提升了诗歌的思想内涵。

4. 宋代

宋代文学创作受到佛教禅宗的深刻影响，文人们对文法和诗法的讨论变得更加具体和深入。"江西诗派"的诗人在创作中大量使用用事，并对用事的技巧和方法进行了深入的探讨。"江西诗派"的用事更加注重典故的内在精神和哲理意蕴，追求用事与诗意的完美融合。

5. 元代

在元代文学创作中，用事是一种被广泛运用的写作手法。元代散曲套数非常善于借用典故来叙事，尤其是多用事典，使得所叙之事更为曲折有致，生动有趣，含蓄有味。例如，马致远的散曲中，通过引用古代隐士的故事，表达了自己归隐田园的志向，使得作品情感更为丰富，文学性更强。同时，元代白话小说也常用事来增强故事的说服力和吸引力，通过引用古代故事或成言，使得情节更加扣人心弦，人物形象更加鲜明。这些用事手法，不仅丰富了元代文学的表现手法，也提升了其文学价值。

用事在中国古代文学史中的演变，从先秦的萌芽，到汉魏的初步发展，再到唐宋的成熟和明清的深化，呈现出一个由浅入深、由简单到复杂的过程。这一演变过程不仅反映了文学创作手法的不断丰富和完善，也体现了社会文化和审美观念的变迁和发展。用事作为一种重要的文学修辞手法，在中国古代文学中的地位和作用不容忽视。通过对用事的深入研究和巧妙运用，可以更好地理解和欣赏中国古代文学的独特魅力，也可以为今天的文学创作提供宝贵的启示和借鉴。

6. 明清

到了明清时期，随着文学创作的进一步发展和繁荣，文论家们对诗文小说的创作法则进行了更为深入和系统的总结。用事作为一种重要的修辞手法，其理论和实践都达到了空前丰富和深入的程度。用事在明清文学中的运用，更加注重个性化和创新性，成为文人展示才华、抒发情感的重要手段。

第四节　影响古代文学创作的因素

一、地理环境对古代文学创作的影响

"文学赖以生存的条件之一，必然包括了物质所处的空间。因此，不同地理环境背景下的文学创作也有较大差异"①。从地理环境视角探究文学创作，是文学鉴赏与批评的一个重要命题。在文学地理学成为正式学科并逐渐发展成熟后，探究文学创作的地理环境因素成为学者深挖文学作品内涵的一个关键途径。地理环境对文学创作的影响是通过文学家这个生命载体来实现的，特定的地理环境会激发文学家的情感或触发其创作灵感，从而进行文学创作。地理环境对古代文学创作的影响，具体体现在以下三个方面：

（一）地理环境对古代文学创作内容的影响

地理环境对古代文学创作的影响深远且多方面，其最显著的表现之一在于创作内容的丰富性。对古代文学家而言，地理环境不仅是描绘自然景象的素材，更是表达情感、思考人生的重要载体。他们通过直接描绘周围的地理环境，展现自身所处的时代背景和生活状况，或是借助山川河流抒发内心的情感和对自然的热爱。可以说，地理环境的多样性为文学创作提供了源源不断的灵感。

---

① 李秀林.地理环境对中国古代文学创作产生影响的分析[J].中学地理教学参考，2014（22）：67.

在中国古代文学中，山水作为一个重要的创作主题，展示了文学家们对自然的深刻观察和细腻感受。山水文学不仅仅是对自然景观的描写，更是古代文学家们情感和思想的外在表现。通过对山水的描绘，文学家们表达了对自然的敬畏、对人生的思考以及对社会的态度。地理环境在古代文学创作中，不仅是物质层面的存在，更是精神层面的象征。

实际上，古代文学家对地理环境的描述和反映，充分展现了他们的情感倾向和审美偏好。地理环境的各种意象成为他们记录生活、表达内心世界和展示艺术才华的主要手段。地理环境在古代文学创作中的作用，不仅是创作的素材来源，更是文学家们情感和思想的寄托之所。通过对地理环境的描绘，古代文学家们不仅呈现出一个个生动的自然画面，更传达了他们对自然、人生和社会的独特理解和深刻感悟。

（二）地理环境对古代文学创作风格的影响

地理环境对古代文学创作风格的影响是不可忽视的重要因素。在不同的历史时期，地理环境的变化直接或间接地影响了文学的内容和形式，反映了时代的特征和人们的心态。

西周初期，地理环境相对稳定，农业生产得以顺利进行，社会秩序井然。在这样的背景下，文学作品多表现出一种温和敦厚的风格，内容大多以歌颂自然之美和社会和谐为主。稳定的地理环境给予人们安全感和满足感，文学创作也因此更加关注生活的美好和人情的温暖。

到了西周末期，连年大旱等恶劣的气候环境对农业生产造成了严重打击，加之厉、幽二王的昏庸失德，社会动荡不安。外有犬戎入侵，内有诸侯争权，百姓生活在水深火热之中。在这种严峻的环境下，文学作品的风格发生了显著变化，创作内容多记录灾害频仍、民生疾苦，文风沉郁哀伤，表现出对现实的深切感慨和无奈。

秦至西汉初期，地理环境再次趋于稳定，国家统一带来的社会安定，使得文学创作回归现实，内容真实贴近生活。作者们更多地描写日常生活和社会现象，文学作品展现出质朴而真实的风格。

东汉至魏晋时期，自然灾害频繁，不仅有地震，还有风灾、雪灾、洪水、海啸等多种灾害，这些灾难不仅破坏了人们的生活环境，也对文学创作产生了深远的影响。为了逃避现实的苦难，文学创作中辞藻变得华丽，形式愈加精巧，但这种繁荣却掩盖不了现实的残酷，作品往往带有"故作繁荣"的特征，显示出文人们对现实的无奈和逃避。

（三）地理环境对古代文学创作流派和创作中心地的影响

古代文学的创作深受地理环境的影响，不同地域的自然景观、气候条件和人文环境塑造了各具特色的文学风格，而这些风格相近的文学家汇聚在一起便形成了独特的文学流派。地理环境不仅仅在自然景观层面上对文学创作产生影响，更在文化氛围和社会环境上起到决定性的作用。由此可见，地理环境不仅是文学创作的背景，更是其内容和形式的重要组成部分。

文学流派的形成往往反映了特定地理环境对文学创作的深远影响。例如，"田园诗派"的文学家常常取材于田园风光，以优美的自然景象和朴素的生活场景来表达对自然的热爱和对世俗功名的超脱。"边塞诗派"的作品则多描绘边疆的壮丽景色和激烈的战争场面，借此抒发诗人的报国之志和建功立业的豪情。这些文学流派不仅在题材上有所区别，更在风格上呈现出独特的地域特征，这无疑是地理环境在文学创作中的直接体现。

此外，地理环境还对文学创作中心地的形成起到了关键作用。通常情况下，地理环境优越、交通便利、经济繁荣的地区更容易吸引文学家的聚集，从而形成创作中心地。这些地区不仅提供了优越的物质条件，也营造了浓厚的文化氛围，激发了文学家的创作热情。例如，历史上许多文学创作中心地如长安、洛阳、杭州等，都是当时经济、政治和文化的中心，这些地方的优越条件为文学创作提供了良好的环境，使得文学作品在这些地区不断涌现。

二、贬谪对古代文学创作的影响

贬谪是中国古代文人无法回避的命运之一。文人的贬谪遭遇及其情感表达,成为古代文学创作中重要且常见的主题。贬谪不仅是残酷的政治摧残,更是特殊的情感激发方式,它在改变被贬谪者社会生活的同时,也深刻影响了他们的文学创作,尤其是创作内容、情感表达与风格特征,从而对文学产生了显著影响。

从历史角度来看,贬谪不仅是政治现象,亦是文学现象。古代文人的理想人生是入仕,而在入仕的文人中,未经历贬谪者寥寥无几。而那些遭遇贬谪的文人,其内心的幽思幽怨、愤悱不平的情感,常常在文学创作中得到淋漓尽致的表现。因此,贬谪成为古代文学创作的重要源泉之一。文人因贬谪而产生的幽怨愤悱之情,成为他们表达不平心境、情境和语境的主要内容。这种情感外化,实际上是文人在生命遭遇沉沦、身心痛苦与挫折时的一种特殊语态表达方式。

贬谪不仅改变了文人的社会人生,也对其文学创作产生了深远的影响。被贬谪的文人,在孤独和痛苦中,更加深入地思考人生和社会,内心的愤懑与不甘常常在其作品中显现,赋予文学作品以深刻的思想内涵和独特的艺术魅力。这种情感的激发,使得贬谪者在文学创作中表现出更为强烈的个性和更为丰富的情感层次,从而形成了独特的艺术风格和文学价值。

贬谪文人的创作往往带有强烈的个人色彩和时代特征,他们以自身的经历为素材,将个体的痛苦与社会的不公融为一体,形成了既具有个人体验又具社会批判意义的文学作品。这些作品不仅是对自身遭遇的记录和反思,更是对社会现实的深刻揭示和批判。贬谪因此成为古代文学创作中一个重要的推动力,使得文人在面对逆境时,依然能够通过文学创作表达心声,追求精神上的超越与解脱。

(一)贬谪对文学创作的优化和提升作用

贬谪作为古代官员因政治斗争或其他原因被放逐至边远地区的处罚,

对文学创作产生了深远的影响。以下是对贬谪对文学创作优化与提升作用的整合分析：

1. 贬谪文学的情感深度

唐代诗歌中最能触动人心的是征戍、迁谪、行旅和离别之作。特别是迁谪，即贬谪，因其涉及个人亲身经历的苦难和情感，使得贬谪诗歌不仅能够激发作者的情感，更能引起读者的共鸣。与边塞诗相比，贬谪诗更直接地反映了诗人的个人遭遇和内心世界，因此具有更丰富的生活内容和情感蕴藉。

2. 贬谪经历与诗歌创作的转变

贬谪经历往往成为诗人创作的重要转折点。初唐时期的沈佺期和宋之问，在被贬谪前虽然在诗歌体式上有所探索，但鲜有佳作。然而，在被贬谪之后，他们的诗歌创作水准有了显著的提升。

3. 贬谪诗歌的艺术成就

贬谪诗歌的艺术成就在文学史上占有重要地位。它不仅展现了诗人在逆境中的坚韧与才华，也反映了他们对个人命运与社会现实的深刻思考。通过贬谪诗歌，诗人将个人遭遇与广阔的自然景观、历史文化相结合，创作出既具有个人情感色彩又蕴含丰富哲理的文学作品。这些作品往往情感真挚、语言凝练、意象生动，成为后世传诵的佳作，对中国古代诗歌的发展产生了深远的影响。

4. 贬谪对诗人身份的转变

贬谪对诗人身份的转变具有重要意义。许多诗人在经历贬谪之后，其创作重心和文学追求发生了变化。他们从关注政治斗争和官场生活，转向了对个人情感的抒发和对自然、人生的感悟。这种转变使得他们的文学作品更加注重艺术性和审美价值，从而在文学史上留下了独特的印记。同时，贬谪经历也促使一些诗人从政治家的身份转变为专业的文学家，他们的文学创作成为其政治生涯的重要补充，甚至超越了其政治成就，成为其最为人称道的部分。

（二）贬谪对贬谪者文学情感的蕴蓄和深化作用

贬谪对贬谪者文学情感的蕴蓄与深化作用，是一个复杂而深刻的文学现象。以下是对这一现象的逻辑清晰、层次分明的整合分析：

1. 贬谪与文学创作的情感基础

文学创作本质上是一种情感的外化和艺术的表现。诗人通过对社会、自然和人生的深刻感受，将内心的情感转化为具体的形象和语言，创作出能够触动人心的文学作品。这一过程需要诗人真实地感受外界，并寻找与内心情感相契合的艺术形象，进行艺术加工，以传达给读者深刻的情感体验。

2. 贬谪经历的情感激发

贬谪作为一种人生的重大转折，为诗人提供了一种特殊的情感激发机制。从朝臣到罪囚的身份转变，不仅改变了诗人的生活条件，更深刻地影响了他们的情感世界和创作视野。贬谪者被置于社会底层，这种地位的陡降迫使他们重新审视和感受生活，从而在创作中表现出更为丰富和深刻的情感。

3. 贬谪与诗人视野的拓展

贬谪经历使诗人的生活接触面扩大，他们对社会真相的发现与思考、对陌生环境的适应、对自然山水的交融，都极大地拓展了他们观察社会与人生的视角。这种全新的生活体验，促使诗人对人生意义和社会现实进行更深入的思考，从而在文学作品中表现出更为丰富和深刻的情感和思想。

4. 贬谪与诗人思想的转变

贬谪不仅是诗人生活的变化，也是他们思想意识的一次重大转变。在不断地适应和反思中，贬谪者重新审视了自己的人生观、社会观和生命价值观，这种思想上的转变使他们的文学作品具有了更为深刻的内涵和更强烈的现实关怀。

（三）贬谪对贬谪者文学创作的诱发和促成作用

贬谪对贬谪者文学创作的诱发和促成作用是多方面的，可以从以下层次进行清晰的逻辑整合：

1. 贬谪作为文学创作的起点

贬谪文学的创作往往始于诗人被贬离京城或熟悉的生活环境之时。这一转折点常常伴随着亲友以诗文相赠的壮观场面，其规模和影响力相当于一次大型的诗文笔会。

2. 贬谪生活的文学影响

随着贬谪时间的延长，贬谪者对谪居地的生活感受不断深入，贬谪对他们文学创作的影响也更加明显。贬谪生活成为他们创作的主要内容。

3. 贬谪与文学成就的提升

贬谪经历不仅激发了诗人的创作灵感，也提升了他们的文学成就。贬谪经历为诗人提供了独特的生活体验和情感资源，使他们的作品具有了更深刻的人文关怀和社会意义。

4. 贬谪文学在唐代文学中的地位

贬谪文学作品是唐代诗文中极为重要的组成部分，它们增加了唐代文学的深度、厚度和美感。贬谪文学的存在，提升了唐代文学的整体价值和史学地位。

5. 贬谪对文学创作的整体贡献

贬谪虽然给诗人带来了人生的苦难和情感创伤，却也极大地提升了他们在文学创作上的整体水准。从作家论和文学论的角度来看，贬谪对中国古代文学的影响是明显、积极和肯定的。

三、农业文明对古代文学创作的影响

古代人民在辛勤劳作中创造的农业文明,对古代社会的各个方面产生了深远影响,并对我国古代文学的创作、作品、审美以及发展起到了重要作用。农业文明的起源和不断发展,为古代文学作品注入了丰富的内涵,并确立了独特的审美特征。

在漫长的历史进程中,农业生产活动的出现和发展具有重要意义。考古学验证表明,我国的农业生产活动起源甚早。新石器时期,远古人类已经开始尝试种植活动,并对农业生产形成了高度依赖。随着时间的推移,到了商朝,农业逐渐成为核心的生产方式。在物质生活尚未完全保障的背景下,周朝通过大力推动农业发展,显著提高了自身的生存水平,对农业的重视也不断增强。农业生产的稳步推进,使得社会生产力水平提高,生活质量提高,文化生活日益丰富。

在此背景下,古人通过文字、诗歌等形式记录和传承农业文明。农业不仅成为古代文学的重要题材,还在很大程度上塑造了古代文学的民族特征。农业生产中的自然景象、劳动场面以及农耕经验,成为古代文学创作的重要源泉和灵感来源。古代文学作品中的许多经典篇章,都反映了农业文明对人们生活的深刻影响,表现出人们对自然、土地和劳动的深刻热爱与尊重。

(一)农业生产目的使我国古代文学创作兼具功利和诗性

我国古代农业生产过程中,生产活动的主要目的是围绕实用性,农业生产是古代人民获取衣食的主要渠道。每个务农人将农业生产产量,以及生产产量是否足以家庭的生存需要作为最关注的问题。在农业文明条件下,古代人民虽然生活艰苦,劳动十分艰辛,这期间的劳动者物质生活难以得到保障,但仍然在内心中向往光明和希望。古代劳动者将自身希望投入到农作物生产中,伴随农作物萌芽和生长,会衍生出新的希望,在此过程中获取到的慰藉,会完全超越劳作的辛苦,让劳动人民对未来生活同样饱含憧憬和诗性幻想。基于此,在我国古代文学创作过程中,通常均融入了人与物的融通韵味，文学作品中并没有体现出让读者感受到完全悲凉的意境和体会。

古代农民高度关注农业产量，因为这关系到家庭的基本生存需求。在农业文明的背景下，尽管古代人民的生活条件艰苦，劳动过程辛劳，但他们依旧心怀光明与希望。农民们把希望寄托在农作物的生产上，随着农作物的萌芽和成长，他们从中汲取新的希望。这种希望能够超越劳作的艰辛，为他们的未来生活注入憧憬和诗意幻想。

因此，在我国古代的文学创作中，人们往往能感受到人与物之间的和谐共鸣。文学作品尽管包含悲剧性的情节和命运抗争，但并不会让读者感到完全的悲凉。在中国的文化环境中，人与物之间存在着深刻的联系。在我国古代文学作品中，即便故事情节充满悲情色彩，人物在悲剧命运中挣扎，但细细品味，依然能够感受到其中的色彩和生命的韵味。

（二）农业生产方式使我国古代文学兼具中庸与和谐美

古代农民一直以来采用自给自足的农业生产方式，这不仅塑造了中华民族独特的个性特征，也奠定了中庸和谐的审美观念。农业文明的起源与我国古代的自然环境和生产方式密不可分。在我国农业文明发展的高峰期，正值几个温暖期，这段时期也是中华儿女集体性格形成的关键阶段，人们的审美观念在这一时期逐渐成熟。

随着战国时期的到来，铁器农具的出现使农业生产方式发生了显著变化，由集体耕种转向个体耕种。这一变化促生了大量家庭的形成，家庭的繁衍带来了人口的增加，家庭中逐渐涵盖了老幼尊卑，礼仪制度也随之发生了变化。在这种家庭体系中，每个人对待父兄如同对待自己的君主一样，爱护幼子如同对待自己孩子。这种家庭礼仪对我国古代文学创作产生了深远影响，反映了和谐的审美观念，进一步丰富了文学作品中的人文情怀和道德价值观。

（三）农业文明环境使我国古代文学创作兼具朴素清新意境

自古以来，中国便享有"山水古国"之美誉，其自然风光旖旎，山水风景如画,展现着朴素清新的审美意境。古时,黄河流域气候宜人,土地湿润,雨水丰沛,植被茂密,地理环境优越,自然景观优美。人与环境相辅相成,人的存在塑造了自然环境,而自然环境也对人产生着深远影响。在尊重自然的基础上,环境赋予人以意象,这些意象在人心中扎根,形成独特的审美观念。北方地区的广袤平原和雄伟山川形成了朴素粗犷的农业文明特征,在古代文学中得以体现。南方地区的长江流域则展示了秀丽优美的山水景观,呈现出温润柔婉的生态文明景象。中国古代文学审美体系深受农业文明影响,甚至可谓相辅相成,对后世文学创作及体系构建产生了重要影响。

(四)农业生产过程使我国古代文学创作兼具开放与封闭性

在古代中国,农民生活虽然似乎在广袤的土地上拥有足够宽阔的空间,但实际上,他们的生活范围往往局限于家庭内部。生产活动主要围绕家庭成员展开,如耕种等活动也主要在家庭周围进行。农民的生活与土地紧密相连,从衣食住行到生老病死,乃至埋葬,都在家园内完成。他们并不渴求广阔的居住空间,更希望时间更长久。然而,人类对未知的探索和求知的欲望使得他们不断创新突破。这种欲望也影响了古代文学创作,使得文学作品既有封闭性,又具有开放性。

古代文学常以家庭为主要背景,通过家庭兴衰反映封建社会的变迁。农业文明对古代文学产生了深远影响,丰富了文学创作的内容和形式,使读者得以无限遐想。农业生产目的使古代文学兼具功利与诗性,生产过程则赋予文学作品开放与封闭的特性。这种对土地的深沉热爱构建了古代文学中美丽的山水景观,形成了独特的创作风格和审美趣味。

因此,古代中国文学在农业文明的滋养下,既表现了功利与诗性的融合,又展现了中庸与和谐的美学观念。农业文明为古代文学注入了朴素清新的意境,使其同时具有开放与封闭的特性,使古代文学更具深度和魅力。

第四章 古代文学作品中的文化元素

在悠久的中华文明历史长河中,古代文学作品不仅是文学艺术的瑰宝,更是传承和展现中华民族文化精髓的重要载体。这些作品以文字为媒介,跨越时空的界限,让今天的人们能够窥见古人的生活状态、思想观念以及文化习俗。本章通过分析古代文学作品中的茶文化、饮食文化、农耕文化和儒家文化,揭示这些文化元素如何影响和塑造古代文学,为人们理解和欣赏古代文学作品提供新的视角和参考。

第一节 古代文学作品中的茶文化

在中华民族古代文学的浩瀚星空中,茶文化作为一颗璀璨的星辰,频繁地闪耀于各类文学作品之中。"在茶文化不断地传承发展中,茶文化融入古代文化创造的各个领域中,特别是在古代文学领域,深刻地影响文学创作的方法,并与传统文学形态进行融合,形成特殊的文学意象,完成茶文化在文学作品中的引用"[①]。

茶文化与古代文学之间紧密相连,有必要在深刻理解茶文化精髓的基础上,深入探索其在古代文学作品中的具体呈现。此举不仅有助于更好地领略古代文学作品中茶文化的独特韵味,还能进一步理解茶文化在

---

① 武晓鹏. 古代文学中的茶文化[J]. 福建茶叶,2024,46(2):179.

古代文学作品中的创新性应用。这种方式不仅能够提升古典文学的文化价值,更能增强文学作品的艺术美感,从而实现对茶文化更加全面而深入的诠释。

一、茶文化的起源

茶,这一源于古老东方的神奇饮品,其历史可追溯至数千年前,与中华文明的发展紧密相连。据史籍记载,茶的起源最早可追溯到神农氏时期,距今已有四千七百余年之久。最初,茶并非作为饮品出现,而是作为一种具有药用价值的植物被人类所发现。随着时间的推移,茶的药用价值逐渐淡化,而其作为饮品的属性逐渐凸显,进而深入到了人们的日常生活之中。

茶文化的形成,标志着茶从一种简单的饮品转变为一种富含文化内涵的精神寄托。这一转变始于汉代,当时茶开始在贵族和文人之间流行,成为他们生活中不可或缺的一部分。随着茶在社会各阶层中的普及,人们对茶的研究也愈发深入,不仅探索了茶的种植、制作和冲泡技术,还形成了一系列关于饮茶和品茶的规矩和仪式。这些规矩和仪式的形成,标志着茶正式从一种饮品上升为一种文化现象。

在茶文化的演变过程中,其物质属性和情感属性都发生了显著的变化。最初,茶作为一种饮品,其主要价值体现在物质层面上,如解渴、提神等。随着茶文化的深入发展,人们开始赋予茶更多的精神内涵,如修身养性、陶冶情操等。这种转变不仅使茶的物质属性得到了进一步的深化,更使其情感属性得到了极大的丰富和升华。

茶文化的形成和完善,不仅为人们带来了物质上的享受,更带来了精神上的满足。饮茶成为一种习惯、一种时尚、一种享受,它不仅仅是一种简单的饮品,更是一种文化、一种艺术、一种生活方式。茶文化的普及和传播,不仅丰富了人们的文化生活,更提升了人们的文化素养和精神追求。

如今，茶的影响力已经扩散至全球各地，许多国家都受到了茶文化的影响，形成了具有当地特色的饮茶和品茶习惯。这些习惯与当地文化相互融合，形成了各具特色的茶文化。这种全球化的茶文化现象，不仅彰显了我国茶文化的强大影响力，也进一步促进了茶文化的传播和发展。

从神农氏到全球风尚，茶文化的演变历程充满了传奇和魅力。它不仅是一种饮品，更是一种文化、一种精神、一种艺术。在未来的发展中，茶文化将继续在全球各地发扬光大，为人类文明的发展贡献更多的力量。

二、茶文化与古代文学的关系

（一）茶是古代文学创作的素材之一

茶作为中国古代文学创作中不可或缺的重要素材之一，自古以来便与文人墨客结下了不解之缘。它不仅仅是一种饮品，更是一种文化象征，一种精神寄托，一种创作灵感。在浩如烟海的古代文学作品中，茶的身影无处不在，它以其独特的魅力，为文学创作提供了丰富的素材和深刻的思考。

茶以其天然、纯净的特质，成为文人墨客钟爱的饮品。茶叶中蕴含的大自然的精华，通过精心泡制，散发出浓郁的茶香，让人心旷神怡。这种茶香浓郁的文化氛围，不仅能够沉淀文人墨客内心的浮躁，更能够激发他们的创作灵感。在茶香的熏陶下，文人墨客们能够全身心地投入到文化场景中，用笔墨书写出那些充满生命力和冲击力的文学作品。

在古代文学中，茶成为重要的主题之一。无论是诗歌、散文还是小说，茶都被赋予了丰富的文化内涵和深刻的象征意义。诗人们通过描绘茶的形态、品味茶的滋味、感受茶的氛围，表达了对生活的热爱、对自然的敬畏以及对人生的思考。在茶的世界里，他们找到了创作的灵感和源泉，用优美的文字抒发出内心的情感和哲思。

同时，茶文化的丰富内涵也为文学创作提供了广阔的空间。在茶文化的熏陶下，文人墨客们开始更加深入地挖掘茶文化的精髓，将其融入文学创作中。他们通过描写茶的制作过程、茶的冲泡技艺、茶的品鉴方法等方面,展示了茶文化的独特魅力和深刻内涵。这些作品不仅让读者在欣赏文学之美的同时,也能够领略到茶文化的博大精深。

在文学创作领域,茶文化的引入不仅丰富了作品的内容,更深化了作品的主题。文人墨客们在饮茶的过程中,通过精神的交流和传递,使饮茶活动不再是一种简单的生活方式,而是一种文化的传承和发扬。他们借助茶文化的力量,表达了对社会环境、人文环境、风景的思考和感悟。这些作品不仅具有高度的艺术价值,更富有深刻的思想内涵和人文情怀。

此外,茶文化还为文学创作提供了新的思考方向。在茶文化的启发下,文人墨客们开始关注人与自然的和谐共生、人与社会的相互依存等方面的问题。他们通过对茶文化的深入研究和思考,将这些元素融入文学创作中,使作品更加具有现实意义和时代价值。这种对茶文化的深入挖掘和思考,不仅丰富了文学创作的内容,也促进了人们对古代文学的理解和欣赏。

(二)茶文化与古代文学的历史逻辑

茶文化与古代文学,作为中华民族两大璀璨的文化瑰宝,其历史逻辑紧密相连,相辅相成。二者不仅共享着深厚的历史价值,而且均以意境为核心,承载着对客观事物的深刻感悟与情绪反应。同时,它们还共同拥有着悠久的历史基础,共同构成了中华文化独特的魅力。

1. 共享深厚的历史价值

茶文化与古代文学,在漫长的历史长河中,各自积累了丰富的文化元素和深厚的历史价值。古代文学,作为中华文化的重要组成部分,通过文字的形式,记录了历史的变迁,传承了民族的智慧,反映了社会的风貌。在长久的发展过程中,古代文学不断积累着文学元素,其中蕴含的理念和思想是对历史的沉淀,具有极强的文学艺术价值。

茶文化,则以物质文化为核心,包含着人们对茶的认知和感悟。从神农氏发现茶开始,茶文化便在中华大地上生根发芽,逐渐形成了完整的文化体系。茶文化的形成,不仅丰富了人们的物质生活,更提升了人们的精神世界。通过文人墨客的加工和传颂,茶文化得以在文学领域中得到充分的展现和传承。古代文学和茶文化在长久的发展过程中,共享着深厚的历史价值,二者的相互渗透和融合,为中华文化的发展奠定了坚实的基础。

2. 以意境为核心

意境是古代文学和茶文化共同的核心。古代文学凭借对茶文化的感悟,创作出了大量以茶文化为主题的文学作品。如,唐代诗人白居易有诗《山泉煎茶有怀》,皮日休有诗《茶中杂咏·煮茶》。陆游在《茶歌》中,通过细腻的描写展示了茶的品味与文化。这些作品通过对茶文化的描绘和赞美,表达了作者对生活的热爱、对自然的敬畏以及对人生的思考。茶文化在文学中生成的素材,源于创作者对意境的感悟。这些作品不仅展现了茶文化的独特魅力,更体现了作者对意境的深刻理解和追求。

茶文化本身也以意境为核心。在品茶的过程中,人们不仅能够感受到茶香的浓郁和茶味的醇厚,更能够领略到茶文化的深邃和博大。茶道、茶德、茶精神等茶文化元素,都是对意境的深刻诠释和体现。这种以意境为核心的文化特质,使得茶文化与古代文学在精神层面产生了强烈的共鸣和契合。

3. 共同拥有悠久的历史基础

古代文学作品和茶文化,都拥有着悠久的发展历程。茶作为我国传统的饮品,有着深厚的文化内涵。从神农氏发现茶开始,茶文化便在中华大地上流传开来。在品茶的过程中,人们逐渐形成了茶道、茶德、茶精神等茶文化元素。这些元素不仅体现了茶文化的精神内核,更反映了中华民族的文化传统和审美追求。

古代文学作品则通过文字的形式,记录了茶文化的发展历程和演变轨迹。从《诗经》中的"谁谓茶苦,其甘如荠"到唐代"茶圣"陆羽的《茶经》,

再到宋代文人墨客的茶诗茶词,古代文学作品中对茶文化的描绘和赞美,无不体现了茶文化的深厚底蕴和独特魅力。这些作品不仅丰富了茶文化的内涵和外延,更为后人研究和传承茶文化提供了宝贵的文献资料和思想资源。

在古代文学作品中,茶文化的渗透有着较强的历史基础。茶文化经常出现在诗文情景交融的过程中,用于连接现实和意境,成为古代文人创作不可缺少的饮品和素材。这种历史基础使得茶文化与古代文学在内容和形式上都产生了紧密的联系和融合。二者共同构成了中华文化独特的魅力和韵味,为后人留下了宝贵的文化遗产和精神财富。

三、茶文化在古代文学作品中的体现

茶文化在古代文学作品中的体现,不仅丰富了文学的内涵,也深化了人们对茶文化的理解和欣赏。以下是茶文化在古代文学作品中体现的重要方面:

第一,茶作为文学创作的主题与象征。在古代文学作品中,茶常常作为重要的主题和象征元素出现。茶不仅是文人墨客日常生活中的一部分,更是他们抒发情感、寄托思绪的媒介。茶的自然属性、品饮过程以及与之相关的文化仪式,都为文学作品提供了丰富的创作素材。

第二,茶文化的精神内涵在文学作品中的体现。茶文化蕴含着深厚的精神内涵,如"茶禅一味""以茶会友"等理念,在古代文学作品中得到了充分的体现。这些作品通过描绘茶文化的精神特质,展现了文人墨客对人生的理解和追求。他们通过品茶的过程,寻找内心的平静与和谐,追求精神的超脱与自由。同时,茶文化也成为连接人与自然、人与社会的桥梁,体现了文人墨客对宇宙万物和人际关系的思考。

第三,茶文化的艺术表现在文学作品中的展现。茶文化具有独特的艺术表现力,这在古代文学作品中得到了充分的展现。文人墨客们通过描绘茶的形态、品味茶的滋味、感受茶的氛围,将茶文化融入文学创作中,形成了独特的艺术风格。他们以茶为题材,创作出大量的诗词歌赋和散文小说，不仅展现了茶文化的独特魅力，也丰富了文学的表现手法和审美体验。

第四，茶文化与文学作品的相互渗透与融合。茶文化与古代文学作品之间存在着密切的相互渗透与融合关系。茶文化为文学作品提供了丰富的素材和灵感，而文学作品则通过艺术化的加工和表现，使茶文化得以传承和发扬。在文学作品中，茶文化不仅被赋予了深刻的象征意义，还成为连接现实与意境、人与自然、人与社会的纽带。这种相互渗透与融合的关系，使得茶文化与古代文学作品共同构成了中华文化独特的魅力。

第五，茶文化在古代文学作品中的社会意义。茶文化在古代文学作品中还具有深刻的社会意义。它反映了当时社会的风俗习惯、价值观念以及审美趣味。通过对茶文化的描绘和赞美，文学作品展现了人们对美好生活的追求和向往。茶文化也是社会交往和人际交往的重要媒介，体现了人与人之间的情感联系和精神交流。这种社会意义使得茶文化在古代文学作品中具有了更加广泛的影响力和传播力。

第二节　古代文学作品中的饮食文化

一、古代文学作品中饮食文化的研究意义

古代文学作品，作为人类文明的瑰宝和传承的媒介，一直以来都是研究古代社会风貌和人文精神的重要窗口。在这些浩如烟海的文字之中，饮食文化以其独特的魅力，成为古代文学作品不可或缺的一部分，深刻地反映了古代社会的物质生活、精神追求以及社会风尚。

饮食，作为人类生存的基本需求，不仅承载着生理的满足，更蕴含着丰富的文化内涵。在古代文学作品中，饮食的描写不仅仅是对食物本身的描绘，更是对当时社会风貌和人文精神的细致刻画。通过品味古代

文学作品中的饮食文化,可以更加直观地感受到古代社会的饮食习俗、烹饪技艺、饮食礼仪以及食物背后的象征意义。

首先,古代文学作品中的饮食文化展现了古代社会的物质生活水平。从食物的种类、烹饪方法到饮食器具的使用,都反映了当时社会的经济状况和生产力水平。例如,在《红楼梦》中,贾府的宴席可谓琳琅满目,各种美食佳肴应有尽有,这不仅体现了贾府的经济实力,也反映了当时社会的物质繁荣程度。

其次,古代文学作品中的饮食文化还体现了古代社会的精神追求和审美趣味。在文学作品中,食物往往被赋予深厚的文化内涵和象征意义,成为表达情感、传递价值观的重要载体。例如,在《诗经》中,食物常被用来比喻美好的事物和崇高的品质,体现了古人对美好生活的向往和追求。

此外,古代文学作品中的饮食文化还展现了古代社会的礼仪规范和人际关系。在古代社会,饮食不仅仅是为了满足生理需求,更是一种重要的社交活动。通过饮食的礼仪和规矩,人们可以展现出自己的修养和身份地位,也可以加深彼此之间的了解和信任。在文学作品中,这些礼仪和规矩被生动地展现出来,为人们了解古代社会的礼仪文化和人际关系提供了宝贵的资料。

二、古代文学作品中的饮食描写

(一)文学作品中的饮食种类与特色描写

在古代文学作品中,饮食的描绘往往与时代背景、地域特色、人物性格和故事情节紧密相连。通过对这些作品中饮食种类与特色的深入分析,能够更好地理解古代社会的风土人情、文化习俗以及人文精神。

1. 粮食作物的种植与食用

在古代文学作品中,粮食作物是饮食文化的重要组成部分。稻谷、小麦、豆类等作物的种植与食用不仅体现了古代人民的生产活动,也反映了他们的生活状况和社会经济发展水平。

例如，在《诗经》中就有大量关于粮食作物的描写。其中，"黍稷稻粱，农夫之庆"展现了古代人民对粮食丰收的喜悦之情。

在《红楼梦》中，贾府作为贵族家庭，其饮食自然也是以精细粮食为主。大米、小米、玉米等粮食作物在贾府饮食中占据了重要地位。通过对贾府饮食的描写，可以窥见古代贵族家庭的生活状况和消费水平。

2. 蔬菜水果的采摘与烹饪

蔬菜水果作为古代人民日常饮食的重要组成部分，其种类丰富多样，各具特色。在古代文学作品中，对蔬菜水果的采摘与烹饪的描写也颇具特色。

在《诗经》中，有许多关于蔬菜水果的描写。如"采采芣苢，薄言采之。采采芣苢，薄言有之"等诗句，生动地描绘了古代人民采摘蔬菜的场景。《诗经》中还提到了"园有桃，其实之肴"等诗句，展现了古代人民对水果的喜爱之情。

在《水浒传》中，对蔬菜水果的描写也颇为丰富。例如，在描写梁山好汉们的日常生活时，经常提到他们食用各种蔬菜水果的情景。这些描写不仅展示了古代人民对蔬菜水果的依赖和喜爱，也反映了当时社会的经济状况和农业发展水平。

3. 肉类禽蛋的饲养、狩猎与烹饪技艺

肉类禽蛋作为古代人民饮食中的重要组成部分，其饲养、狩猎与烹饪技艺也备受关注。在古代文学作品中，对这些方面的描写也颇具特色。

在《诗经》中，就有关于肉类禽蛋的描写。如"鸡栖于埘，日之夕矣，羊牛下来"等诗句，展现了古代人民饲养家禽家畜的情景。《诗经》中还提到了"执豕于牢，酌之用匏"等诗句，描述了古代人民对猪等肉类的烹饪技艺。

在《三国演义》中，对肉类禽蛋的描写也颇为生动。例如，在描写宴会的场景时，经常提到各种肉类和禽蛋的菜肴。这些菜肴不仅展示了

古代人民对美食的追求和创造力,也反映了当时社会的文化风尚和审美趣味。

4. 水产海鲜的渔业资源与烹饪方法

水产海鲜作为古代人民饮食中的重要组成部分,其渔业资源与烹饪方法也备受关注。在古代文学作品中,对这些方面的描写也颇具特色。

在《诗经》中,就有关于水产海鲜的描写,如"南有嘉鱼,烝然罩罩。君子有酒,嘉宾式燕以乐"等诗句,展现了古代人民对水产海鲜的喜爱之情。《诗经》中还提到了"鱼丽于罶,鲿鲨。君子有酒,旨且多"等诗句,描述了古代人民对鱼类等水产海鲜的烹饪技艺。

5. 调味品与饮品的制作与消费

调味品与饮品作为古代人民饮食中不可或缺的一部分,其制作与消费也备受关注。在古代文学作品中,对这些方面的描写也颇具特色。

酒在李白的作品中不仅是一种日常饮品,也往往作为情感的载体,传递出他对自由、逍遥的追求。他的《将进酒》便是饮酒诗的经典之作,诗中有许多关于酒的描写,如"烹羊宰牛且为乐,会须一饮三百杯",并通过酒的饮用表达出他豁达的处世态度和对人生短暂的感悟。

在《红楼梦》中,对调味品和饮品的描写也颇为详细。例如,在描写贾府饮食时,经常提到各种调味品和饮品的名称和用途。这些描写不仅展示了古代贵族家庭对饮食的讲究和追求,也反映了当时社会的饮食文化和消费习惯。

(二)文学作品中的饮食场景与礼仪

在中国古代文学作品中,饮食场景与礼仪的描绘不仅为作品本身增添了生活气息,更深刻地反映了当时社会的风貌、文化特色以及人际关系的微妙变化。这些细致入微的描写,不仅让读者能够窥见古人的生活细节,还能从中感受到古代社会的礼仪规范和文化内涵。

1. 宴会描写

（1）宫廷宴会。宫廷宴会是古代文学作品中常见的饮食场景之一。在这些描写中，宴会的规模、布置、菜品以及参与者的身份、服饰、举止等都得到了精细的刻画。例如，在《红楼梦》中，曹雪芹对贾府的宴会进行了详尽的描绘，从宴会前的准备到宴会中的气氛，再到宴会后的收尾，都展现出了极高的艺术水平。通过这些描写，读者可以感受到古代豪门贵族宴会的豪华与奢侈，以及其中所蕴含的等级观念和礼仪规范。

（2）文人雅集。文人雅集是另一种重要的饮食场景。在这些场合中，文人墨客们聚集一堂，品茗论道，饮酒赋诗。这种饮食场景不仅展现了文人的风雅情怀，还体现了他们对生活的热爱和对美的追求。例如，在《世说新语》等文献中，可以看到许多关于文人雅集的记载，其中不乏对饮食的精致描写。这些描写不仅让读者感受到古代文人的生活情趣，还反映了当时社会的文化风尚。

（3）民间节庆。民间节庆是文学作品中另一种常见的饮食场景。在这些描写中，作者通过对节日习俗、食品特色以及人们的欢庆场面的描绘，展现了古代社会的节日文化和民俗风情。例如，在《水浒传》中，作者通过对梁山好汉们欢度元宵节的描写，展现了古代民间节庆的热闹场面和人们的欢乐情绪。这些描写不仅让读者感受到古代社会的节日氛围，还反映了当时社会的民俗文化和人民的生活状态。

2. 饮食礼仪

（1）餐桌布置。在古代文学作品中，餐桌布置是一个重要的礼仪环节。作者通过对餐桌的摆放、餐具的陈列以及食品的摆盘等细节的描写，展现了古代社会的餐桌文化。例如，在《红楼梦》中，作者详细地描写了贾府的餐桌布置和餐具使用情况，让读者感受到古代社会的餐饮规范和审美趣味。

（2）餐具使用。餐具的使用也是古代饮食文化中一个重要的礼仪环节。在古代中国，餐具的种类繁多，使用方法也各不相同。在文学作品中，作者通过对餐具使用的细致描写,展现了当时社会的餐饮习惯和礼仪规范。例如,在《礼记》等文献中,可以看到关于古代餐具使用的详细记载和规定,这些规定不仅体现了当时社会的餐饮文化,还反映了当时社会的礼仪制度和道德规范。

(3)饮食顺序。饮食顺序也是古代饮食文化中一个重要的礼仪环节。在古代中国,饮食顺序有着严格的规定和讲究。一般来说,先上凉菜后上热菜,先吃素后吃荤,先喝酒后吃饭。例如,《红楼梦》中贾府的宴会通常遵循严格的饮食顺序:从开胃的小菜到主菜,再到甜点或茶水,最后结束时常常以茶或果品收尾。在宴会中,饮食顺序常常与人物的地位、身份有关,贾母作为家中的长辈,她的餐桌上所有安排都显得尤为讲究。

3. 饮食文化中的社交意义

(1)食物交换。在中国古代,食物交换是一种常见的社交活动。人们通过赠送和接受食物来加深彼此之间的友谊和感情。在文学作品中,作者通过对食物交换的描写,展现了古代社会的人际关系和社交风尚。例如,在《诗经》等文献中,可以看到许多关于食物交换的描写和记载,这些描写不仅让读者感受到古代社会的食物文化和人际关系,还反映了当时社会的道德规范和礼仪制度。

(2)宴请宾客。宴请宾客是中国古代社会中一种重要的社交活动。通过宴请宾客,主人可以展示自己的财富和地位,也可以加深与宾客之间的友谊和感情。在文学作品中,作者通过对宴请宾客的描写,展现了古代社会的礼仪规范和社交风尚。这些描写不仅让读者感受到古代社会的餐饮文化和人际关系,还反映了当时社会的等级观念和道德规范。

(3)节日庆祝。节日庆祝是中国古代社会中另一种重要的社交活动。在节日里,人们会举行各种庆祝活动,其中,饮食是不可或缺的一部分。通过节日庆祝活动,人们可以加深彼此之间的友谊和感情,也可以增强民众间的凝聚力和向心力。在文学作品中,作者通过对节日庆祝活动的描写,展现了古代社会的节日文化、民俗文化和社交风尚。这些描写不仅让读者感受到古代社会的节日氛围和人际关系，还反映了当时社会的文化风尚和道德观念。

（三）文学作品中的饮食象征与寓意

在古代文学作品中，饮食不仅是日常生活中不可或缺的一部分，更被赋予了丰富的象征与寓意。通过对食物与人物性格、故事情节以及文化象征的紧密结合，古代文学家们构建了一个个生动而富有深意的文学世界。

1. 食物与人物性格的关联

在古代文学中，食物常常被用来揭示或隐喻人物的性格特征。通过对食物的选择、烹饪方式以及食用习惯的描绘，作家们能够巧妙地塑造出个性鲜明的人物形象。

以《红楼梦》为例，作者曹雪芹在描绘贾府人物时，就巧妙地运用了食物来展现人物性格。如贾宝玉对食物的挑剔与讲究，反映了他贵公子身份的细腻与敏感。作品中还通过食物的搭配与食用习惯，展现了人物之间的亲疏关系与性格特点，使得人物形象更加立体生动。

2. 食物与故事情节的推进

在古代文学作品中，食物不仅是情节发展的背景，更是推动故事情节发展的重要因素。通过对食物的细致描绘，作家们能够营造出特定的氛围，推动故事的发展。

在《水浒传》中，食物成为推动情节发展的重要工具。如梁山好汉武松在"醉打蒋门神"一章中，通过饮酒作乐来激发彼此的斗志，最终成功打败了蒋门神。又如"鲁智深倒拔垂杨柳"一章中，鲁智深通过喝酒吃肉来展现自己的英雄气概，同时也为后续的情节发展奠定了基础。这些食物的描绘不仅增强了故事的趣味性，也推动了情节的发展。

3. 食物在文学作品中的象征意义

在古代文学作品中，食物还常常被赋予特定的象征意义，以表达作者的情感态度和价值观念。这些象征意义通常与长寿、团圆、离别等主题紧密相关。

（1）长寿。在古代文学中，长寿是人们普遍追求的美好愿望之一。因此，一些具有延年益寿功效的食物常常被赋予长寿的象征意义。如《西游记》中的人参果就被描绘成能够延年益寿的神奇果实，通过对这些食物的描绘，作者表达了对长寿的向往和追求。

（2）团圆。团圆是古代文学中另一个重要的主题。在传统节日或重要场合中，人们通常会通过聚餐来庆祝团圆。因此，食物也被赋予了团圆的象征意义。如《水浒传》中的梁山好汉们在中秋节聚餐赏月，共同庆祝团圆之时，作者通过对食物的描绘表达了对团圆的渴望和珍视。

（3）离别。在古代文学中，离别是一个常见的主题。当人物面临分别时，食物往往成为他们表达情感的重要载体。如《红楼梦》中贾宝玉在离开荣府时，贾母为他准备的丰盛的食物，不仅表达了对他的关爱和不舍，也寓意着他们之间的离别之情。通过对这些食物的描绘，作者能够引发读者心灵共鸣和情感共鸣。

三、古代文学作品中的饮食文化与地域特色

在古代文学作品中，饮食文化往往与地域特色紧密相连，共同构成了丰富多彩的地方文化特色。这些作品不仅记录了当时社会的饮食风尚，也反映了地域文化的独特魅力和深刻内涵。

（一）地域饮食文化的形成与发展

1. 自然环境对饮食文化的影响

自然环境是地域饮食文化形成的基础。在中国古代，由于地域辽阔，自然环境差异显著，不同地区的饮食文化呈现出明显的地域特色。这种地域特色不仅体现在食材的选择上，也体现在烹饪技艺和饮食习惯上。

（1）食材的地域性。古代文学作品中对食材的描写往往带有浓郁的

地域色彩。例如，在《诗经》中，北方地区多描写黍、稷等粮食作物，而南方地区则多描写稻、鱼等水产资源。这种地域差异反映了不同自然环境对农业生产的影响，进而影响了人们的饮食结构和饮食习惯。

（2）烹饪技艺的地域性。烹饪技艺的地域性主要体现在烹饪方法和调味方式上。不同地区的气候、土壤和水源条件，使得当地的食材具有独特的口感和风味。为了充分发挥食材的优势，各地形成了独特的烹饪技艺和调味方式。例如，川菜以麻辣著称，粤菜则以清淡鲜美为特色。这些独特的烹饪技艺和调味方式，不仅丰富了人们的饮食生活，也成为地域文化的重要组成部分。

（3）饮食习惯的地域性。饮食习惯的地域性主要表现在餐桌礼仪、饮食习俗等方面。不同地区的人们在饮食方式上有着不同的传统和习惯。例如，北方地区的人们喜欢大口喝酒、大口吃肉，南方地区的人们则更注重饮食的精致和细腻。南方多习惯吃米类，北方则多面食。这些不同的饮食习惯，既反映了当地的生活方式和文化传统，也体现了地域文化的独特魅力。

2. 民族迁徙与融合对饮食文化的影响

古代中国是一个多民族共存的国家，民族迁徙与融合对饮食文化产生了深远的影响。随着历史的演变，不同民族之间的交流和融合日益加强，使得各民族的饮食文化相互渗透、相互交融。

（1）食材的交融。民族迁徙使得不同地区的食材得以交流和交融。例如，随着丝绸之路的开通，西域的葡萄、石榴等水果传入中原地区，丰富了人们的饮食选择。中原地区的粮食、蔬菜等食材也传入西域地区，促进了当地农业生产的发展。这种食材的交融不仅丰富了人们的饮食品类，也促进了各民族之间的文化交流和融合。

（2）烹饪技艺的交流。民族迁徙与融合也促进了烹饪技艺的交流。不同民族之间的交流和融合使得各地的烹饪技艺得以相互学习和借鉴。例如，汉族的烹饪技艺在传入少数民族地区后，与当地的烹饪技艺相结合，形成了具有独特风味的民族菜肴。少数民族的烹饪技艺也传入汉族地区，丰富了汉族的饮食文化。这种烹饪技艺的交流不仅提高了人们的烹饪水平，也促进了各民族之间的文化交流和融合。

（3）饮食习惯的融合。民族迁徙与融合还促进了饮食习惯的融合。不同民族之间的交流和融合使得各地的饮食习惯得以相互融合和借鉴。例如，北方游牧民族的豪放饮食方式影响了汉族的饮食习惯，使得汉族的饮食方式逐渐变得粗犷豪放。汉族的精致饮食方式也影响了少数民族的饮食习惯，使得少数民族的饮食方式逐渐变得精细讲究。这种饮食习惯的融合不仅丰富了人们的饮食生活，也促进了各民族之间的文化交流和融合。

3. 政治经济制度对饮食文化的影响

政治经济制度对饮食文化的影响主要表现在政策导向和经济发展两个方面。在中国古代，政治经济制度的变革往往会对饮食文化产生深远的影响。

（1）政策导向。政策导向是影响饮食文化的重要因素之一。古代统治者往往通过制定相关政策来引导和规范人们的饮食行为。例如，在唐朝时期，政府鼓励农业生产的发展，使得粮食产量大大增加，人们的饮食水平得到了显著提高。政府还制定了严格的食品安全法规，保障了人们的饮食安全。这些政策的实施不仅促进了农业生产的发展，也推动了饮食文化的繁荣。

（2）经济发展。经济发展是影响饮食文化的另一个重要因素。中国古代经济的发展水平直接影响了人们的饮食水平和饮食文化的发展。在经济繁荣的时期，人们的饮食水平普遍较高，饮食文化也呈现出繁荣的景象。例如，在宋朝时期，经济繁荣促进了饮食文化的发展，使得饮食文化呈现出多元化的特点。随着商业贸易的发展，外来食材和烹饪技艺的传入也丰富了人们的饮食生活。这种经济繁荣的背景下，饮食文化得到了进一步的发展和繁荣。

（二）不同地域饮食文化在古代文学作品中的体现

在中国古代文学作品中，饮食文化的描绘往往与地域特色紧密相连，体现了不同地域独特的饮食习俗和文化特色。通过对古代文学作品的深入研读，可以领略到北方地区的面食文化、南方地区的稻米文化、沿海地区的水产文化以及边疆地区的特色饮食文化的独特魅力。

1. 北方地区的面食文化

北方地区因其气候寒冷、土地肥沃，适宜种植小麦等粮食作物，因此面食成了北方人民的主食。在古代文学作品中，北方地区的面食文化得到了生动的体现。

以《水浒传》为例，这部描写北宋末年农民起义的古典小说，其中不乏对北方面食文化的描绘。在小说中，梁山好汉们经常以面食为主食，如馒头、烙饼等。这些面食不仅满足了他们的日常饮食需求，也成为他们表达豪情壮志的象征。如小说中的鲁智深，便因喜爱吃酒食肉，而被人称为"花和尚"。这里的"酒食肉"，便是对北方饮食文化的一种生动体现。

在《红楼梦》中，虽然主要描写的是南方贵族家庭的生活，但其中也不乏对北方面食文化的描绘。如贾宝玉在病中想吃"莲叶羹"，这种羹便是用面粉制成的。这种对北方面食的描绘，不仅丰富了小说的内容，也体现了作者对北方饮食文化的了解和尊重。

2. 南方地区的稻米文化

南方地区气候温暖、水源充足，适宜种植水稻。因此，稻米成了南方人民的主食，形成了独特的稻米文化。在古代文学作品中，南方地区的稻米文化也得到了充分的体现。

以《三国演义》为例，这部描写东汉末年至三国时期历史的长篇小说，其中不乏对南方稻米文化的描绘。在小说中，南方的将领们经常以稻米为主食，如孙权在赤壁之战前便以稻米犒赏三军。这种对稻米的重视，

第四章 古代文学作品中的文化元素◎

不仅体现了南方地区的农作物特点，也反映了南方人民对稻米文化的深厚情感。

在《红楼梦》中，更是对南方稻米文化进行了深入的描绘。如林黛玉的丫鬟紫鹃在为其准备早餐时，便提到"有现成的粳米饭"，这里的"粳米饭"便是南方地区常见的稻米食品。小说中还有对南方特色小吃如粽子、汤圆的描绘，这些小吃不仅满足了人物的饮食需求，也体现了南方饮食文化的丰富多样。

3. 沿海地区的水产文化

沿海地区因其得天独厚的河流和海洋资源，形成了独特的水产文化。在古代文学作品中，沿海地区的水产文化也得到了生动的体现。

以《西游记》为例，这部描写唐僧师徒取经的长篇小说中，便不乏对沿海地区水产文化的描绘。在小说中，唐僧师徒经常经过沿海地区，品尝当地的海鲜美食。如在女儿国一章中，他们便品尝到了当地的鱼类美食。这些对海鲜美食的描绘，不仅满足了读者的味蕾需求，也体现了沿海地区丰富的水产资源和独特的饮食文化。

在《水浒传》中，也有对沿海地区水产文化的描绘。如宋江在梁山泊聚义时，便经常派人前往沿海地区采购海鲜美食，以犒赏三军。这种对海鲜美食的重视，不仅体现了沿海地区经济的繁荣，也反映了当地人民对水产文化的认可喜爱和深厚情感。

4. 边疆地区的特色饮食文化

边疆地区因其特殊的地理位置和气候条件，形成了独特的饮食文化。在古代文学作品中，这些特色饮食文化也得到了生动的体现。

以《西游记》为例，在描写唐僧师徒取经的旅途中，他们经常经过边疆地区，品尝当地的特色美食。如在西域地区，他们便品尝到了当地的羊肉串、手抓饭等美食。这些美食不仅满足了他们的饮食需求，也体现了边疆地区独特的饮食文化和民族风情。

在《红楼梦》中，虽然主要描写的是南方贵族家庭的生活，但其中也不乏对边疆特色饮食文化的描绘。如贾母在品尝了南方特色的糕点后，便想起了当年在边疆地区品尝到的美食，这种对边疆美食的怀念和追忆，也体现了作者对边疆特色饮食文化的了解和尊重。

四、古代文学作品中的饮食文化与人文精神

在璀璨的古代文学宝库中，饮食文化不仅作为日常生活的一部分被细致描绘，更承载着深厚的人文精神与审美追求。通过对古代文学作品中饮食文化的深入探讨，可以领略到古人对于美食的独特情感，以及餐桌背后所蕴含的伦理道德观念。

（一）饮食文化与审美追求

1. 文学作品中对美食的描绘与赞美

在古代文学作品中，美食往往成为作者们精心描绘的对象。从《诗经》中的"硕鼠硕鼠，无食我黍"到《红楼梦》中贾宝玉所享用的"茄鲞"，古代文学对美食的描绘呈现出丰富多彩、细腻入微的特点。这些描绘不仅让读者在味觉上产生联想，更在无形中传递着古人对美食的珍视与追求。

例如，在《诗经》中，可以看到古人对食物的赞美与珍视。通过对食物的描绘，作者们展现了食物对于人们日常生活的重要性，以及食物所带来的美好感受。而在《红楼梦》中，作者更是将美食的描绘推向了极致，通过对食物的精细制作的描写，展现了古人对于美食的极致追求。

2. 美食在文学作品中作为审美对象的特殊地位

在古代文学作品中，美食不仅仅是为了满足生理的需求，更成为一种审美对象。作者们通过对美食的描绘，将美食与真、善、美等审美价值联系在一起，赋予了美食以更高的文化意义。

在古代文学中，美食往往与美好的情感、高尚的品质相联系。通过对美食的描绘，作者们展现了人们对美好生活的向往与追求。同时，美

食也成为连接人与人之间情感的纽带，通过共同品尝美食，人们能够增进彼此的了解与感情。

（二）饮食文化与道德观念

1. 餐桌上的礼仪规范与道德修养

在古代中国，餐桌上的礼仪规范被视为一种道德修养的体现。从座位的安排、餐具的使用到饮食的顺序等，都体现着古人对礼仪的重视与追求。这些礼仪规范不仅体现了古人对于社会秩序的维护，更在无形中培养了人们的道德修养。

在古代文学作品中，可以看到许多关于餐桌礼仪的描绘。例如，《论语》中提到的"食不语"，以及《礼记》中对于餐桌礼仪的详细规定等。这些文学作品不仅展现了古人对于餐桌礼仪的重视，更通过具体的故事情节与人物形象，让读者深入理解了餐桌礼仪背后的道德修养。

2. 文学作品中对节俭、仁爱等道德观念的体现

在古代文学作品中，节俭与仁爱等道德观念也通过饮食文化得到了生动的体现。作者们通过对饮食的描绘，展现了节俭与仁爱等道德观念在人们生活中的具体实践。

古代文学作品中经常出现对节俭行为的赞美与提倡。例如，《论语·述而》中提到的"饭疏食，饮水，曲肱而枕之，乐亦在其中矣"，就表达了孔子对于节俭生活的赞美与追求。这种节俭精神不仅体现在个人的日常生活中，更在国家的治理中得到了体现。通过提倡节俭，古人希望人们能够珍惜资源、避免浪费，从而为社会的发展做出积极的贡献。

古代文学作品也通过饮食文化展现了仁爱的精神。例如，《孟子》中提到的"老吾老以及人之老，幼吾幼以及人之幼"，就体现了孟子对于仁爱精神的追求。在餐桌上，古人也注重尊老爱幼、关爱他人等仁爱行为。通过共同分享美食、照顾他人等行为，人们能够增进彼此的了解与感情，从而营造出和谐的社会氛围。

第三节 古代文学作品中的农耕文化

农耕文化作为一种历史悠久的文化形态,其核心在于人类对土地的依赖与崇敬,以及在此基础上形成的生产方式、社会结构、价值观念和艺术表达。它不仅关乎农业生产的技术和策略,更深入地影响着人们的日常生活、信仰体系和思维方式。中国古代文学作品作为农耕文化的记录,具有不可估量的价值。这些作品不仅反映了当时的农业生产状况、技术水平和生活方式,更蕴含了丰富的哲学思想、道德观念和审美情趣。

一、农耕文化的历史背景

(一)农耕文化的起源与发展

农耕文化作为人类文明的重要组成部分,其起源与发展是历史长河中不可忽视的篇章。这一文化的形成,不仅为人类社会的进步奠定了坚实的基础,更为后世留下了丰富的文化遗产。

1. 早期农业的出现

农耕文化的起源,可追溯到远古时期的采集狩猎阶段。随着人类对自然环境的逐渐适应和认知,人们开始意识到植物的生长规律和动物的繁殖习性,从而萌生了驯化植物和动物的念头。在这一过程中,一些具有丰富经验和智慧的先民,通过长期的观察和实践,逐渐掌握了一些农作物的种植技术和动物的驯化方法,从而开启了人类历史上最早的农业活动。

早期农业的出现,标志着人类社会从游牧向定居的转变。这种转变不仅改变了人们的生产方式和生活方式,更为人类社会的稳定和发展奠定了基础。随着农业的发展,人们开始有了稳定的食物来源,从而能够养育更多的人口,促进社会的繁荣和进步。

2. 农耕技术的发展

随着早期农业的出现，农耕技术也在不断地发展和完善。从最初的刀耕火种到后来的铁犁牛耕，从简单的灌溉技术到复杂的农田水利工程，农耕技术的每一次进步都极大地提高了农业生产的效率和质量。

在农耕技术的发展过程中，人们不仅积累了丰富的农业生产经验，还形成了一系列与农业生产相关的知识和技能。这些知识和技能不仅为农业生产提供了有力的支持，更为人类社会的科技进步和文化繁荣做出了重要贡献。

农耕技术的发展也促进了社会分工和交换的产生。随着农业生产的提高和剩余产品的出现，人们开始有了更多的时间和精力从事其他生产活动，如手工业、商业等。这种分工和交换的产生，不仅促进了社会经济的繁荣和发展，更为人类社会的文明进步奠定了坚实的基础。

综上所述，农耕文化的起源与发展是人类历史上一部波澜壮阔的史诗，它不仅为人类社会的进步和发展奠定了坚实的基础，更为后世留下了丰富的文化遗产。在今天，我们依然可以从农耕文化中汲取智慧和力量，为人类社会的未来发展贡献自己的力量。

（二）农耕文化在古代社会中的地位

1. 经济基础

农耕文化在古代社会中的经济基础地位，主要体现在以下方面：

（1）自给自足的小农经济。农耕文化的核心在于农业生产，而小农经济则是其最基本的经济形态。在古代中国，小农经济占据了主导地位，农民们通过耕种土地、养殖家禽家畜等方式，实现了自给自足的生活。这种经济模式不仅满足了农民的基本生活需求，也为国家提供了稳定的税收来源。例如，在《诗经》中，可以看到许多描绘农民耕作、收获等场景的诗歌，如《豳风·七月》中的"同我妇子，馌彼南亩，田畯至喜"，便生动地展现了农民们辛勤劳作、共同耕种的场景。这些诗歌不仅反映了古代小农经济的生动景象，也体现了农耕文化在古代社会中的重要地位。

（2）农业生产的稳定性。农耕文化的经济基础地位还体现在农业生产的稳定性上。由于农业生产受到自然环境的影响较大，因此，农民们需要根据气候、土壤等条件进行耕种。在古代社会，农民们通过长期的实践和积累，形成了一套完整的农业生产技术体系，包括耕作技术、灌溉技术、施肥技术等。这些技术的应用，使得农业生产能够在一定程度上降低自然灾害的影响，保证了农业生产的稳定性。同时，农耕文化还强调对土地的保护和合理利用。在古代中国，土地被视为农民的命根子，因此，农民们对土地的保护和合理利用非常重视。他们通过轮作、休耕等方式，使得土地能够得到充分的休息和恢复，从而保证了农业生产的可持续性。

（3）农业经济的多元化。农耕文化在古代社会中的经济基础地位还体现在农业经济的多元化上。在古代中国，农业不仅是农民们的主要生产方式，也是国家的主要经济来源。同时，农业还与其他行业形成了紧密的联系，如手工业、商业等。这些行业的发展，不仅为农民们提供了更多的就业机会和收入来源，也促进了社会的繁荣和进步。例如，在《孟子》中，可以看到孟子对农业与其他行业关系的论述。他认为，"五亩之宅，树之以桑，五十者可以衣帛矣；鸡豚狗彘之畜，无失其时，七十者可以食肉矣；百亩之田，勿夺其时，数口之家可以无饥矣。"这段话不仅强调了农业生产的重要性，也体现了农业与其他行业的紧密联系。

2. 社会组织

农耕文化在古代社会中的社会组织地位，主要体现在以下方面：

（1）家族制度。家族制度是古代中国农村社会组织中最基本的形式。在农耕文化中，家族是农民们共同劳作、互助合作的基本单位。农民们通过家族制度，实现了对土地、劳动力等资源的合理分配和利用。同时，家族制度也强调了血缘关系和家族责任的重要性，使得农民们能够共同面对困难和挑战。例如，在《红楼梦》中，贾家便是一个典型的大家族。

第四章 古代文学作品中的文化元素

这个家族通过共同的劳作和互助合作，实现了对土地、财富等资源的掌控和利用。同时，家族成员之间也相互支持、共同面对家族的兴衰荣辱。这种家族制度不仅体现了农耕文化的特点，也展现了古代社会组织的稳定性和连续性。

（2）乡社制度。乡社制度是古代农村社会组织中的一个重要组成部分。在农耕文化中，乡社是由多个家族组成的一个社区。乡社成员之间通过共同的劳作和互助合作，实现了对土地、水源等资源的共享和利用。同时，乡社还有自己的规章制度和领导者，负责维护乡社的秩序和稳定。《水浒传》中的许多英雄好汉，原本都来自乡村，乡社制度对他们的生活方式、行为习惯以及价值观念起到了深远的影响。例如，宋江就是一个典型的乡绅，他虽然是反叛者，但其背景和身份深深根植于乡村社会。书中的许多情节，如"招文袋"、"招文行"，也体现了乡村对正义与道德的判断——即使是水浒英雄，也时常受到乡社制度中正义和义气的推动。

二、古代文学作品中的农耕生活

在古代文学作品中，农耕生活被赋予了深厚的文化内涵和艺术价值。这些作品不仅记录了农耕社会的生产生活状态，更深刻地反映了当时人们的情感世界、价值观念以及对自然和生命的认知。

（一）古代诗词中的农耕景象

1. 农耕景象

在古代诗词中，农耕景象是常见的主题之一。这些诗词通过细腻的笔触和生动的描绘，展现了农耕生活的真实面貌，让读者仿佛置身于那遥远的田园之间。

诗词中的农耕景象往往与自然风光紧密结合。诗人们善于运用自然景观来衬托农耕生活的美好与和谐。例如，唐代诗人王维的《渭川田家》中，"斜阳照墟落，穷巷牛羊归。野老念牧童，倚杖候荆扉"一句，便通过夕阳、墟落、牛羊、野老等自然和人文景观的描绘，展现了一幅宁静而温馨的农耕画卷。

诗词中的农耕景象还体现了人们对劳动的赞美和对生活的热爱。诗人们通过描绘农民辛勤劳作的场景，展现了他们的勤劳、智慧和坚韧。如宋代诗人范成大的《四时田园杂兴·其三十一》中所写："昼出耘田夜绩麻，村庄儿女各当家。童孙未解供耕织，也傍桑阴学种瓜。"这首诗生动地描绘了农民在田间的劳作场景，以及孩子们对劳动的模仿和热爱。

诗词中的农耕景象还常常蕴含着诗人对人生哲理的思考和感悟。他们通过描绘农耕生活的平凡与美好，表达了对自然、社会和人生的深刻认识。如唐代诗人孟浩然的《过故人庄》中所写："故人具鸡黍，邀我至田家。绿树村边合，青山郭外斜。开轩面场圃，把酒话桑麻。待到重阳日，还来就菊花。"这首诗通过描绘田园生活的宁静与美好，表达了诗人对友情、自然和生活的珍视与向往。

2. 田园诗的特征

田园诗作为古代诗歌的一种重要流派，具有独特的艺术特征和审美价值。以下将从主题、情感、风格和手法等方面对田园诗的特征进行阐述。

在主题上，田园诗以描绘田园风光和农耕生活为主要内容。这类诗歌往往以自然景色为背景，通过对田园生活的描绘，展现大自然的美丽与和谐。同时，田园诗也关注农民的劳作和生活状态，表现了他们的勤劳、智慧和坚韧。

在情感上，田园诗往往具有清新、自然和真挚的特点。诗人们通过描绘田园生活的美好与和谐，表达了对自然的热爱和对生活的向往。同时，他们也关注农民的疾苦和困境，表达了对农民的同情和关怀。这种真挚的情感表达使得田园诗具有了深厚的人文内涵和感人至深的艺术效果。

在风格上，田园诗往往具有简洁、明快和朴素的特点。诗人们善于运用朴素的语言和生动的描绘手法来展现田园生活的真实面貌。同时，他们也注重诗歌的韵律和节奏感,使得田园诗在形式上更加优美动人。

在手法上,田园诗常常运用象征、比喻等修辞手法来增强诗歌的表现力。例如,诗人们常常将田园风光和农耕生活与人生哲理相结合,通过象征和比喻等手法来表达对自然、社会和人生的深刻认识。这种手法使得田园诗在内涵上更加丰富和深刻。

3. 农事活动的描绘

在古代诗词中,对农事活动的描绘也是一大特色。诗人们通过对农民耕作、播种、收割等农事活动的描绘,展现了农耕生活的艰辛与美好。

(1)诗人们善于运用生动的描绘手法来展现农事活动的场景。他们通过对农民劳作的细节描绘,如"锄禾日当午,汗滴禾下土"等,生动地展现了农民在田间劳作的艰辛与付出。同时,他们也通过对丰收场景的描绘,如"稻花香里说丰年"等,展现了农民对丰收的喜悦和期待。

(2)诗人们在描绘农事活动时还注重表现农民的情感世界。他们通过描绘农民在田间劳作的场景和与自然的互动关系,展现了农民对自然的敬畏和感恩之情。同时,他们也通过描绘农民之间的互助和合作场景,展现了农民之间的团结和友爱之情。这种情感表达使得对农事活动的描绘具有了深厚的文化内涵和感人至深的艺术效果。

(二)古代散文中的农耕智慧

在古代散文中,农耕智慧是一个极为重要的主题。这些作品不仅记录了古代农耕社会的生产生活方式,还蕴含了丰富的农业知识和深厚的哲学思考。

1. 农书与农业知识的传承

在古代散文中,农书的记载和农业知识的传承占据了重要的地位。这些作品不仅记录了古代农业生产的实践经验,还总结了农业生产的规律和原则,为后世的农业发展提供了宝贵的借鉴。

首先,古代散文中记载了许多关于农业生产的农书。这些农书内容丰富，涉及农作物的种植、养殖、水利、农具等多个方面。例如，北魏贾思勰的《齐民要术》就是一部集大成的古代农学著作，书中详细记录了当时黄河中下游地区的农业生产技术和经验，包括农作物的种植、轮作、施肥、灌溉等方面的内容，对后世的农业生产产生了深远的影响。

其次，古代散文中的农书还注重农业知识的传承和普及。这些作品不仅面向专业的农学家和农民，还面向广大的文人墨客和士大夫阶层。通过这些作品的传播，农业知识得以广泛传承，为农业生产的发展提供了重要的支持。例如，在《诗经》中就有许多描绘农业生产的篇章，这些诗篇不仅展现了古代农业生产的盛况，还传递了农业生产的重要性和意义。

此外，古代散文中的农书还注重农业知识的总结和创新。这些作品在记录农业生产实践经验的同时，还总结了农业生产的规律和原则，提出了许多新的农业生产方法和理论。这些创新不仅推动了古代农业生产的进步，也为后世的农业发展提供了重要的启示。

2. 农耕生活的哲学思考

古代散文中的农耕智慧不仅体现在农业知识的传承上，还体现在对农耕生活的哲学思考上。这些作品通过对农耕生活的描绘和思考，展现了古人对自然、社会和人生的深刻认识。

首先，古代散文中的农耕智慧体现了古人对自然的敬畏和顺应。在古代农耕社会中，农业生产与自然条件密切相关，因此古人对大自然有着深厚的敬畏之情。他们认识到农业生产必须顺应自然规律，合理利用自然资源，才能实现农业的丰收和持续发展。例如，在《孟子》中就有"不违农时，谷不可胜食也"的论述，强调了农业生产要顺应自然规律的重要性。

其次，古代散文中的农耕智慧体现了古人对社会的关怀和责任感。在古代农耕社会中，农民是社会的基石，他们的辛勤劳动为社会提供了丰富的物质财富。因此，古人对农民的生活和命运给予了极大的关注。

他们认识到只有关注农民的生活和命运，才能实现社会的和谐与稳定。例如，在《左传》中就有"夫民，神之主也。是以圣王先成民而后致力于神"的论述，强调了关注民生的重要性。

最后，古代散文中的农耕智慧体现了古人对人生的思考和追求。通过对农耕生活的描绘和思考，古人对人生有了更加深刻的认识。他们认识到人生就像农业生产一样，需要经历播种、耕耘、收获等过程，才能实现自我价值的提升和人生的完善。同时，他们也认识到人生需要顺应自然规律和社会法则，才能实现个人的和谐与幸福。例如，在《道德经》中就有"人法地、地法天、天法道、道法自然"的论述，强调了顺应自然规律的重要性。

（三）古代戏剧、小说中的农耕社会

古代文学作品中，农耕生活是一个不可或缺的主题，它不仅展示了古代社会的生产生活场景，还深刻反映了人物命运与社会矛盾的交织。在戏剧、小说等文学形式中，农耕生活被赋予了丰富的内涵和深刻的意义。

1. 农耕社会

在古代戏剧和小说中，农耕社会是一个常见的背景。这些作品通过描绘农耕社会的生产生活场景，展现了古代社会的风土人情和民俗习惯。在这些作品中，读者可以了解到古代农民的生活状态、劳动方式以及他们的思想观念和价值观念。

在元杂剧《窦娥冤》中，作者通过描绘窦娥一家的生活场景，展现了古代农村的生活状态。窦娥的父亲窦天章是一个勤劳的农民，他辛勤劳作，却饱受封建势力的压迫和剥削。通过这一形象的塑造，作品深刻地揭示了古代农民的悲惨命运和封建社会的黑暗面。

在明清小说《水浒传》中，也有大量关于农耕生活的描写。小说中的许多英雄好汉原本都是农民出身，他们因为不满封建统治的压迫和剥削而走上反抗的道路。这些描写不仅展现了古代农民的生活状态，还反映了他们对自由和尊严的追求。

2. 农耕生活与人物命运的交织

在古代文学作品中，农耕生活与人物命运之间有着密切的关系。农民的生活状态、劳动方式以及他们所处的社会环境都深深地影响着人物的命运。

农耕生活的艰辛和困苦往往成为人物命运的转折点。在古代社会中，农民的生活条件艰苦，他们不仅要面对自然灾害的侵袭，还要承受封建势力的压迫和剥削。这些困境往往使得农民们的生活陷入困境，甚至导致他们的命运发生巨大的转折。

在《红楼梦》中，贾宝玉的家族原本是一个显赫的贵族家庭，但由于家族衰落和封建势力的压迫，他们的生活逐渐陷入困境。贾宝玉的命运也因此发生了巨大的转折，他从一个无忧无虑的贵公子变成了一个饱受苦难的人。

三、古代文学作品中农耕文化的体现

"日出而作，日入而息，凿井而饮，耕田而食"，描绘的是一种自然和谐、朴素自得的生活方式。此种以"耕读传家、诗书继世"为代表的农耕文化，是中华传统文化的重要组成部分，其在古代文学作品中有着丰富的体现。

在古代各个时期的文学作品中，可以说农耕文化无时不在、无处不在。

（一）体现在描绘农耕生活上

在古代文学的浩瀚星空中，农耕文化以其独特的光彩占据了显著的位置。这种文化不仅通过文学作品得以展现，更在其中得以深化和升华。农耕文化的体现并非仅仅局限于对耕种、收获等生产活动的直接描述，而是通过对田园生活的细腻刻画，展现出一种深层的文化精神和情感内涵。

"古代文学作品往往以田园为背景，描述农民耕种、收获的场景，展现农耕生活的辛勤与喜悦"①。例如，在《题农父庐舍》一诗中，诗人巧妙地运用旁观的视角，捕捉了初春时节农户们忙碌耕种的瞬间。诗中的"湖上春已早，田家日不闲"以简洁明快的笔触勾勒出了农耕生活的繁忙与充实，而"沟塍流水处，耒耜平芜间"则进一步将读者带入了那个充满生机与希望的田间地头。这样的描绘不仅让读者在感官上获得了愉悦，更在无形中加深了对农耕文化的理解和尊重。

这种对农耕生活的描绘并非只是表面的记录，而是融入了深厚的文化情感和人文关怀。古代文学家们通过诗歌、散文、戏剧等多种形式，将农耕生活的点滴细节进行了艺术化的处理，使之成为一种具有独特魅力的文化现象。他们关注农民的生活状态，体验他们的喜怒哀乐，将他们的命运与国家的兴衰、民族的命运紧密相连。这种人文关怀不仅体现了文学家们对农民的深厚感情，更展现了他们对农耕文化的深刻理解和高度认同。

（二）体现在歌颂农耕精神上

在古代文学作品中，农耕文化不仅以其实体形态展现，更以其精神内涵为后世所传颂。这种精神，深深根植于农耕生活的土壤中，代表着勤劳、耐劳、务实与互助等核心价值，成为古代文学作品着力讴歌的主题。通过精心雕琢的文字，古代文学家们成功地捕捉并升华了这种精神，使之跃然纸上，成为跨越时空的文化瑰宝。

在众多的古代文学作品中，农耕精神得到了充分的体现和颂扬。《锄禾》一诗，便是其中的杰出代表。这首诗以细腻的笔触，深情地描绘了农民在田间劳作的场景，展现了他们辛勤劳作、无私奉献的精神风貌。诗中"锄禾日当午，汗滴禾下土"一句，生动地描绘了农民在烈日炎炎下挥汗如雨、辛勤耕耘的情景。这不仅是对农民勤劳、耐劳精神的真实写照，更是对农耕文化中勤劳精神的深情讴歌。而"谁知盘中餐，粒粒

---

① 林丽华. 农耕文化在古代文学作品中的体现 [J]. 中国农业资源与区划，2023，44（12）：20.

皆辛苦"一句,则进一步升华了这种精神。诗人通过对比的手法,将餐桌上的美食与农民辛勤劳动的汗水相联系,强调了每一粒粮食都来之不易,都凝聚着农民的心血和汗水。这不仅是对农民劳动的尊敬和赞美,更是对农耕文化中务实、节俭精神的深刻阐释。这种精神,不仅体现在农民对土地和作物的精心照料上,更体现在他们对生活的热爱和对未来的憧憬中。

古代文学作品对农耕精神的讴歌,不仅让我们深刻感受到了农耕生活的艰辛与不易,更让我们认识到了农耕文化的重要性和价值。这些作品所传递的勤劳、耐劳、务实与互助等精神,不仅是农耕文化的核心内涵,更是中华优秀传统文化的重要组成部分。通过阅读和传承这些作品,我们能够更好地理解和珍视农耕文化,将其中的精神传承下去,使之永恒。

从学术的角度来看,古代文学作品对农耕精神的讴歌具有重要的研究价值。首先,这些作品为我们提供了一个独特的视角来观察和理解古代社会的生产生活方式和文化精神。通过对这些作品的研究,可以更加深入地了解古代社会的经济结构、政治制度以及价值观念等方面的内容。其次,这些作品还为我们提供了一个重要的文化资源来传承和弘扬农耕文化。通过学习和研究这些作品,可以更好地挖掘和提炼农耕文化中的精神内涵和价值观念,为现代社会的发展提供有益的借鉴和启示。

(三)体现在反映农民疾苦上

古代文学作品中的农耕文化在揭示农民疾苦方面展现出了深刻的洞察力和人文关怀,这些作品以农耕元素为媒介,巧妙地传达了作者对农民命运的深切关注和对社会现实的批判。通过精心构思的叙事和象征手法,古代文学家们将农耕文化中的辛勤、朴实与农民的疾苦紧密相连,使读者在感受到文学之美的同时,也能深刻体验到农民的苦难和对美好生活的渴望。

在古代文学作品中,农耕元素被赋予了丰富的象征意义。这些作品往往以农耕场景为背景,通过描绘农民在田间劳作的艰辛、农作物的生

第四章 古代文学作品中的文化元素

长与枯萎、自然灾害对农业的破坏等,来反映农民的疾苦和无奈。同时,作品还巧妙地运用了象征、隐喻等修辞手法,将农民的命运与国家的兴衰、社会的稳定紧密相连,从而揭示出农民疾苦背后的深层次原因。

例如,《枯棕》一诗便以其独特的艺术手法,深刻地揭示了农民疾苦与社会矛盾的关联。"蜀门多棕榈,高者十八九。其皮割剥甚,虽众亦易朽。"诗中通过棕榈树被过度割剥而枯死的景象,隐喻了蜀中百姓在战乱和剥削下所遭受的苦难。作者以棕榈树的形象作为农民的象征,通过描绘棕榈树的干枯和凋零,来表达对农民疾苦的同情和关怀。同时,诗中还通过对比手法,将蜀地原本的富庶与战乱后的荒凉进行对比,进一步强调了社会动荡与农民疾苦之间的紧密联系。

从学术角度来看,《枯棕》等古代文学作品对农民疾苦的反映具有重要的研究价值。首先,这些作品为人们提供了一个独特的视角来观察和理解古代社会的生产生活方式、经济结构和政治环境等方面的内容。通过对作品中农耕元素的解读和分析,可以更深入地了解古代社会的经济基础和政治制度对农民命运的影响。其次,这些作品还为我们提供了一个重要的文化资源来探讨和研究古代社会的社会矛盾、阶级关系以及人民的生活状态等方面的内容。通过对作品中农民疾苦的揭示和分析,可以更深入地了解古代社会的阶级矛盾和人民的生活状态,进一步揭示出古代封建社会的本质和规律。

此外,古代文学作品对农民疾苦的反映还具有重要的现实意义。在现代社会中,尽管我们已经取得了巨大的进步和发展,但农民问题仍然是一个重要的社会问题。通过对古代文学作品中农民疾苦的研究和分析,可以更好地理解和关注现代农民的问题和困境,为解决农民问题提供有益的借鉴和启示。

第四节　古代文学作品中的儒家文化

儒家文化作为中国古代思想的重要流派，其核心理念"仁"深刻体现了对人伦关系的重视以及对个体修养的强调。自春秋时代以来，儒家文化及其思想便受到历代统治者的青睐，并在其大力推动下得以广泛传播与深入发展。儒家文化的繁荣与古代君主的助力密不可分，同时，儒家文化亦在中华民族的历史进程中扮演了至关重要的角色，其影响深远地渗透到各个历史时期的优秀文化作品之中。

一、儒家文化的层面

"儒家文化主要包括三个方面，分别是社会、国家以及个人"[①]，具体如下：

首先，从社会层面来看，儒家文化倡导以人为本，将解决社会民生问题作为自身的核心使命，体现了对人民福祉的深切关怀。孔子提出的"修己以安百姓"，以及荀子强调的"权力不能倾也，群众不能移也，天下不能荡也"的君子德操，均体现了儒家文化的人文情怀与对社会责任的担当。

其次，从国家层面来看，儒家文化注重文化的实用性与政治实践的参与性。儒家学派主张将道德修养与治国理政紧密结合，通过"内圣外王，经世致用"的实践路径，将个人修养与国家治理相统一。自汉武帝时期起，儒家文化正式成为中华传统文化的主流，其对于解决多民族问题、缓和社会矛盾、维护社会秩序的稳定等方面发挥了重要作用，同时也有助于社会道德建设和中华传统美德文化的传承与弘扬。

最后，从个人层面来看，儒家文化强调个体修养与自我完善。儒家文化认为，通过修身养性、自我提升，可以实现个人的内在和谐与外在

[①] 韩玉. 古代文学作品中的儒家文化分析[J]. 汉字文化，2022（24）：68.

的和谐统一。这种对个体修养的重视,不仅有助于提升个人的道德素质,也有助于推动整个社会的道德进步。

二、儒家文化对当代社会的意义

在全球化与信息化浪潮的推动下,人类社会迎来了前所未有的发展机遇,但同时也面临着前所未有的挑战。科技的迅猛发展极大地提升了生产效率,促进了经济的快速增长,然而在这一过程中,人们的精神世界却往往被物质利益所蒙蔽,忽视了对内心世界的探索与满足。这种物质与精神的不平衡,不仅导致了社会问题的增多,也阻碍人类文明的健康发展。因此,在这样一个重要的历史节点上,儒家文化作为中华民族传统思想的重要组成部分,其对于当代社会的意义愈发凸显。

首先,儒家文化强调仁、义、礼、智、信等核心价值观,这些价值观念对于维护社会秩序、促进社会和谐具有重要意义。在当今社会,人们普遍追求个人利益最大化,而儒家文化则倡导以和为贵、和谐共生的理念,这有助于引导人们树立正确的价值观念,从而缓解社会矛盾和冲突。同时,儒家文化还强调个人修养和道德修养的重要性,这对于提高人们的道德素质、构建和谐社会具有不可替代的作用。

其次,儒家文化注重人文关怀和人文精神,这对于满足人们的精神需求、促进人的全面发展具有重要意义。在快节奏、高压力的现代社会中,人们往往感到焦虑、迷茫和不安。而儒家文化则倡导"内省""慎独"等修身方法,帮助人们从内心寻找平静和力量,实现自我超越和自我完善。此外,儒家文化还强调家庭、亲情和友情的重要性,这有助于增强人们的归属感和幸福感,促进人的全面发展。

再次,儒家文化提倡"中庸之道"和"和为贵"的思想,这对于处理国际关系、推动世界和平具有重要意义。在全球化的今天,各国之间的联系日益紧密,但也面临着诸多挑战和冲突。而儒家文化所倡导的"中庸之道"和"和为贵"的思想,则提供了一种处理国际关系的智慧和原则。通过平等对话、相互尊重、求同存异等方式,各国可以共同应对全球性挑战，推动世界和平与发展。

最后，儒家文化作为中华民族传统文化的重要组成部分，其对于推动中华民族伟大复兴具有重要意义。在经济全球化和文化多元化的背景下，传承和弘扬中华民族传统文化对于增强民族自信心、凝聚力和向心力具有重要作用。而儒家文化作为中华民族传统文化的重要代表之一，其思想理念和价值观念不仅具有历史价值和文化价值，也具有现实价值和时代价值。因此，我们应当深入挖掘儒家文化的内涵和价值，将其与当代社会相结合，推动中华民族在文化、经济和思想上实现伟大复兴。

三、儒家文化与古代文学之间的关系

儒家文化作为中国古代文化的重要组成部分，其核心精神在于倡导人们秉持积极向上的生活态度。孔子，作为儒家学派的奠基人，其思想对儒家文化的发展起到了决定性的推动作用。孔子的思想体系通过其学生整理编撰的《论语》得以广泛传播，使得儒家思想得以明确呈现。《论语》不仅是一部反映孔子及其弟子言行的经典文献，更是儒家思想的重要载体，对后世文化产生了深远的影响。

文学作品作为文化的重要表现形式，其背后往往凝聚着特定时代的社会意识形态。《论语》及其后续儒家文化在文学领域的渗透，使得文学作品在一定程度上成为儒家思想的具体体现。这些作品通过文字的力量，传递了儒家文化对于人生的理解和追求，成为儒家文化传承的重要载体。

然而，儒家文化的发展并非一帆风顺。虽然汉武帝时期提出了"罢黜百家，独尊儒术"的政策，使得儒家文化在一段时间内取得了独尊的地位，但随着历史的演进，不同朝代的儒家文化也呈现出各自的特色和差异。这种差异性在文学作品中得到了充分的体现，不仅体现在文学作品的创作方式上，更体现在其题材、主题、风格等多个方面。

因此，通过对不同朝代文学作品的研究，能够更加深入地理解儒家文化在不同历史阶段的发展脉络和特征。这种研究不仅有助于我们全面把握儒家文化的内涵和外延,还能够为人们提供一个新的视角来审视和解读中国古代社会的文化现象和历史变迁。

(一)文学作品种类

在探讨儒家文化与古代文学之间的关系时,需要关注文学作品种类的演变。以东汉时期为例,当时文学作品以赋为主要表达形式。赋,作为一种文体,其独特的叙事与抒情功能使得它成为儒家文化歌颂礼乐文化功业的重要工具。从崇尚理的述志赋向抒情小赋的转化,不仅反映了文学形式自身的发展规律,也深刻揭示了儒家文化在东汉时期的盛衰变迁。这种转变意味着儒家文化在当时的社会环境下,其影响力开始逐渐减弱,为其他文学形式的发展提供了空间。

进入唐宋时期,儒家文化的表达方式则以诗词为主。诗词作为中国古代文学的重要形式,其押韵、对仗等艺术特点使得儒家文化的传播更加深入人心。特别是在宋朝,儒家文化达到了前所未有的鼎盛时期。宋朝君主深刻认识到儒家文化对于社会稳定的重要性,因此大力推崇儒家学说,将儒家经典作为国家教育的基本内容。在文学领域,宋朝取消了隋唐以来的诗赋、策论,要求文学创作必须依据儒家经典,这使得儒家文化在文学作品中得到了更加充分的体现。

除了文学作品种类的演变外,儒家文化与古代文学之间的关系还体现在文学创作方式上。在唐宋时期,文学创作开始强调通过平凡的生活事物抒发自己的思想感悟。这种创作方式不仅使得文学作品更加贴近人民生活,也使得儒家思想与作者的个人思想实现了更加深入的融合。通过描绘生活琐事、抒发人生感悟,作家们将儒家文化中的仁爱、忠诚、孝道等思想融入其中,使得文学作品具有了更加深刻的内涵和更加丰富的文化价值。

(二)文学作品主题

儒家文化,作为中国古代社会的精神支柱,其深厚的思想内涵对古代文学作品的创作产生了深远的影响。特别是儒家文化所倡导的"仁"之理念,不仅塑造了文学作品中的道德标准,也在文学主题上留下了深刻的烙印。然而,当深入探究这一关系时,会发现儒家文化与古代文学之间并非简单的单向影响,而是存在着复杂而微妙的互动。

儒家文化以"仁"为核心,强调人与人之间的和谐关系以及对君主的爱戴。这种思想在古代文学作品中得到了广泛的体现。许多文人墨客在作品中表达了对君主的忠诚与敬爱,同时也寄寓了对国家繁荣、社会安定的美好愿景。这种主题在古代文学中占据了重要的地位,不仅反映了当时社会的政治文化,也体现了儒家文化对于文学创作的深刻影响。

然而尽管儒家文化在文学作品中占据了主导地位,但并不意味着文学作品完全受儒家文化的支配。事实上,古代文学作品在创作过程中也表现出了对儒家文化的反思与质疑,这主要体现在一些文人对于社会现实的不满以及对出世生活的向往。他们通过文学作品表达了对当时社会的不满与批判,同时也寄寓了对于理想世界的追求与向往。这种主题在白居易的《长恨歌》和《琵琶行》等作品中得到了充分的体现。

白居易作为唐代著名的文学家,其诗歌作品深受儒家文化的影响。他在诗歌中表达了对君主的忠诚与敬爱,同时也寄寓了对国家繁荣、社会安定的美好愿景。然而,在白居易的后期作品中,可以明显感受到他对于社会现实的不满与失望。他通过诗歌表达了对当时社会阴暗面的批判与揭露,同时也寄寓了对理想世界的向往与追求。这种主题的形成是儒家思想和他自身文学修养共同作用的结果,但更是他对于当时社会现实的深刻反思与感悟。

在白居易被贬到江州后,他的诗歌中虽然依旧带有儒家思想的印记,但更多地展现出了他对于人生际遇的感慨与无奈。他通过诗歌表达了自己怀才不遇、人生沉浮的感慨,同时也寄寓了对于理想世界的向往与追求。这种主题的形成不仅体现了白居易个人的思想情感,也反映了当时社会部分文人对于儒家文化的反思与质疑。

四、古代文学作品中儒家文化的体现

在浩瀚的中华历史长河中,战国时期与西汉初期无疑是儒家文化发展的重要节点。这一时期的文学作品,不仅承载了儒家文化的思想精髓,更通过其独特的艺术表现形式,展现了儒家文化在社会、政治、文化等多方面的深刻影响。

(一)战国时期与西汉初期儒家文化的体现

1. 战国时期儒家文化的文学呈现

战国时期是中国历史上一个思想激荡、文化繁荣的时代。百家争鸣,各种学说竞相绽放,儒家文化也在这一时期崭露头角,与其他学派共同塑造了中国古代文化的多彩画卷。

在这一时期,儒家文化在文学作品中的呈现,主要表现为对仁、义、礼、智、信等核心思想的探讨与宣扬。孔子作为儒家学派的创始人,其思想对后世产生了深远的影响。然而,在孔子去世后,儒家学派因为理念不同而分为儒家八派,各自对儒家思想进行了不同的阐发与传承。这一时期,儒家文化在文学作品中的呈现,更多地表现为一种学术性的探讨与争论,而非后世那种直接为君主服务的政治性宣传。

例如,在荀子的《劝学》中,可以看到儒家文化对于学习的重视与倡导。荀子认为,学习是成为君子、实现人生价值的必由之路。他强调通过学习来培养自己的道德品质,提高自己的文化素养,进而为国家和社会做出贡献。这种对于学习的重视与倡导,体现了儒家文化注重个人修养、追求道德完善的核心理念。

战国时期的儒家文化在文学作品中还表现为对君主制度的批判与反思。在"百家争鸣"的时代背景下,儒家学派与其他学派一样,对当时的政治制度进行了深入的探讨与批判。他们通过文学作品,表达了对君主专制制度的质疑与不满,同时也提出了自己的政治主张和改革建议。这种批判与反思的精神,体现了儒家文化关注社会现实、追求公正合理的政治理念。

2. 西汉初期儒家文化的文学呈现

西汉初期,随着"罢黜百家,独尊儒术"政策的实施,儒家文化逐渐确立了其在中国古代文化中的主导地位。这一时期,儒家文化在文学作品中的呈现也发生了显著的变化。

(1)西汉初期的文学作品开始更加注重儒家思想的传播与宣扬。在君主制度的支持下,儒家文化开始通过文学作品向广大民众传播其思想理念。例如,在贾谊的《过秦论》中,他通过对秦朝灭亡原因的深入分析,强调了以仁义为治国之本的重要性。这种对于儒家思想的传播与宣扬,不仅增强了儒家文化在社会中的影响力,也为后世儒家文化的发展奠定了坚实的基础。

(2)西汉初期的文学作品开始更多地关注社会现实与民生问题。在儒家文化的影响下,文人墨客们开始关注社会现实、关心民生疾苦,通过文学作品表达了对社会不公和百姓疾苦的同情与关注。这种关注社会现实、关心民生问题的精神,体现了儒家文化关注民生、追求公正合理的政治理念。然而,尽管西汉初期儒家文化在文学作品中得到了广泛的传播与宣扬,但这一时期的儒家文化仍具备一定的思辨性。文人墨客们并没有完全沦为君主制度的附庸,而是通过文学作品表达了自己对于社会现实的看法和见解。例如,在司马迁的《史记》中,他不仅记录了历史事件和人物传记,还通过对于这些历史事件和人物的深入剖析,表达了自己对于政治、社会、文化等问题的看法和见解。这种思辨性的文学呈现方式,体现了儒家文化独立思考、勇于探索的精神。

(二)魏晋时期儒家文化的体现

在历史的漫长演进中,儒家文化经历了战国与西汉时期的辉煌,逐渐在魏晋时期展现出新的思想面貌。这一时期,儒家文化不再是孤立地存在,而是与另一大思想流派——道家文化,进行了深度的交流与融合。这一融合过程不仅推动了儒家思想的创新与发展,也深刻影响了文学作品的创作形式与主题。

在魏晋时期之前，道家文化已经通过黄巾起义等事件展现出其强大的影响力。随着汉朝末期的动荡与变革，道家思想逐渐深入人心，成为当时社会思潮的重要组成部分。在这一背景下，魏晋时期的文学作品不可避免地受到了道家思想的影响。同时，儒家文化也在与道家文化的交流与碰撞中，展现出了新的思想面貌。

在文学创作形式上，魏晋时期的文学作品开始追求简洁与明快。这种转变与儒家文化强调的简约理念有着密切的联系。在儒家文化中，简约不仅是一种审美追求，更是一种人生哲学。因此，魏晋时期的文学作品在形式上强调简洁，正是对儒家文化简约理念的体现。同时，这种简洁的形式也适应了当时社会文化的需求，使得文学作品更易于传播与接受。

在文学创作主题上，魏晋时期的文学作品开始大量出现与道家思想相关的神、鬼、怪、力等元素。这一转变并非偶然，而是与儒家文化与道家文化的融合密切相关。在儒家文化中，虽然强调现实与理性，但也不乏对超自然现象的解释与描述。而道家文化则更加注重对自然与宇宙的探究，对神、鬼、怪、力等元素有着更为丰富的想象与描绘。因此，在魏晋时期，儒家文化与道家文化的融合使得文学作品在主题上呈现出多样性与丰富性。

以笔记体小说《世说新语》为例，这部作品不仅展现了魏晋时期社会的风土人情与人物风貌，也蕴含了丰富的道家思想元素。通过对人物的言行举止进行细腻的描绘与分析，作品揭示了人性的复杂与多元，同时也展现了道家文化对自然与宇宙的深刻理解。这种将儒家文化与道家文化相融合的文学创作方式，不仅丰富了文学作品的内涵与外延，也为后世文学创作提供了新的思路与方向。

魏晋时期的文学作品受到道家文化的影响，产生了许多以神、鬼、怪、力为主题的小说。这些作品在继承儒家文化传统的同时，也融入了道家文化的想象与创造。例如，吴承恩的《西游记》与蒲松龄的《聊斋志异》等作品，都受到了魏晋时期文学作品的深刻影响。它们不仅展现了丰富的想象力与创造力，也体现了对人性、社会与自然的深刻洞察与反思。这种融合儒家文化与道家文化的文学创作方式，不仅为后世留下了宝贵的文化遗产，也为中华文化的传承与发展注入了新的活力。

（三）明代儒家文化的体现

在探讨明代儒家文化在文学作品中的体现时，不得不先回顾其历史背景。元朝时期，由于塞北文化的冲击和统治者对重农抑商政策的倾向，儒家文化一度陷入低谷，其地位与影响力受到严重削弱。然而，明朝的建立为儒家文化的复兴提供了契机。在明朝统治者的积极推动下，程朱理学重新占据了思想界的统治地位，儒家文化得以重新焕发生机。

明代儒家文化的复兴并非简单地重复，而是在新的历史条件下对传统儒学的批判继承与发展。在这一过程中，反封建的民主思想开始萌芽，对儒家思想进行了深刻的反思与改造。因此，明代文学作品中所体现的儒家文化，既继承了传统的仁义礼智信等核心思想，又融入了新的时代元素，呈现出一种全新的面貌。

以明代小说《水浒传》为例，这部作品通过生动的情节和鲜明的人物形象，深刻反映了明代社会的伦理观念与价值取向。在第三十九回"梁山泊好汉劫法场，白龙庙英雄小聚义"中，李逵等梁山好汉冒死救出宋江，展现了梁山好汉之间深厚的义气和忠诚。这一情节不仅体现了儒家文化中"义"的伦理观念，也反映了明代社会对于忠诚与义气的重视。

到了明代中后期，著名心学家王阳明对儒家文化进行了更深层次的阐释。他强调"三纲五常"应当内化于民心，成为人们的自觉意识。同时，他提出了"知行合一"的学说，倡导人们将道德观念转化为实际行动，树立正确的为人准则。王阳明的思想在当时社会产生了深远的影响，推动了儒家文化的进一步发展与普及。

在王阳明思想的影响下，明代文学作品开始呈现出一种新的趋势。许多作品开始融合儒、道、佛等多种思想元素，形成了独特的文化风格。例如，《西游记》与《封神演义》等作品，不仅展现了神话故事的魅力，也融入了丰富的儒、道、佛的思想。在《西游记》中，作者以儒家思想构建天庭权力结构，以玉皇大帝为核心，体现了儒家文化中君权神授的思想。这一现象不仅展现了作者深厚的文学功底和独到的艺术眼光，也反映了儒家文化在明代文学中的重要地位与深远影响。

（四）清代儒家文化的体现

清代文学作品在风格上相较于明代的浮夸世俗，呈现出一种明显的复古倾向，这种倾向不仅与唐宋时期的风雅文化形成鲜明对比，更是对儒家文化的一种深刻反思与重新诠释。在清代，随着君主政治措施的强化和文学复古思潮的兴起，文学作品开始以八股文为主要形式，这在一定程度上反映了当时社会对于严谨、规范的文学风格的追求。

然而，值得注意的是，八股文的盛行并非完全出于对儒家思想的深入理解和学习，而是在一定程度上成为社会炫耀之风的载体。许多文人墨客在创作时更多的是引经据典，追求形式的完美和技巧的精湛，而忽略了对儒家思想内涵的深入挖掘和阐释。这种现象在一定程度上反映了当时社会对于儒家文化的态度，即既重视其经典地位，又缺乏对其真正价值的认识和尊重。

与魏晋时期不同的是，清代文学作品中对道家文化的态度发生了显著变化。在魏晋时期，道家文化曾对文学作品产生深远影响，但在清代，道家形象却遭受了广泛批判。许多作品中都将道士描绘为虚伪、道貌岸然的反面形象，而儒家学说则成了正面形象，成为文学作品中推崇的道德典范。

这种变化与清代社会的政治文化背景密切相关。在清代，儒家文化被赋予了更加重要的地位，成为维护社会稳定和传承道德价值观的重要工具。因此，在文学作品中，儒家思想得到了广泛体现和传承。例如，在中国古代四大名著之一的《红楼梦》中，作者通过细腻的笔触和丰富的情节，深入探讨了儒家文化的内涵和价值。

在《红楼梦》中儒家思想贯穿始终，成为推动情节发展和塑造人物形象的重要力量。作品中描绘的钟鸣鼎食之家、翰墨诗书之族，都体现了儒家文化对于礼仪、道德和文化的重视。而"世事洞明皆学问，人情练达即文章"等经典语句，更是对儒家思想的一种深刻阐释和传承。

此外，在《红楼梦》中，儒家思想的仁、义、礼、智、信等核心价值观也得到了充分体现。贾宝玉的博爱精神体现了儒家思想的仁，甄士隐送给贾雨村五十两银子、两套冬衣的馈赠则体现了儒家的义。然而，儒家思想并非完美无缺，其等级阶层观念也在作品中得到了体现。例如，端午节礼物的区别就揭示了儒家思想中"礼"的等级性，从而引发了"贾宝玉见了姐姐就忘了妹妹"的经典说法。

第五章　古代文学与当代文化的跨媒体传播

随着时代的变迁，古代文学的魅力并未褪色，反而通过跨媒体传播焕发出新的生机。本章将深入探讨古代文学与当代文化的交融，从传播的基本逻辑出发，解析名著改编影视作品的艺术价值，揭示古代文学经典与现代流行歌曲的创新融合；重点关注新媒体如何为古代文学传播开辟新路径，让这一文化瑰宝在数字时代继续熠熠生辉。

第一节　古代文学传播的基本逻辑

一、中国古代文学传播的主要作用

"中国古代文学传播是一个非常复杂的系统工程，由传播主体、客体、媒介、环境、内容、效果等诸多层面组成，中国古代文学传播具有丰富多彩的内涵"[①]。

（一）中国古代文学传播促进道德观念形成

中华文化源远流长，其深邃与广博自上古神话时代便已有所体现，

[①] 戴学慧.中国古代文学的传播特点与经验启示[J].兰州教育学院学报，2015，31（10）：9-10.

历经长江、黄河流域的文明孕育，夏商周时期的制度奠基，直至春秋战国时期群雄争霸的激荡岁月，直至秦汉以降多朝代的更迭，其历史发展之脉络绵延不绝。在这漫长的历史长河中，文化传承与创新并行不悖，其影响愈发深远，展现了中华文化强大的生命力和适应性。

春秋战国时期作为中华文化形成的关键时期，诸子百家的思想碰撞与融合为后世留下了宝贵的文化遗产。孔子、老子等伟大思想家，他们的文学作品不仅丰富了中华文化的内涵，更对后世的道德标准、行为准则产生了深远的影响。他们的思想理念通过文学作品传播，塑造了中华民族独特的道德观念和价值体系，成为中华民族精神的重要支柱。

更为重要的是，中国古代文学的影响力远不止于此。孔子的伟大思想不仅在中国得到广泛传承，更跨越国界，成为不同文化背景下人们共同珍视的精神财富。这一现象充分说明了中国古代文学和思想的世界性价值和普遍意义。

因此，可以说中国古代文学是当代人心中的道德观念指向，是当代中国人默认的行为准则。这种道德观念和行为准则的形成，离不开历史的积淀和文学作品的引导。通过对古代文学作品的深入学习和传承，我们可以更好地理解中华文化的精髓，更好地把握当代社会的道德规范和行为准则，为推动社会的和谐稳定与发展贡献自己的力量。

（二）中国古代文学传播是中华民族精神理念的源泉

在中国悠久的历史长河中，古代文学的传播如同一股清泉，源源不断地滋养着民族的精神理念。五千年的文明积淀，孕育了无数璀璨的文学作品，这些作品不仅丰富了人们的文化生活，更是成为中华民族精神理念的源泉。

古代文学作为中华文明的重要组成部分，承载了无数前人的智慧与情感。这些作品不仅仅是文字的组合，更是心灵的对话，是时代的缩影。在历史的洪流中，这些文学作品被一代又一代的读者传颂，其中的精神理念也得以广泛传播，成为支撑中华民族不断前行的精神支柱。

爱国主义精神是中华民族最为核心的精神理念之一。在古代文学作品中，这种精神得到了充分的体现。从《诗经》中的"岂曰无衣，与子同袍"，到《离骚》中的"长太息以掩涕兮，哀民生之多艰"，再到《史记》中的众多英雄豪杰的事迹，这些作品无不流露出对国家、对民族的深厚情感。正是这些作品，激发了无数仁人志士的爱国热情，使他们为了民族的生死存亡和国家的繁荣富强而努力奋斗。

顽强不息的精神也是古代文学作品中经常展现的一种精神理念。无论是《史记》中描述的勾践卧薪尝胆的故事，还是《汉书》中记载的霍去病千里奔袭匈奴的壮举，都体现了中华民族不屈不挠、顽强奋斗的精神。这种精神激励着后人在面对困难与挑战时，能够勇往直前，永不言败。

坚持不懈的精神同样在古代文学作品中得到了充分的体现。从《列子·愚公移山》中的"子子孙孙无穷匮也，而山不加增，何苦而不平？"，到《孟子》中的"天将降大任于是人也，必先苦其心志，劳其筋骨"，再到《史记》中记载的许多历史人物的事迹，都告诉我们只有坚持不懈地努力，才能实现自己的理想和抱负。这种精神理念，激励着无数人在人生的道路上不断前行，不断追求更高的境界。

（三）中国古代文学传播是浪漫主义色彩的发源地

女娲补天、精卫填海、夸父追日等古典浪漫主义神话，不仅为后世注入了坚韧不拔、勇往直前的精神动力，更在文学史上催生了大量洋溢着浪漫主义色彩的佳作。这些神话所蕴含的浪漫主义精神，跨越时空，成为中华文化的瑰宝，激励着后世文人墨客在文学创作中不断探索和表达浪漫主义的情怀。

在中国古代文学的长河中，李白和苏轼无疑是浪漫主义文学的杰出代表。他们的文学作品不仅自身洋溢着浓烈的浪漫主义色彩，更为后世提供了浪漫主义文学创作的典范。李白的诗歌豪放不羁，如《将进酒》中的"君不见，黄河之水天上来，奔流到海不复回"，便是对自然之壮美与人生之豪迈的浪漫诠释。苏轼的词作则以其深沉的情感和细腻的描绘，如《水调歌头》中的"但愿人长久，千里共婵娟"，寄情于明月展现出对亲人深深的思念与对美好生活的向往，其浪漫之情溢于言表。

这两位文学巨匠的作品，为后世文人提供了丰富的浪漫主义文学遗产，同时也为浪漫主义文学的进一步拓展和创新奠定了坚实的基础。在李白和苏轼的影响下，后世出现了许多具有浪漫主义特色的文学作品，如郭沫若的诗歌、海子的散文等，都深受浪漫主义文学传统的熏陶，展现出独特的浪漫主义魅力。

因此，可以说中国古代文学不仅是中华民族的精神源泉，更是浪漫主义文学色彩的根基。这些浪漫主义文学作品，不仅丰富了中华文化的内涵，也为后世提供了宝贵的精神财富和文学灵感，对于推动中国文学的发展和创新具有重要意义。

二、中国古代文学传播的主体分析

"文学传播的研究对象包括文学作为被传播对象而被传播，以及文学作为传播手段而传播其他社会意识"①。在文学传播学的学术语境中，主体这一概念不仅承载着哲学上的深刻内涵，即事物的属性、关系以及运动变化的本质，而且从认识论的角度看，它亦指涉及认识与实践活动的核心参与者。将这一观念引入文学传播领域，我们能够更为细致地剖析文学信息的生成者与传递者之间的多维关系，这对于深化理解文学发生与发展规律的关系具有不可或缺的价值。

作为专注于文学传播过程研究的学科，文学传播学尤其关注传播主体的角色。在美国著名的政治学家和传播学理论家拉斯韦尔提出的"五W模式"中，传播主体即信息的发出者，对应于"谁说了什么"。与哲学中主体具有能动性的定义相契合，文学传播的主体同样是人。然而，这一界定与新闻学中的传播主体概念有所不同，后者更多指向了大众传

---

① 曹萌. 中国古代文学传播的主体 [J]. 沈阳师范大学学报（社会科学版），2008, 32（6）: 47-52.

播机构,包括传统媒体与新媒体环境下的多元主体。

在文学传播的复杂实践中,简单套用"五W模式"并不足以全面揭示其内在机制。特别是当考虑到文学作品的流传与传播往往超越了原创状态,已存文学的传播过程显得尤为复杂。原创文学的传播固然遵循着"五W模式"的基本框架,但已存文学的传播则涉及更多的历史、文化及社会因素,这些因素使得已存文学的传播在操作上呈现出与原创文学截然不同的特点。

因此,对于文学传播主体的探讨应当从两个维度展开:一是原创文学的传播主体,其角色相对明确,即文学的创作者及其背后的推动力量;二是已存文学的传播主体,这一群体则更为广泛,包括了文学接受者、研究者、教育者以及在不同历史时期和社会背景下对文学作品进行再传播和再诠释的各类个体与机构。通过对这两类传播主体的深入分析与描述,能够更好地理解文学传播的文化特征,进而揭示其在社会文化发展中的重要作用。

(一)原创文学的传播主体

在文学传播的历史长河中,作家作为文学信息的制造者和生产者,其角色与地位随着时代的变迁而逐渐明晰。在文学尚未形成自觉性的古代,文学信息的传播和作家的身份识别呈现出一种复杂的面貌。彼时,出版权与文学创作意识尚未形成,作家往往不会在作品上署名,也鲜有明确的文学创作者身份标识。因此,原创文学的传播主体在当时呈现出一种模糊的状态。在这种背景下,文学的传播主体可以广义地理解为劳动人民。文学作品作为劳动的副产品,往往源于劳动过程之中或劳动之余的情感表达与思想交流。劳动者在劳动中积累经验、感悟生活,通过口头传播、民间故事、歌谣等形式传递文学信息,从而成为原始文学的创作和传播者。尽管古代文学尚未形成书面形式,但人类的创作活动早已存在。劳动中产生的各种声音和动作,往往蕴含了原始的文学元素,通过集体劳动和社会生活的交流得以传承和发展。这些原始的创作,虽未以书面形式留存,却为后来文学的发展奠定了坚实的基础。因此,尽管在古代文学传播中,作家的身份并不明确,但劳动人民作为文学信息的实际创造者和传播者,其地位和作用不容忽视。他们通过劳动和生活实践,为文学的发展提供了源源不断的素材和灵感,推动了文学的不断进步和繁荣。

在文学的广阔天地中,劳动所孕育的文学作品占据着不容忽视的地位,它们以其独特的原创性和真挚性,为文学宝库增添了丰富的色彩。以中国古代的《诗经》为例,这部被誉为"诗之始"的诗集,其中大量作品都源自劳动者的生活实践。《诗经》中的《伐檀》一诗,便是对劳动中文学创作的生动展现。《伐檀》一诗,以劳动场景为起点,通过描绘劳动者伐木的艰辛与劳作中的感悟,展现了劳动者对公平与正义的渴望。诗中反复咏叹的句式,不仅体现了诗歌的艺术魅力,更深刻地反映了劳动者在劳作过程中内心的情感波动。这些文字无疑是劳动者在劳动间隙或劳作之余,基于真实体验而创作的文学作品,它们真实而生动地记录了劳动者的生活状态与情感世界。

值得注意的是,这些劳动中产生的文学作品,往往具有深厚的思想内涵和独特的艺术价值。它们不仅是对劳动者生活的真实记录,更是对人性、社会与自然等主题的深刻反思。在《伐檀》中,可以看到劳动者对剥削者的不满与对公平正义的渴望,这种情感通过诗歌的形式得以表达,进而引发人们对社会现实的深思。因此,劳动中产生的文学,不仅是文学领域的一朵奇葩,更是人类文化宝库中的瑰宝。它们以其独特的视角和真挚的情感,为人们提供了理解人类生活与情感世界的新途径。在未来的文学研究中,更应重视劳动中产生的文学作品,深入挖掘其思想内涵与艺术价值,为文学的发展与创新注入新的活力。

在上古时代,原创性文学作品及文学信息的普遍性源于文学传播主体的广泛性。这些主体不仅涵盖了劳动者——他们通过歌唱表达了对社会不公的愤慨,如《诗经》中的《硕鼠》和《东方未明》,展示了创作者对社会现实的深切感受和原创性的文学表达;还包括了庄子这样的哲人——他们的诗歌同样是原创文学的重要组成部分,如庄子的鼓盆而歌,以悲痛之情创作,凸显了原创文学情感的多样性和深度。这些作品不仅展现了歌唱者的个人情感和观点,也反映了当时社会的风貌和人民的心声,从而证明了在上古时代,歌唱者作为文学传播的主体,其普遍性和重要性。

同样,讲故事的人也在文学传播中扮演了关键角色。他们以叙事的方式,组织和传播文学作品,将生活中的经验、故事以及哲理通过口头或书面的形式传递给后人。这些讲故事的人不仅将生活中的琐事、经验以及理论编织成引人入胜的故事,还通过故事来教育、启发和感染听众,帮助他们更好地理解生活、认识世界。因此,他们同样是文学创作的重要参与者,其文学作品对后世的文学发展和文化传播产生了深远的影响。

此外,古代人还通过制造或生产游记、自传或书信等文学信息来传播文学。这些作品的创作者同样是文学传播的主体,他们通过记录自己的所见所闻、所思所感,将个人的经验和情感转化为文学作品,为后世留下了宝贵的文化遗产。这些作品不仅具有文学价值,还具有重要的历史和文化价值,为我们了解古代社会、文化和人民的生活提供了重要的参考。

在文学自觉的时代背景下,作家的角色和地位得到了显著的提升,他们成为文学传播过程中不可或缺的主体。这一时期,作家的创作意识得到了强化,他们不仅致力于文学艺术的创新,更期望通过文学表达来实现自我价值的认同和社会地位的确立。作家们怀揣着立言不朽的崇高追求,将个人的思想、情感与审美理想融入作品之中,从而形成了独特的文学风格和影响力。

作为文学传播的主体,作家们通过自身的创作活动,将文学作品推向社会,引领着文学风尚的变迁。他们的作品一旦问世,便迅速地在读者中传播开来,无论是贵族还是平民,都竞相传抄、阅读,形成了广泛的文学影响。如明人王世贞所记载的谢灵运等文学大家,他们的作品不仅在当时引起了轰动,而且对后世也产生了深远的影响。谢灵运以其卓越的诗才和深厚的文学修养,成为文学传播的典范,他的作品被广泛传播,为后世留下了宝贵的文学遗产。

在文学传播的过程中,作家们不仅扮演着文学信息的创造者角色,更是文学传播的推动者和引领者。他们通过自身的努力和才华,为文学的传播和发展做出了重要贡献。因此,在文学自觉的时代,作家的地位得到了空前的提升,他们成为文学传播的核心力量,为文学的发展和繁荣做出了不可磨灭的贡献。

(二)原创文学传播主体团体化倾向

在文学创作自觉的时代背景下,作家们因创作风格、思想倾向或生活环境等方面的相近性,倾向于集结成多种文学团体,进而展现出原创文学传播主体的团体化现象。这一团体化的倾向不仅显著地体现了文学社团的鲜明特征,也深刻影响了文学传播的格局。

文学社团作为由文学作家或文学批评家组成的文学组织,其范畴广泛,包括文学同乡会、文学体派、文学沙龙等多种形式。这些社团在文学传播过程中扮演着重要角色,它们通过组织活动、交流思想、发表作品等方式,促进了文学作品的传播和文学风格的形成。

古代文学史上的文学社团尤为突出,如南齐时期的"永明体"便是一个典型例证。这一文学团体以沈约等人为代表,他们在诗文的音韵方面发表主张、进行实践,创造出了"永明体"这一独特的文学体式。这一体式不仅体现了他们共同的文学追求和审美趣味,也通过团体内部的交流和传播,影响了当时的文学创作和文学风尚。

"永明体"作家团体通过其作品和理论主张的传播,成为文学传播的主体。他们不仅推动了文学的发展和创新,也为后世留下了宝贵的文学遗产。这一文学团体的形成和传播过程,充分展示了文学社团在文学传播中的重要作用和价值。

唐朝时期,元稹、白居易等文人所形成的文学流派,其独特的创作风格被后世誉为"元和体",这一称谓不仅凸显了他们在文学史上的重要地位,更彰显了他们作品在当时社会的广泛影响。据《新唐书·列传·卷

第五章 古代文学与当代文化的跨媒体传播

九十九》等史籍记载,元稹与白居易等人均以诗歌见长,他们的作品不仅广泛传播于乐府之中,成为百姓口耳相传的佳话,更是受到了宫廷内部的青睐,连穆宗在东宫时,妃嫔近侍也争相诵读,足以见得其文学魅力的深远。值得一提的是,元稹等人在创作上不仅注重艺术性的提升,更追求文学的社会功能,他们的作品不仅具有高度的审美价值,还承载了丰富的社会意义。正如史籍所述,元稹因其才华出众,被帝王赏识并提拔至重要官职,其创作风格也影响了当时的诏书体,使之更加纯厚明切,可见其在文学创作及传播上的巨大影响力。张籍、孟郊等文人亦与元稹、白居易等人相互酬唱,共同推动了"元和体"的形成与发展。他们的作品在当时社会引起了广泛共鸣,被誉为"天下宗之",成为文学史上的重要篇章。这一文学流派的形成,不仅展现了唐朝文人对于文学艺术的深刻理解和独特追求,更体现了他们在社会文化传播中的积极作用。

在中国古代文学的发展长河中,文学团体和流派的形成构成了一道独特的风景线,它们往往以特定的文学体式作为其标志性的特征。这些文学体式不仅反映了时代文化的特色,也展示了文人们独特的审美追求和文学风格。正如宋人严羽在《沧浪诗话》中所概括的那样,中国古代文学的发展可以从时间和人物两个维度进行考察。

从时间维度来看,各个历史时期的文学体式呈现出鲜明的时代特色。"建安体"、"黄初体"、"正始体"等,均以其独特的历史背景和文学风格,在文学史上留下了深刻的印记。这些体式不仅体现了当时社会的政治、经济、文化背景,也展现了文人们的创作理念和审美追求。例如,"建安体"以其慷慨悲凉的风格,表现了东汉末年社会的动荡与文人的豪情壮志;而"黄初体"则以其清新自然的风格,反映了曹魏初期社会的繁荣与文化的复兴。

从人物维度来看,古代文学中的许多体式都是以某位或某几位杰出的文学家为代表而形成的。如"苏李体"、"曹刘体"等,均以其独特的文学风格和创作理念,在文学史上独树一帜。这些体式不仅体现了文学家们的个性特点和艺术追求,也影响了后世文学的发展。例如,"苏李体"以其深沉的情感和细腻的笔触,表现了两位文学家对人生、爱情和友情的深刻理解和真挚情感;而"曹刘体"则以其雄浑豪放、慷慨激昂的风格,表现了曹魏时期文人的壮志豪情和时代精神。

还有一些文学体式是以特定的文学作品或文学集子命名的,如"选体"、"柏梁体"、"玉台体"等。这些体式不仅代表了某一时期或某一文学流派的特色,也反映了当时社会的审美风尚和文化潮流。例如,"选体"以其五言古诗的体制,表现了古人对五言古诗的推崇和喜爱;"柏梁体"以其七言诗的形式和用韵的特点,展现了古人对七言诗的探索和创新。

在古代中国的文学领域,诗歌体式作为文学团体标识的现象屡见不鲜。张岱在《夜航船》中详述了从国风、三颂、二雅,经《离骚》、古乐古选《十九首》,至建安体、黄初体、正始体、太康体、元嘉体、永明体、齐梁体,直至南北朝体、初唐体、盛唐体、中唐体、晚唐体、宋元体等一系列诗歌体式的演变,这些体式不仅反映了不同历史时期的文学风格与特色,更是文学团体和流派形成与传播的重要载体。这些文学团体或流派,以其独特的诗歌体式和文学主张,成为文学传播的主体,推动了文学的发展和创新。

进入现代和当代,文学社团的形态虽有所变化,但其作为文学传播主体的核心地位并未改变。现代文坛上的文学研究会、创造社、新月社、沉钟社、语丝社等,以及以流派为标志的新月派、象征派、九叶派、学衡派、现代派、新感觉派、山药蛋派、荷花淀派、朦胧派等,均以各自独特的创作倾向和文学主张,成为文学信息制作与传播的中心。这些文学社团或流派,通过其作品和理论主张,不仅推动了文学创作的多元化和文学风格的丰富化,也为文学传播提供了强有力的支撑。

(三)已存文学传播的主体

在文学传播学的领域内,已存文学传播占据了举足轻重的地位。这类传播涉及的是经过作家创作、收集、改编、编纂、印刷等一系列处理之后形成的文学作品,它们作为实体存在,并继续经历着广泛的传播过程。

第五章 古代文学与当代文化的跨媒体传播

这一过程并非止于作品的首次发表,而是常常跨越时空,历经岁月沉淀,不断被读者接受、理解、再创造。已存文学传播的重要性在于,它涵盖了从古至今、世界各地的文学经典。这些作品通过不同历史时期的传播,不仅得以保存和延续,更在传播过程中积累了丰富的文化内涵和时代价值。历朝文学文献的传递,正是已存文学传播的有力证明,构成了文学传播历史长河中不可或缺的一部分。

从传播形式的角度来看,已存文学传播展现了多元化的类型和方式。这包括了对文学作品进行整理加工的传播,旨在深化理解和推广的学术传播,以及通过编选、改编等手段进行的再创作传播,还有针对文学作品进行的评论或评点传播,旨在提升作品的艺术价值和社会影响。翻译传播则打破了语言的障碍,使作品能够跨越国界,为世界各地的读者所共享。而在媒介方面,从传统的"说话"传播、商业印刷传播、杂志期刊传播,到现代的电子媒介传播和网络传播,已存文学的传播方式随着时代的进步而不断演进。这些多样化的传播类型和方式,使得已存文学传播的主体也呈现出多样性。

1. 整理加工传播文学主体

乐府及其演变机构,作为中国古代重要的文学信息传播与加工机制,在原创作品传播之后,其影响力和作用并未随之消退,反而通过不同的文学传播方式持续发挥作用。在文学传播的历史进程中,整理加工作为较早的文学传播方式,促成了乐府这一特殊文学传播主体的形成。

乐府作为中国古代王朝设立的音乐管理机构,其职责涵盖了制定乐谱、培训乐工、搜集歌词等多方面的任务。这一机构的设立,深受周代采诗制度的影响,体现了中国古代对文学与音乐相结合的重视。通过"行人"采诗、献诗于大师,进而以音律呈现于天子的方式,乐府的前身已然形成。到了汉代,乐府正式成为政府机构,其职责和影响力得到了进一步的扩大。

在汉代，乐府不仅继续执行搜集、整理民间歌谣的职责，还积极参与了文学作品的创作与加工。如《汉书·礼乐志》所述，乐府在武帝时期正式设立，负责采集各地歌谣，并聘请了李延年等音乐家和司马相如等文学家共同创作诗歌和乐曲。这些作品不仅反映了当时社会的风俗和人民情感，也展现了乐府作为文学传播主体的创造力和影响力。

从功能角度来看，乐府通过采集和整理民间歌谣，促进了文学作品的传播与交流。乐府还积极参与文学作品的创作与加工，为后世留下了丰富的文学遗产。这些作品不仅具有较高的艺术价值，也为我们了解古代社会风貌、人民情感提供了珍贵的文献资料。

在汉武帝时期，乐府作为一个集创作与搜集为一体的文化机构，不仅承载了制作宗庙乐章以颂扬功德的职责，更在民间文化的传承与保护上发挥了关键作用。乐府的人员配置丰富，其下辖的各级官吏，如令、音监、游檄等，共同构成了这一庞大体系的运作基础。乐府通过广泛搜集各地民歌，不仅增进了官方对民间舆情的了解，也为后世留下了宝贵的文学遗产。

乐府采集诗歌的地域范围之广，体现了其对于民间文化的全面关注。从黄河流域到长江流域，无论东西南北，各地的歌谣都成为乐府搜集的对象。现存的文献资料中，汉乐府所采集的民歌数量众多，内容多样，涵盖了吴、楚、燕、代等多个地域，充分展现了当时民间文化的丰富性和多样性。

尽管在哀帝刘欣时期，乐府的部分功能被削减，俗乐被罢去，仅保留了雅乐部分，但这并未削弱乐府在文学传播中的主体地位。事实上，乐府在汉代以后的文学发展中仍占有举足轻重的地位。尽管采诗制度在汉代之后逐渐废除，但乐府的功能和精神在魏晋时代仍得到了延续和体现。如光武帝刘秀、和帝刘肇、灵帝刘宏等皇帝所采取的举措，均在一定程度上体现了乐府在民间文化搜集与传播方面的作用。

从乐府的历史脉络来审视，其核心使命在于汇集和加工来自各地的民歌类文学作品，进而将其广泛传播。这一文化现象确立了乐府在文学传播领域中的独特地位，作为文学传播主体的身份是确凿无疑的。

乐府的文学传播功能，本质上表现为对既有文学作品的整理、加工与二次传播。随着时代的变迁和传媒技术的演进，尽管乐府的核心功能被后世所承续，但其具体形态和载体却逐渐演化为现今我们所熟知的文学图书与期刊。从文学传播的角度来看，这些文学图书、期刊承担着与乐府相似的职责，即搜集、整理已存文学，并经过专业的编辑加工后向公众传播。因此可以说，文学图书、期刊是乐府在现代社会中的一种演变形态。

追溯至明朝，中国便出现了文学期刊的雏形，如吴敬所等人编纂的《国色天香》和《绣谷春容》等作品。经过近七百年的发展，文学期刊在风格、形式和传播方式上均有了显著的变迁，但其作为文学传播主体的基本功能和价值追求始终未变。它们持续不断地为文学创作者提供展示平台，为文学爱好者提供丰富的阅读选择，为文学的发展繁荣做出了重要贡献。

2. 已存文学学术传播主体

已存文学的学术传播，作为一种深入的文化现象，展现了文学作品在历史长河中的传承与发展。这种传播并非简单的文本传递，而是通过一系列严谨的学术手段，如辨伪、考据、校勘以及传、疏、注、集解、索隐等，对古代文学作品，尤其是古典名著进行深度解读和再阐释。在中国古代文学名著的传播历程中，这些学术处理方式占据了核心地位，它们不仅提升了文学作品的艺术价值，更为后世提供了宝贵的文化遗产。

以《诗经》为例，这部古老的诗集自诞生以来，便承载着深厚的文化意蕴。其学术传播的过程，既是对其艺术价值的发掘与弘扬，也是对其文化内涵的丰富与拓展。从汉代学者对《诗经》的删订、整理，到历代学者对其进行的注释、校勘、辨伪、训诂等工作，都体现了学术传播对文学作品的重要贡献。特别是汉代四家诗学的兴起，以及郑玄为毛诗作笺、卫宏作《毛诗序》等学术活动的进行，都为《诗经》的学术传播注入了新的活力。这些学术成果不仅为后世读者提供了更为准确、丰富的阅读体验，也为研究《诗经》的学者提供了宝贵的参考。

在探讨已存经典文学的学术传播方式时，不可忽视评论、评点及序跋所占据的核心地位。评论与评点，作为学术传播的重要形式，尤其在小说的传播中占据显著位置。历史上，如李贽、金圣叹、脂砚斋等人的小说评点，以其独到的见解和精湛的文学造诣，为后世读者提供了深入理解经典作品的途径。序、跋作为文学作品的重要组成部分，其功能在于介绍、概括、阐释作品，为读者提供阅读的引导与参考，其学术价值不容忽视。

按照"五W模式"的理论框架，已存文学学术传播的传播主体应当是那些致力于文学作品的辨伪、考据、校勘以及进行文学评论、评点和序跋撰写的学者。他们的工作不仅是对文学作品的整理与加工，更是一种学术上的传承与创新。正是这些学者的辛勤努力，使得许多经典文学作品得以跨越时空，广泛传播，并影响着一代又一代的读者。

除了上述的学术传播方式外，已存文学的传播还涉及编选、改编、翻译以及"说话"传播等多种方式。这些传播方式在形式上更加贴近现代新闻传播的特点，其传播主体也因此而多样化，包括编选者、改编者、翻译者以及文学作品的印刷和出版单位等。这些传播主体在各自的领域内发挥着重要作用，共同推动着已存文学作品的广泛传播与深入影响。

（四）文学传播主体特征

从过程的视角深入探究文学传播，其核心在于原创文学与已存文学的动态流转。这种流转过程不仅反映了文学作品的生命周期，更揭示了文学传播主体的多样性及其变化。文学传播的过程涉及多个要素，其中文学传播主体作为核心要素，其角色和定位是动态且多元的。

文学传播主体作为传播过程的发起者和推动者，其本质属性在于其能动性。这一主体，首先且根本上是人，无论是作家、学者、出版单位还是读者，都在不同程度上参与了文学作品的创作、传播和接受过程。作为主宰者和操作者，文学传播主体不仅决定了文学作品的传播方向和内容，更在作品与读者之间建立了桥梁，促进了文学的交流和理解。

第五章　古代文学与当代文化的跨媒体传播 ◎

文学传播主体并非固定不变,而是随着传播方式和技术的发展而演变。从最初的一元主体(即作家),到后来的多元主体(包括乐府、社团、学者、期刊等),文学传播主体的变化反映了文学传播方式的多样化和文学市场的繁荣。随着新媒体技术的崛起,文学传播主体进一步向大众化、多元化的方向发展,这不仅丰富了文学传播的形式和内容,也为文学作品的广泛传播和深入接受提供了更多可能性。

1. 个性化

在探讨文学传播过程时,不同主体在本质上显现出各自独特的性质与功能。尽管作家个人、政府机构、文学印刷和出版单位以及文学团体均可被视为文学传播的主体,但它们的角色定位与影响机制却大相径庭。

作家个人作为文学传播的主体,其性质随着时代的变迁而不断变化。在古代,作家往往以隐匿、分散、随意的方式传播作品,其传播效果受到诸多限制。在现代社会,随着信息技术的发展和媒体渠道的多样化,作家个人的传播能力得到了极大的提升,他们可以通过网络平台、社交媒体等渠道直接与读者互动,实现作品的快速传播与广泛影响。

政府机构作为文学传播的主体,其活动本质上属于政府信息传播的范畴,是国家意志与文化政策的直接体现。这类传播不仅具有高度的权威性,还在传播过程中充当着"把关人"的角色,确保文学内容符合国家的文化导向和社会价值观。

文学印刷和出版单位侧重于商业利益的追求,它们的文学传播活动更多表现为一种市场行为。在这种模式下,文学产品被视为商品,通过广告宣传等手段进行推广,旨在实现商业利润的最大化。这种传播方式往往更注重市场反应和读者需求,因此在内容选择、推广策略上都具有更强的灵活性。

至于文学团体的性质与活动则更为复杂,因其内部结构的多样性而呈现出不同的传播特点。创造性文学社团倾向于推动文学作品的创作与发表,而批评类文学团体则更注重文学理论的传播与探讨。这些团体在文学传播中扮演着不同的角色，通过组织活动、出版刊物等方式，推动文学作品的交流与传播。

2. 影响力差异

在文学传播的复杂生态中，不同传播主体的影响力呈现出显著的差异。其中，乐府等政府机关作为官方文学传播主体，其影响力无疑是强势而深远的。这类主体能够凭借其权威地位和广泛的社会影响力，有效地将文学信息传递给广大受众，进而在一个国家乃至地区范围内形成高度一致的注意力和统一的舆论氛围。这种影响力不仅有助于塑造社会共识，还能对社会的文化发展产生积极的推动作用。

相对而言，作家个人作为文学传播主体时，其影响力则显得较为有限。作家们通常作为独立的传播个体，其声音难以与强大的官方或社会组织相抗衡。然而，这并不意味着作家在文学传播中的作用微不足道。在某些情况下，特别是当作家具备高度的知名度和广泛的影响力时，他们的文学传播效果同样能够引起社会的广泛关注。在中国古代文学史上，庾信、徐陵、白居易、柳永等杰出作家正是以其卓越的文学才华和广泛的影响力，成为文学传播中不可忽视的力量。

当权威性文学传播主体出现失语或提供的文学信息失真时，作家个人等个体传播主体往往能够成为重要的补充性文学信息源。他们通过个人创作、批评和解读等方式，为文学传播提供多元的声音和视角。这些个体的声音虽然分散，但经过长时间的积累和沉淀，最终也能形成一股不可忽视的文学传播力量，对社会的文化发展产生深远的影响。

3. 采用的媒体影响传播力度

在文学传播的复杂网络中，传播主体的媒体利用程度对其功能与性质具有显著的塑造作用，进而决定了不同主体在媒体选择和使用上的差异性。国家机关作为文学传播的核心力量，其强势地位源于对文学媒体的全方位运用。这种运用不仅基于政府对文学媒体的控制与管理权力，通过行政、法律、制度等手段实现，还体现在信息层面的权威性和可信度的构建上。尽管文学媒体对政府的依赖程度不如新闻媒体直观,但文学媒体依然渴望通过政府的权威信息来增强自身的权威性和可信度。因此,国家机关在作为文学传播主体的同时,也面临着媒体选择的问题,致力于通过媒体实现信息的快速、准确传播。

与此同时,文学印刷和出版单位作为营利性的传播主体,其传播策略更多侧重于商业运作,通过市场逻辑来推动文学的传播。与之形成鲜明对比的是,个人在传统媒体时代自主传播文学信息的难度较大,而互联网的兴起则为个人提供了前所未有的机会,使其成为自由、独立的文学传播主体。

文学传播主体,作为文学传播行为的发起者,对文学传播的过程与结果具有直接的、重要的影响。随着文学交流的不断扩大和文学文化地位的提升,文学传播的自由度也在逐步增强。在这一背景下,个人作为文学传播主体的作用与影响日益凸显,成为研究者关注的焦点。这不仅为文学传播研究提供了新的视角,也为文学传播的未来发展注入了新的活力。

三、中国古代文学传播方式及其影响

"中国古代文学作为时代沉淀的产物,不仅富含文学底蕴,还反映着人们生活状态的变迁,是历史研究的重要参考材料,直至今日,部分古代文学作品中的思想仍具有重要影响"[①]。中国古代文学对我国的文学发展具有重要的意义,尤其是在当今时代,我国对传统文化的传承尤为缺失,在文学界,中国古代文学的传承状况也并不乐观。因此,为了继承和发扬我国古代文学有必要对其进行深入的研究。

(一)中国古代文学传播的发展

第一,口语传播时代,其确切的起源虽存争议,但不可否认的是,自商周时期起,口头语言便成为文学传播的重要媒介。尽管甲骨卜辞时

---

① 杨晓溪. 中国古代文学的传播方式 [J]. 汉字文化, 2021 (8): 58-59.

代以事物外观为传播形式,但《诗经》时代的文学则通过口头语言得以广泛传播,其简单直接的特点使其更具传播效率,为文学的传播奠定了坚实基础。

第二,抄写传播时代的兴起,标志着文学传播方式的重大转变。这一时代始于秦汉,得益于秦始皇的"书同文"政策和汉代"废挟书令"的推行,文字的统一和书籍的普及极大地推动了文学作品的抄写传播。在秦汉时代,简牍、绢帛和纸质载体等书写材料的出现,为文学作品的抄写提供了物质支持。特别是东汉时期,绢帛和纸质载体的书籍逐渐普及,使得文学作品的传播更加广泛和便捷。

第三,进入隋唐时期,雕版印刷传播时代的到来,进一步推动了中国古代文学的传播。这一时代以印刷术的应用为标志,不仅提高了文学作品的传播效率,而且提高了传播载体的质量。纸质书籍的批量生产和传播,使得文学作品能够更快速、更广泛地传播到社会的各个阶层。科举制度的兴起也刺激了雕版印刷术的发展,使得文学作品的整理和传播工作得到了政府的重视和支持。这一时期,中国古代文学的传播呈现出以纸质书籍为主、批量传播的特点,科技的进步为中国古代文学的传播和发展奠定了坚实的基础。

(二)中国古代文学传播的方式

1. 语言传播方式

语言传播是中国古代文学传播方式中最为便捷、普遍的传播方式。在不同的文明时期,语言传播的方式存在很大差异。从文学的发展上看大体上可以分为三大类:口头传播、唱和、乐伎演唱。

(1)口头传播方式。在人类文明的早期阶段,口头传播作为最为原始且有效的信息传播方式,对文学作品的流传与演变起到了至关重要的作用。随着语言的形成与发展,早于文字出现的口头传播成为先民记录与传承文化的主要手段。部落祭祀人员通过口头叙述,构建了一系列神话传说,这些作品不仅蕴含了先民的智慧,而且通过明确的区分,将纯粹的幻想与基于史实的传说区分开来，展现了人类早期对世界的认知与解释。歌谣作为口头传播文学的又一重要形式，以其简洁、生动、形象的特点，成为先民表达情感、歌颂英雄的主要手段。这些歌谣不仅反映了当时社会的风貌与人们的精神状态，也为后世留下了宝贵的文化遗产。

（2）唱和方式。在文学传播的演进过程中，唱和作为一种特殊的文学交流方式，通过诗词的相互酬和，展现了文人间的交流与碰撞。这种形式的文学交流，不仅促进了诗词艺术的繁荣与发展，也加深了文人间的友谊与理解。特别是在封建时代，名公先达的参与和推动，使得唱和这种文学形式更加广泛地传播，成为文学传播史上一段佳话。

（3）乐伎演唱方式。乐伎演唱作为中国古代文学传播的重要渠道，从魏晋六朝开始逐渐融入文学领域，并在唐宋时期达到鼎盛。乐伎与文人的互动，不仅丰富了文学作品的内涵与表现形式，也为乐伎的演出提供了更多的素材与灵感。这种双赢的合作模式，不仅促进了中国古代文学的传播与发展，也为后世留下了丰富的文化遗产。

2. 文字传播方式

在中国古代文学的发展历程中，文字的出现无疑为文学的传播注入了强大的动力，其在文学传播上的作用相较于语言传播显得更为深远和全面。文字传播不仅具备了语言传播的基本功能，还在文学性和完整性上展现了独特的优势。从文学性的视角出发，文字相较于口头语言在表达上更细腻更有深度。文字能够精确地捕捉和表达作者的内心感受、思想观点和艺术构思，使得文学作品得以更加完整和准确地传达给读者。同时，文字传播也容纳了那些不适合口头表达的书面语言，如诗词歌赋中的韵律和格律，这些在文字传播中得到了完美的展现，进一步丰富了文学作品的内涵和表现力。

在古代中国，文学的传播主要依赖于文字，这不仅体现在文学作品的创作和传承上，也体现在文学作品的传播方式上。文字传播的表现形式主要有题壁传播和文本传播两种。

（1）题壁传播方式。题壁作为一种独特的传播方式，自两汉发端，历经南北朝的发展，至唐宋时期达到鼎盛。这种传播形式主要以诗歌为载体，通过镌刻或书写于墙壁、石壁等硬质材料之上，实现了文学作品的广泛传播与长久留存。据历史记载，汉末师宜官等文人便是题壁的早期实践者。唐宋时期，题壁文化蔚然成风，不仅官壁、驿墙壁成为题诗的常见场所，更有如白居易、元稹等文豪亲身参与，使得题壁文化达到了一个新的高度。这种传播方式不仅丰富了古代文学的表现手法，更在无形中加深了文学与民众之间的联系，为后世留下了宝贵的文学财富。

（2）文本传播方式。文本传播作为另一种重要的文学传播方式，其兴起与发展则与印刷术的普及密不可分。印刷术的出现极大地提高了文本的传播效率，使得文学作品得以快速、广泛地传播到社会的各个角落。在印刷术尚未广泛应用的时期，我国古代文人便通过借阅、抄写的方式进行文本传播，尽管这种方式在效率上有所欠缺，但它无疑在促进文学交流、传承文学遗产方面发挥了重要作用。即便在印刷术高度发达的时期，抄写传播依然以其独特的价值存在于文学传播体系之中，特别是对于经济条件有限的贫寒子弟来说，借阅、抄写仍是他们获取知识的重要途径。此外，当部分书籍受到政府禁令限制时，抄写传播更是成为保存文学火种的重要手段，如《红楼梦》等珍贵文献的流传便得益于此。因此，文本传播在我国古代文学发展中扮演了举足轻重的角色，对于维护文学多样性、促进文学繁荣和赓续具有不可替代的价值。

（三）中国古代文学传播方式的影响

1. 语言传播方式带来的影响

在中国古代文学的传播历程中，语言与文字的传播方式各自扮演了举足轻重的角色，其影响深远且多维度。从语言传播的角度来看，口头传播、唱和与乐伎演唱等形式不仅丰富了文学表达，更促进了文学艺术的繁荣。口头传播作为最初级且普遍的形式，其神话色彩与文学艺术色彩并存，为后世提供了丰富的文学素材。唱和作为一种独特的文学交流方式，尤其在唐宋时期，不仅加强了文人间的文学交流，更通过文本与口头相结合的形式，推动了文学的深度与广度。乐伎演唱则融合了文学与歌舞艺术，为古代文学的传播注入了新的活力，促进了文学与艺术的共同发展。

2. 文字传播方式带来的影响

文字传播作为中国古代文学传播的主要方式，其地位与影响力不容忽视。题壁传播作为文字传播的一种独特形式，不仅体现了文人雅士对自然山水的热爱，更通过文字与景观的结合，展现了文学与自然的和谐统一。印刷术的传播进一步推动了文学作品的广泛传播，提高了传播效率，为古代文学的流传做出了重要贡献。

整体而言，中国古代文学的传播形式与发展历程，不仅体现了文学艺术的丰富性，更展现了中国古代社会的文化繁荣与文明进步。无论是语言传播还是文字传播，都为中国古代文学的传承与发展做出了巨大贡献。在当今时代，继续深入研究中国古代文学的传播方式与发展历程，对于传承与弘扬我国优秀的传统文化具有重要意义，同时也为现代文学的发展提供了宝贵的借鉴与启示。

第二节　古代文学名著改编影视作品

一、古代文学名著改编影视作品的历史传承与文化发展

自 20 世纪末以来，我国古代文学名著通过影视改编的形式，逐步在电视荧屏上绽放光彩，成为当代影视文化的重要组成部分。在全球化背景下，多元文化相互交织、碰撞，而大众对于本土传统文化的认同感与归属感越发强烈。这不仅是文化自觉的体现，更是社会对于传统文化价值再认识的必然结果。因此，深入传承与发展传统文化，扩大其社会影

响力，已成为当今时代的迫切需求。通过古代文学名著的影视改编，能够以更加直观、生动的方式，展现传统文化的魅力，传递其深邃的历史内涵和丰富的精神价值。这些改编作品不仅是对原著的忠实再现，更是在新时代语境下对传统文化的创新表达。它们借助影视这一大众传媒的力量，将传统文化的精髓传递给更广泛的受众，让更多人能够领略到传统文化的魅力。在影视改编的过程中，制作者们深入挖掘原著中的文化内涵，将其与现代审美相结合，创造出既符合当代观众审美需求，又能够传承传统文化精髓的影视作品。这些作品不仅具有较高的艺术价值，还能够在潜移默化中影响观众的文化观念，提升大众的文化素养。这些改编作品还能够促进文化产业的发展，为传统文化的传承与发展提供新的动力。通过影视作品的传播，传统文化的影响力得以扩大，进而带动相关产业的发展，形成文化产业与传统文化相互促进的良性循环。

（一）重现历史语境，还原传统文化

在古代文学宝库中，四大名著以其独特的艺术魅力和深厚的文化内涵，成为跨越时代的文化瑰宝。20世纪80年代中期，随着媒介技术的飞速发展，四大名著的影视化改编为传统文化的传播注入了新的活力。这一转变不仅是对原著文本的一种重新解读，更是对传统文化的一种有效传承和弘扬。

四大名著的影视化改编，成功地将文学经典转化为视听盛宴。通过影视媒介的再现，这些名著中的历史场景、人物形象和文化内涵得以生动展现，使得观众能够在视觉和听觉的双重冲击下，更加直观地感受到传统文化的魅力。同时，影视作品的传播范围更广，受众群体更大，这为传统文化的普及和传播提供了更为广阔的舞台。

四大名著之所以能够在不同时代、不同文化中保持持久的魅力，关键在于其深厚的文化内涵和时代价值。这些名著所蕴含的思想观念、道德伦理和审美情趣，不仅反映了当时社会的文化风貌，也超越了时空的界限，成为人类共同的文化财富。影视化改编不仅保留了原著的文化精髓，

还通过现代技术手段的加持,使得这些文化元素得以更加生动地呈现出来,进一步增强了观众的文化认同感和文化自信心。

以《三国演义》为例,其影视化改编成功地将原著中纷繁复杂的历史背景和人物关系进行了清晰的梳理和呈现。通过影视语言的表达,观众能够更加直观地感受到东汉末年社会的动荡不安和英雄人物的英勇形象。同时,影视作品还深入挖掘了原著中的文化内涵,如忠诚、勇敢、智慧等价值观念,使得这些文化元素在影视作品中得到了更加深刻的体现和传承。这种对传统文化的深入挖掘和传承,不仅丰富了影视作品的艺术表现力,也为观众提供了更为丰富的文化滋养。

在探讨《水浒传》的影视改编时,我们观察到我国电视剧制作人在将这部明朝初期的文学名著转化为现代影视作品的过程中,不仅成功地展现了北宋末年社会动荡、英雄辈出的历史画卷,还深刻挖掘并传承了作品中蕴含的"忠义"精神这一传统美德。这种改编方式不仅未削弱原著的文化性与历史性,反而通过影视这一媒介,使这些宝贵的文化遗产得以更广泛地传播和推广。

在改编过程中,我国电视剧制作人注重展现人物角色的"忠义"思想,通过精彩的叙事和生动的表演,让观众能够感受到这些英雄好汉在反抗腐朽朝廷的同时,所坚守的忠诚与义气。然而,影视作品并未止步于对原著的忠实还原,而是站在时代的高度,对"忠义"思想进行了深入的探讨和反思。通过对宋江等人物命运的描绘,影视作品对古人所提倡的"忠义"说提出了质疑,从而引导观众对"忠义"这一传统美德进行更为全面的理解和评价。

我国电视剧制作人在改编过程中还着重还原了北宋末年的文化习俗与社会风尚,通过对市民群体生活状态的细腻描摹,使影视作品更具鲜明的时代特征。这种对细节的精准把握和生动呈现,不仅增强了作品的真实感和代入感,也让观众能够更深入地了解原著作品中那个时代的文化背景和社会风貌。

（二）塑造鲜活形象，传达传统精神

在文学与影视的交汇点上，塑造生动且鲜明的人物形象不仅是文学作品得以影视化呈现的关键，更是影视作品能否成功传达原著精髓的核心所在。对于文学名著的影视改编而言，人物形象的塑造更是直接影响着作品的艺术魅力和观众接受度。以我国四大名著为例，其改编的影视作品之所以历久弥新，很大程度上归功于对原著中典型人物的精准刻画。

《西游记》作为一部集娱乐性与思想性于一体的神魔小说，其成功之处不仅在于独特的神话色彩和引人入胜的故事情节，更在于作品中所塑造的丰富多彩、个性鲜明的人物形象。这些人物不仅是推动故事发展的主要力量，更是作者表达儒释道思想的重要载体。在影视改编过程中，这些人物形象得到了进一步的挖掘和展现，使得观众在享受视觉盛宴的同时，也能深入感受到作品所蕴含的文化内涵和思想深度。

随着历史文化的不断发展和观众审美观念的变化，《西游记》中的人物形象也在不断地被重新解读和塑造。在影视改编中，这些人物不再只是单纯的文学形象，而是成为连接原著与观众、传统文化与现代文化的桥梁。通过影视作品的呈现，观众能够更加直观地感受到这些人物所承载的文化价值，从而加深对传统文化的理解和认同。

因此可以说，在文学名著的影视改编过程中，对人物形象的精准塑造不仅是艺术创作的需要，更是文化传承和发展的需要。通过塑造鲜活、典型的人物形象，影视作品能够更好地传达原著的精神内涵，同时也能够推动传统文化的传承与发展，使观众在欣赏艺术作品的同时，也能够感受到文化的魅力和力量。

在深入探讨《西游记》这部作品时，我们不可避免地要关注其四大核心人物——唐僧、孙悟空、猪八戒和沙僧。他们不仅是构成这部古典文学名著的核心骨架，更是贯穿整个取经历程的灵魂所在。尽管文学作品对四人的性格及外貌特征进行了详尽的描绘，但文字作为一种表达媒介，其呈现方式毕竟有其局限性。相较之下，影视作品则能凭借其独特的声画优势，将文本中的描述生动、直观地呈现在观众眼前。

影视作品对《西游记》中师徒四人外貌的刻画，特别是对三位徒弟丑陋外表的塑造，不仅从角色自身出发进行了深入的挖掘和展现，还巧妙地利用了周围人物对他们的反应，如惊恐、厌恶等，来加深观众对其丑陋外表的感知。这种刻画手法不仅增强了剧情的张力，也为观众提供了更为直观、深刻的印象。

更为重要的是，影视作品在展现师徒三人丑陋外表的同时，也着力挖掘了他们内心深处的善良、勇敢和忠诚等美好品质。通过这种外表与内心的鲜明对比，影视作品成功地传达了"以丑衬美"的艺术效果，让观众在欣赏剧情的同时，也对美与丑、善与恶有了更为深刻的理解和思考。这种表现手法不仅丰富了《西游记》的艺术内涵，也提升了其作为一部经典文学作品的审美价值。

在文学和影视作品中，孙悟空这一角色无疑是最为鲜明和引人注目的。作为《西游记》中最为着墨的人物，其在改编的影视作品中依旧保持着重要的地位，并且展现出了三个显著的特点：

第一，孙悟空展现了强烈的斗争精神。他身为石猴，初入人世即表现出对强权的不屈与抗争，敢于与天庭的神仙和菩萨对抗。他的行为并非出于叛逆，而是源于对自由生活的向往与追求，这种精神是对世俗的无畏挑战。这种精神与传统文化中"不畏强权、勇于斗争"的价值观相契合，体现了对正义和真理的坚守。

第二，孙悟空的性格中充满了爱憎分明的特质。他对于欺压弱者的妖魔鬼怪深恶痛绝，如"三打白骨精""智斗红孩儿"等事件所展现的。同时，他对于同伴的关爱与维护也体现了他对友情的重视。这种性格特征不仅符合我国传统优良品质的要求，也增强了观众对孙悟空角色的认同感和喜爱。

第三，孙悟空还具备了敏锐的洞察力、过人的胆识与智慧。在取经的旅途中，他凭借这些特质多次化解危机，保护师傅唐僧免受伤害。虽然他与唐僧之间时常因观念差异而产生矛盾，但他始终坚守尊师重道的传统美德，对师傅忠诚不渝。这种描绘不仅展现了师徒之间的深厚情谊，也体现了对儒释道三教文化的深刻解读。孙悟空这一角色在影视作品中的成功塑造,不仅源于其独特的性格特征和斗争精神,更在于其深刻的文化内涵和时代价值。他成为符合大众心中设想的英雄人物,也体现了影视作品对文学名著中传统文化继承和发展的独特方式。

在众多文学瑰宝中,除了四大名著的耀眼光芒,尚有《封神演义》《聊斋志异》等作品亦踏上了影视改编的征途,以它们独特的方式传递着中国传统思想美德的精髓。这些作品,特别是《聊斋志异》,其故事多源自民间传说与野史轶闻,作者蒲松龄巧妙地将花妖狐媚、幽冥世界的事物赋予人性,不仅展现了他对生活的爱憎情感与美好向往,更深刻反映了他的仁义观、悯生观及慈悲观。

在《聊斋志异》中,动物形象以其人格化的特质频繁出现,它们多以"报恩"的形式展现,这一特点与蒲松龄的深层思想紧密相连。蒲松龄认为,动物尚能"以德报德",人类更应秉承这一美德,体现了他对于人性深刻的洞察和崇高的道德追求。

在影视改编的过程中,这些古代文学名著得以在新的媒介中焕发新生。我国电视剧人巧妙地将这些作品融入现实生活的背景之中,不仅让人们重温了经典故事,更借以反映了当时时代的社会现实和民间的疾苦生活。通过这种方式,影视作品隐晦地传达了人民的思想夙愿,同时也对欺压百姓的势力进行了深刻的抨击。

古代文学名著的影视改编,不仅是对经典的致敬,更是对传统文化的传承与发扬。这些作品通过影视这一现代媒介,将传统思想美德传递给更广泛的观众,使人们在欣赏影视作品的同时,也加深了对中国传统文化的理解和认同。结合当代时代背景,这些作品还能有效地反映社会问题,引起人们的深思和共鸣,为社会的和谐与发展贡献力量。

二、古代文学名著改编影视作品的审美特征与适度原则

（一）古代文学名著改编影视作品的审美特征

1. 当代性、通俗化的文本转化

文学名著的影视化改编无疑是文学与当代社会的一次深入对话。这一过程中，改编者通过现代视角对古代文学作品进行解读和再创造，为经典文本注入了鲜明的时代特征。改编并非简单地将原著内容搬上银幕和荧屏，而是根据当代观众的审美和接受习惯，对原著有选择性地扬弃与重塑。这种改编的当代性，不仅体现在对人物性格的重新塑造上，如《水浒传》中潘金莲角色的转变，更在于对原著深层主题的现代解读和呈现。

影视作为大众传播媒介，其艺术形式的通俗性和普及性为文学名著的普及提供了广阔的平台。诸如《西游记》等经典作品的影视改编，以其独特的叙事手法和鲜明的人物形象，吸引了不同年龄和阶层的观众，使古代文学的魅力得以在当代社会得到广泛传播。这种传播不仅增强了观众对文学作品的认知，也促进了古代文学与社会的互动，使文学名著在当代社会焕发出新的生机。

文学名著的影视化改编也是对原著精神内涵的一种现代阐释。在改编过程中，改编者需要对原著进行深入的研读和理解，结合当代社会的文化语境和观众审美需求，对原著进行有针对性的改编。这种改编是在保持原著精神内核的基础上，对其进行符合时代特点的解读和表达。如87版《红楼梦》的改编，虽然对原著的某些精神内涵涉及得稍显单薄，但其对原著的忠实呈现和对人物形象的生动塑造，赢得了观众的广泛认可，成为一部具有时代意义的经典之作。

2. 综合性、形象化的语言转化

古代文学名著的影视作品改编，本质上是一种跨媒介的叙事转换，即从文本语言过渡到影视语言的过程。在这一过程中，原著的文学语言作为塑造读者审美心理的核心要素，其精妙之处在于能够给予读者深邃

的阅读体验和丰富的审美感受，进而引发对人生哲理的深刻感悟。而在影视改编中，这些文学语言被赋予了新的生命，通过视觉和听觉的双重感官刺激得以展现。

影视作品改编时，对于原著中性格相近但各有特色的人物塑造，如何在影视语言中准确呈现是一大挑战。以《水浒传》为例，其中一百零八将性格各异，如何在影视作品中区分这些性格相近的角色，是改编者需要深思的问题。在《红楼梦》中，人物口语的个性化表达则达到了极高的艺术境界，每一句台词都能与角色性格紧密相连，甚至达到"闻声识人"的效果。

影视改编的成功与否，往往取决于能否准确把握并有效传达原著中的文学语言精髓。以《红楼梦》中王熙凤的出场为例，电视剧通过演员邓婕的精湛表演，将原著中"我来迟了，不曾迎接远客！"这一台词所蕴含的王熙凤性格特质展现得淋漓尽致。她的人未到声先到的表演方式，结合不怒自威的表情和气质，不仅与原著中王熙凤的性格描写高度契合，更将文学语言中的精髓通过影视语言的形式完美呈现，为观众带来了深刻且独特的审美体验。这种改编方式不仅尊重了原著，更在跨媒介叙事中实现了文学与影视的和谐统一。

3. 引人入胜、以情动人的故事情节

古代文学名著改编的影视作品，因其深厚的文化底蕴和复杂的情节结构，往往需要精心编排以吸引观众的注意。在这些改编作品中，引人入胜的故事情节是不可或缺的要素。这类作品通常承载着深厚的文化底蕴，如果叙事平淡，很难引发观众的共鸣和兴趣。因此，改编的重点应聚焦于保持原作的故事精髓，同时创新地将其呈现于荧屏和银幕之上。

在影片《西游记之孙悟空三打白骨精》的改编中，我们看到了对原著故事的精准把握和巧妙创新。影片不仅保留了"三打白骨精"这一经典故事的主线，而且通过细腻的情节构建，将唐僧、孙悟空、白骨精等角色间的冲突和纠葛展现得淋漓尽致。这种对原著的忠实还原和创新性

改编，使得影片在叙事上层次清晰，情节紧凑，为观众提供了一场视觉和情感的盛宴。影片中的二元结构冲突设置，如唐僧的大爱与白骨精的小爱、孙悟空的正义与妖魔的邪恶的对抗，都增加了故事的情感张力和戏剧冲突，使得观众在观看过程中产生强烈的代入感。影片中的人物塑造也极为成功，通过展现各个人物内心的挣扎和抉择，让观众更加深入地理解角色的性格特点和情感世界。

《西游记之孙悟空三打白骨精》还巧妙地结合了现代文化元素，使得古代文学与现代文艺在视觉上和谐统一。影片中的后现代主义风格，不仅表现了人性中的正义、反抗、怜悯、慈悲等主题，而且以现代人可以理解的方式展现了古代文学的严肃性和保守性。这种跨时代的文化融合，不仅丰富了影片的艺术表现力，也提升了观众的文化认同感。

总之，《西游记之孙悟空三打白骨精》的改编成功，在于其精准地把握了原著的精髓，同时巧妙地运用了现代电影语言和表现手法，将古代文学与现代文化完美结合。这种改编方式不仅满足了观众对经典文学作品的期待，也展现了电影艺术的创新性和时代性。

（二）古代文学名著改编影视作品的适度原则

基于上述审美特征，影视作品改编应把握适度原则。所谓适度原则，就是古代文学名著在影视作品改编的过程中，要对原著的核心内容进行精心解读，在改编时严谨把握原著作品的精髓，在保留作品文化内涵的基础上做到雅俗共赏、再造有据、扬长避短。

1. 雅俗共赏

在探讨古代文学名著改编为影视作品的过程中，其"雅"的文学价值与"俗"的大众接受度之间的平衡，始终是改编者需审慎处理的核心问题。这一平衡不仅关系到作品的文化传承，也影响到其市场接受度和艺术价值。以《西游记》为例，这部古典名著在戏剧舞台和影视荧幕上多次被演绎，但如何在保持其深厚的文化内涵和艺术价值的同时，又能满足当代观众的审美需求，一直是改编工作的关键。

2018年翻拍的电影作品《西游记女儿国》在此方面做出了有益的探索。该作品在保留原著精髓的基础上，通过细腻的人物刻画和情节设计，成功实现了"雅"与"俗"的和谐统一。影片不仅深入探讨了唐僧与女儿国国王之间的情感纠葛，更在人物和情节的构建上，充分展现了传统文化的魅力。为了增强故事的戏剧性和观赏性，影片在保持原有故事框架的基础上，巧妙地加入了新的故事线索和角色，为观众带来了全新的视觉和情感体验。

对于《西游记》这样的经典文学之作，观众往往已经形成了较为固定的审美心理定势。因此，在改编过程中，如何在尊重原著的基础上进行创新，成为改编者需要面对的重要挑战。影片《西游记女儿国》通过精心设计的情节和人物关系，成功打破了观众的审美预期，为观众带来了既意料之外又情理之中的审美体验。这种创新不仅丰富了作品的内涵，也提高了其艺术价值。

2. 再造有据

古代文学作品改编为影视作品的过程必须建立在尊重原著的基础之上，这不仅是出于对原著作者的敬意，更是确保改编作品能够忠实传达原著精神与价值的必要步骤。改编者应依托原著的故事构架和人物关系，充分利用文本所预留的联想空间，以创造出既符合原著精髓又具备影视艺术特色的作品。这种基于原著的改编方式，能够确保观众在欣赏影视作品时，能够感受到原著的魅力和深度。

3. 扬长避短

改编应充分发挥古代文学名著的优势，即其深厚的文化内涵和独特的艺术魅力。这种优势不仅体现在作品的主题、情节和人物塑造上，还体现在其独特的叙事方式和艺术风格上。通过视听语言的直观表达，将原著中的情感、思想和哲理生动地传达给观众，是改编者需要努力追求的目标。改编者还应注意避免过度迎合市场需求而损害原著的文化内涵和艺术价值。在商业化运作中，改编者应坚持艺术创作的初心，保持对原著的敬畏之心，确保改编作品能够真正体现原著的精神内涵和艺术价值。

在具体的实践中，可以借鉴那些成功地将古代文学名著改编为影视作品的案例。这些作品在尊重原著的基础上，通过巧妙的艺术构思和精湛的制作技艺，将原著中的故事、人物和情感生动地呈现在观众面前。它们不仅赢得了观众的喜爱和认可，也为古代文学名著的传承和发扬做出了积极的贡献。因此，在将古代文学名著改编为影视作品时，应坚持"雅俗共赏"、"再造有据"与"扬长避短"的原则，以创造出既忠实于原著又具有当代审美价值的优秀影视作品。

第三节 古代文学经典与现代流行歌曲的融合

进入 21 世纪，中国传统文化的复兴和"热潮"现象显著地影响了歌坛的创作实践，其中，"传统文化意识"在歌曲创作中的渗透愈发深刻。学界对于古诗词与流行歌曲结合的研究已颇为丰富。值得注意的是，古代文学经典的融合不仅仅局限于古诗词，更拓展至古代小说戏曲、民间传说、诸子散文、史传散文、政论散文等多个领域。这些古代文学经典与现代流行歌曲的交融，虽然在实践中早已存在，但在学术研究中却鲜少被深入探讨。

古代文学经典作为历经岁月沉淀、为后世广泛传颂的文学瑰宝，其内涵丰富，情感深沉，艺术价值极高。流行歌曲作为一种音乐体裁，以其通俗性、时代性和流行性深受大众喜爱。两者在形式和内容上的融合，不仅为流行歌曲的创作提供了丰富的素材和灵感，也为传统文化的传承与创新开辟了新途径。

一、诗词以外各体古代文学经典与现代流行歌曲的融合

古典小说、古代民间传说、先秦诸子散文等文学经典与现代流行歌

曲融合形式与原因。

（一）现代流行歌曲诠释古代文学经典的主旨

自我国影视艺术蓬勃发展的初期，以1983年《西游记》主题曲《敢问路在何方》为起点，一批古典文学作品，特别是四大名著，被赋予了新的生命力，通过电视剧的形式呈现给广大观众。这一过程中，现代流行歌曲与古代文学经典产生了深度的融合，其背后驱动力主要源于影视艺术及其产业的蓬勃发展。在改革开放深入推进的背景下，社会各个层面均展现出蓬勃的活力，而影视产业作为文化领域的重要组成部分，其快速崛起为流行歌曲与古代文学经典的融合提供了广阔的舞台。

这种融合并非偶然，而是影视产业发展需求的直接体现。当时，尽管传统文化尚未完全回归，但影视业对高质量、有深度的内容需求迫切，古典文学作品因其深厚的文化底蕴和丰富的情节，成为改编的热门选择。同时，流行歌曲作为当时新兴的艺术形式，也在寻求与传统文化融合的可能，以丰富其表现力和文化内涵。因此，影视主题歌作为影视作品的重要组成部分，便成为流行歌曲与古代文学经典融合的重要载体。

影视主题歌通过精练的歌词和旋律，阐释了原著的主题和情感，成为连接原著与观众的桥梁。它们不仅凝练了影视作品的主旨，也展现了原作小说的精神内核。这种融合并非简单的复制或模仿，而是词曲作者在深入理解原作基础上的再创作，是对原作主题的深度挖掘和个性化表达。因此，影视主题歌的主旨往往带有词曲作者的主观色彩，是他们对原作价值判断和审美判断的产物。尽管歌词篇幅有限，无法涵盖原作的全部内容，但它们往往能够精准地把握原作的核心主题或某一重要方面，从而引发观众的共鸣和思考。

在影视作品的配乐创作中，歌曲往往承载着重要的叙事和抒情功能，通过精练的歌词和旋律，深刻揭示作品的主题和内涵。以《敢问路在何方》为例，这首歌不仅是对《西游记》中师徒四人不畏艰险、勇往直前的英雄主义精神的赞美，更是对原著主旨的深入诠释。歌词中"踏平坎坷成大道,斗罢艰险又出发"等句,凝聚了深刻的哲理,体现了对人生道路上不断挑战和奋斗的积极态度。歌曲末尾的"敢问路在何方?路在脚下"一句,更是词作者对原著主旨的新颖理解,富含哲理,引人深思。

电视剧《红楼梦》的主题歌《枉凝眉》也通过其独特的歌词和曲调,展现了宝、黛爱情的悲剧色彩。歌曲中的"枉凝眉"一语双关,既指宝、黛为爱而紧锁的眉头,也暗含了他们爱情的徒劳。曲调与歌词相得益彰,共同营造了一种哀怨而凄美的氛围,让人深切感受到封建礼教对人性自由的束缚和摧残。

这种通过歌曲来诠释影视作品主题的创作模式,在20世纪八九十年代得到了广泛的运用。如《化蝶》一曲,取材于《梁山伯与祝英台》这一凄美的爱情故事,歌词中融入了原故事的基本情节,旋律中充满了浪漫色彩,使得歌曲成为这段爱情故事的最佳诠释。另一首歌曲《夫妻双双把家还》则直接选自黄梅戏《天仙配》,其欢快的旋律和歌词中表达的对美好生活的憧憬,成为人们对美好生活的向往和追求的最佳表达。此外,还有一些歌曲如《千古绝唱》,通过对多个爱情故事的串联,展现了爱情在不同文化和历史背景下的多样性和复杂性。这些歌曲不仅丰富了影视作品的表现手法,也为观众提供了更多元化的审美体验。

(二)现代流行歌曲颠覆古代文学经典的主旨

从学术视角审视,影视主题歌曲的主旨无疑是对原作深度理解后的价值判断与审美判断的结晶,其内涵丰富且带有显著的主观性。同样的,那些基于古代小说、传说、戏剧等经典文学作品改编的流行歌曲,也在其创作过程中展现了词曲作者或填词者的主观理解和诠释。在现代文化背景下,流行歌曲的词曲作者或填词者不可避免地会受到当代价值观、审美倾向以及个人阅历的影响,这些元素往往会融入其作品中,形成对原作主题的主观解读。这种主观解读有时可能过于偏颇,甚至与原作的核心意义相悖,导致对原作主题的误读或颠覆性诠释。例如,某些流行歌曲在改编古代文学作品时,可能过分强调现代元素或个人情感,而忽略了原作的文化背景和深层含义，从而造成对原作主题的曲解。这种主观解读的流行歌曲，尽管在形式上可能与原作有所关联，但在实质上却可能构成对文学经典主旨的反叛。

《滚滚长江东逝水》作为电视剧《三国演义》的片头主题曲，确实在学术界引发了关于其主旨与原作主旨是否吻合的广泛讨论。这首歌词源自明代杨慎的《临江仙·滚滚长江东逝水》，原词独立于《三国演义》之外，但后被清代毛宗岗父子评刻《三国演义》时置于卷首，建立了与这部历史小说的联系。这一选择可能基于毛氏认为此词与《三国演义》的主题有所共鸣。

但深入分析《滚滚长江东逝水》的歌词，可以发现其主旨与《三国演义》的原著主旨存在显著差异。歌词中"浪花淘尽英雄"与"是非成败转头空"传达了一种对世事无常的感慨，以及对英雄人物历史命运的淡看。而下阕则通过描绘"白发渔樵"的隐逸生活，表达了对宁静、淡泊生活的向往。这种对"空"的体悟和对隐逸生活的推崇，显然与《三国演义》中对于英雄人物在乱世中追求功名、建立功业的描绘大相径庭。

电视剧《三国演义》的主旨通常被理解为对历史上英雄人物的赞美以及对他们建立清平世界的向往。而《滚滚长江东逝水》作为主题歌，其歌词所传达的隐逸思想和反战倾向，与这一主旨形成了鲜明对比。尽管歌曲的曲调气势雄浑，与《三国演义》原著的战争氛围相契合，但其歌词内容却与原著的核心理念产生了背离。

因此，从学术角度来看，将《滚滚长江东逝水》作为电视剧《三国演义》的主题歌，确实存在一定程度上的失误。这一失误可能源于对原作主旨的误读或是对歌曲主旨的过度解读。然而，这并不影响这首歌本身的艺术价值，它依然以其独特的视角和深邃的意境，为观众提供了另一种解读《三国演义》的视角。

（三）现代流行歌曲取材于先秦诸子散文等文学经典

进入 21 世纪，随着全球化的深入发展和文化自觉性的增强，传统文化在经历了长期的被忽视与边缘化后,逐渐展现出其独特的魅力和价值,得到了社会的广泛关注和认可。特别是2012年以后,流行音乐界对于传统文化的挖掘和融合趋势愈发明显,这不仅体现在与古诗词的紧密结合上,也体现在对诸子散文等哲理文本的深度挖掘与运用中。

这种融合并非偶然,而是基于多重因素的考量。首先,传承传统文化的需要是推动流行音乐与古代文学经典融合的核心动力。传统文化作为民族精神的根基,其深厚的底蕴和独特的审美价值,为流行音乐提供了丰富的创作素材和灵感来源。通过融合传统文化元素,流行音乐不仅能够拓展自身的艺术表达空间,还能够增强民族文化的认同感和自豪感。其次,提升流行歌曲审美品位的需要也是推动融合的重要动力。古代文学经典以其深邃的思想内涵、优美的语言表达和独特的艺术风格,为流行音乐提供了提升审美品位的可能。通过借鉴古代文学经典的创作手法和审美标准,流行音乐能够在保持自身特点的同时,引入更多元化的艺术元素和表达方式,从而丰富和拓展其艺术表现力。最后,后世文学对前代文学的继承是文学发展的规律之一,也是流行音乐与古代文学经典融合的重要基础。通过对古代文学经典的继承和发展,流行音乐能够在继承传统文化精髓的同时,融入现代社会的审美需求和时代精神,实现传统与现代的有机结合和相互促进。取材引用先秦诸子的现代歌曲有多首,这些歌曲通过不同的艺术手法,将先秦诸子的思想、故事融入现代音乐之中,展现了中华文化的深厚底蕴和独特魅力,例如,《先秦诸子》《先秦诸子书》《先秦风骨·诸子百家》《天下九流——致先秦诸子九家》。

综上所述,流行歌曲与古代文学经典的融合,既是对传统文化的传承和弘扬,也是对流行音乐艺术表现力的拓展和提升。这种融合不仅可以丰富流行音乐的内涵和形式,也可以促进传统文化的现代转型和创新发展。因此,我们应该积极倡导和支持流行音乐与古代文学经典的融合,推动音乐文化事业的繁荣发展。

二、古诗词与现代流行歌曲的融合

在探讨古诗词与流行歌曲融合的形式时,我们不难发现,这种融合不仅表现为古诗词直接谱以现代流行曲调,或是流行歌曲中直接引用古诗词的句子、词汇及意象,更深层次的,流行歌曲在化用古诗词时,实际上是在进行一种创新性的文本再构。这种再构过程并非简单地复制粘贴,而是古诗词元素在新的音乐语境下被赋予了全新的意义。

流行歌曲中的古诗词元素作为歌词的有机组成部分,其存在的目的和功能是服务于新歌曲的主题和情感表达。在这种文化交融的过程中,古诗词中的句子、词语、意象被赋予了新的语境和内涵,它们在新歌曲中承载着传达现代情感、展现时代风貌的使命。这种新义的产生,既是对古诗词的致敬和传承,也是流行歌曲在创新中寻求文化根脉的积极探索。

流行歌曲与古诗词的融合并非一蹴而就,它需要创作者在深入理解古诗词文化内涵的基础上,结合现代音乐创作的理念和技术手段,进行精心的设计和构思。只有这样,才能使古诗词元素在流行歌曲中得以恰当地运用,产生积极的艺术效果,进而推动流行音乐文化的健康发展和文化传承的深入进行。

因此,流行歌曲与古诗词的融合是一种文化创新和文化传承相结合的体现。在这种融合中,古诗词元素不仅为流行歌曲提供了丰富的文化内涵和艺术灵感,也为流行音乐文化的创新和发展提供了有力的支撑。同时,这种融合也为古诗词的传承和推广开辟了新的途径,使古诗词文化在现代社会中焕发出新的生机和活力。当然,也有承袭原义的情况:

以流行歌曲《女人花》为例,歌词"花开不多时,堪折直须折,女人如花花似梦"巧妙借用唐代杜秋娘《金缕衣》中的"花开堪折直须折",既以花喻人,表达了女性渴望爱情的细腻描绘,又展现了歌词作者对古典诗句的巧妙运用和再创造。这种化用不仅丰富了歌词的意象,还提升了整首歌曲的艺术层次。同样,在《新鸳鸯蝴蝶梦》中,歌词"抽刀断水水更流,举杯消愁愁更愁"一句,引用了李白《宣州谢朓楼饯别校书叔云》中的诗句,通过对原诗句的化用,将个人情感的抒发与古典诗词的韵味相结合,使得整首歌曲在表达人生烦愁时,既有深度又不失流行音乐的通俗易懂。在《涛声依旧》中,通过对张继《枫桥夜泊》中"渔火""枫桥""钟声"等意象的化用,歌曲营造了一个凄美而深情的氛围,展现了主人公对往昔爱情的追忆和惆怅。这些意象在歌曲中虽然零散,但因其与主题的紧密关联,使得歌曲在表达情感时更加细腻而动人。

值得注意的是,古典诗词的化用并非简单地引用,而是需要创作者根据歌曲的主题和情感进行精心地选择和再创造。一些成功的化用能够赋予流行歌曲更深厚的文化底蕴和独特的审美价值,而一些不恰当的化用则可能破坏歌曲的整体效果。因此,在流行歌曲创作中,对古典诗词的化用应当谨慎而富有创意。

在流行音乐创作领域,一些具有深厚传统文化底蕴的词作者,为了强化歌曲的"传统文化意识",巧妙地将古诗词中的经典词句作为流行歌曲的名称。这种做法不仅彰显了古诗词的魅力和价值,也为流行音乐注入了丰富的文化内涵。

例如,某些作品直接采用古诗词中的名句作为歌曲名,如《剪不断,理还乱》便源于李煜《乌夜啼·无言独上西楼》中的名句,原词表达的是作者内心的离愁与亡国之痛,而在流行歌曲中,则赋予了它新的情感内涵,即爱情的纠结与矛盾。《愿得一人心》则取自汉乐府《白头吟》中的"愿得一心人,白头不相离",体现了对专一爱情的渴望和向往。这种借鉴不仅保留了古诗词的精髓,也赋予了它现代的情感色彩。另外,有些作品虽然歌曲名与多首古诗词中的句子相同,但其在歌曲中的表达却与原作有所不同。如《卷珠帘》取自李白《怨情》中的"美人卷珠帘,深坐颦蛾眉。但见泪痕湿,不知心恨谁",虽然二者都描述了女子卷起珠帘的情景,但流行歌曲中的"卷珠帘"更多地被赋予了女子对情人的思念和期盼之情。这种处理方式既保留了古诗词的意象美,又赋予了它新的情感表达。

总体来看，用古诗词作歌曲名不仅丰富了流行音乐的文化内涵，也提升了其艺术价值。这种做法不仅使古诗词得以在现代社会中流传和传承，也为流行音乐的发展注入了新的活力和灵感。因此，我们应该积极倡导和鼓励这种将传统文化与现代音乐相结合的创新方式，以促进文化多样性和艺术创新的发展。

第四节　新媒体拓展古代文学传播的新路径

在中国古代文学的传播过程中，应紧密贴合新时代信息传播的内在规律，充分发挥新媒体传播载体的优势，如积极利用自媒体、网络平台和视频媒介等多元形式，以此推动中国古代文学的现代转化与广泛传播，进而实现对传统文学文化精髓的有效传承。新媒体时代的到来，不仅标志着人类科技文明的飞跃，更是推动文化发展的强大动力。新媒体技术以其数字化、全球化的传播特性，打破了传统纸质媒介和口口相传的局限，为文学作品的传播赋予了实时性、开放性和交互性的新特点，为中国古代文学在新时代的传播提供了前所未有的机遇。

新媒体环境在带来便利的同时，也带来了挑战。网络信息的繁杂多样，使得受众在接受文学知识时面临着被误导的风险。在新媒体背景下，如何创新中国古代文学的传播渠道，既保证其文化精髓的准确传递，又能够抵御不良信息的侵扰，成为一个亟待探讨的课题。这一课题的解决，不仅有助于提升中国古代文学在新时代的传播效果，对于促进中华优秀传统文化的传承与发展也具有更深远的现实意义。

一、新媒体为中国古代文化带来的影响

在中国古代文学的传承与传播过程中，传统图书馆曾是其主要阵地，但受限于物理空间的限制，许多珍贵的文学作品鲜有公众知晓。新媒体技术的崛起，特别是互联网的普及，为这些文学瑰宝提供了新的展示平台，

使广大受众能够跨越时空限制，便捷地接触到各类古代文学作品。

新媒体环境以其开放性、交互性等特点，也为古代文学的传播带来了新的挑战。一方面，网络的开发、自由性使得受众可以自主发布、转载文学作品，这种自由在一定程度上促进了文学的多元化传播，但同时也引发了作品真实性的争议。多次的网络传播和转载，可能导致作品内容的失真，进而影响读者对文学作品的理解和评价。另一方面，新媒体环境下的互动性也为文学作品带来了更多的社会关注，但这也伴随着网络评论的复杂性。消极的网友评论不仅可能误导受众对文学作品的认知，还可能对文学作品的传播产生负面影响。由于传播媒介的多样性，古代文学的形态在新媒体环境下被赋予了新的表现形式，但这种表现形式的差异也可能导致文学原意被扭曲或误读。例如，一些网络恶搞行为，虽然在一定程度上吸引了公众的注意力，却以损害文学形象为代价，这种反文化价值的倾向亟待得到纠正。

在新媒体环境下，古代文学的传承与创新应当相辅相成。改编经典作品作为文学传播的一种方式，可以通过影视等媒介更直观地呈现给受众。这种改编需要精心策划，优秀的剧本和导演是确保作品质量的关键。若缺乏这些元素，改编作品可能会失去其原有的艺术价值，甚至对原著有损。

因此，面对新媒体环境带来的机遇与挑战，应当以开放包容的心态审视古代文学的传播方式，积极利用新媒体的优势，同时警惕其可能带来的负面影响。通过筛选和过滤信息，可以有效避免负面信息的传播，保护古代文学作品的纯洁性和完整性。同时，也应当鼓励创新，探索更多元化的文学传播方式，让古代文学在新时代焕发出新的光彩。

二、新媒体革新中国古代文学传播渠道

（一）新媒体背景下中国古代文学的声音传播

第一，戏曲。戏曲作为中国传统文化的瑰宝，在新媒体时代展现出了前所未有的创新活力。戏曲的传播方式虽古老，但在新媒体技术的加

持下，其呈现形式得到了显著的革新。新媒体环境为戏曲注入了新型元素，如通过技术手段创造丰富多彩的舞台背景和舞美设计，将古代文学故事与戏曲表演深度融合，使观众能够更直观地感受到文学作品的意境。这种融合不仅丰富了戏曲的艺术表现力，也提升了观众对古代文学作品的接受度和理解度。

第二，音乐。古代文学作品往往蕴含着深厚的情感和哲理，通过音乐的形式进行传播，能够更直接地触动人心。新媒体技术为音乐创作提供了无限可能，通过将古代文学作品与音乐创作相结合，运用信息技术手段合成多种乐器的声音，创作出既具有古典韵味又富有现代感的音乐作品。这种音乐形式不仅易于传播，还能让听众在欣赏音乐的同时，深入了解古代文学作品的思想内涵。

第三，数字音频技术。小说、诗词等古代文学作品原本是通过声音传播后形成的文本记录形态，数字音频技术能够还原这些作品的原始形态，使听众在聆听的过程中更加贴近作品的原始意。通过数字音频技术，古代文学作品可以被制作成评书、电子乐等多种艺术形式，这些新形式不仅为古代文学的传播赋予了新的生命力，还使其更容易被年轻一代所接受和喜爱。在文学作品数字化制作过程中，注重文学背景的联系和逻辑感受的加强，能够更好地促进古代文学作品的数字传播。

（二）新媒体背景下中国古代文学的视频传播

在新媒体时代，中国古代文学的视频传播日益凸显其重要性，特别是对于学生群体而言，影视节目成为他们接触古代文学的主要途径之一。视频传播不仅改变了文化传统的理性主义传播形态，更将形象与影像的感性主义元素融入其中，使得古代文学的传播更加生动多元。随着视觉文化的兴起，利用影像来展现生活、表达情感已成为社会常态，这也为古代文学的视频传播提供了广阔的空间。通过影视化的呈现，受众不仅能够在娱乐中享受审美愉悦，还能直观地感受到古代文学的艺术魅力，从而增强对古代文学的兴趣和接受度。

在视频传播过程中，也需要注意保持文学作品的文学性，避免过于追求观赏性而忽略其内在价值。这需要制作方在创作过程中深入挖掘文学作品的内涵，以精湛的技艺和独特的视角将其呈现给观众，同时也需要观众具备新媒体素养，能够理性判断影视作品的质量和价值，从而推动古代文学的正确传播。

（三）新媒体背景下中国古代文学的网络传播

随着新媒体技术的快速发展，中国古代文学的网络传播逐渐崭露头角。传统的手写传播方式已被打字机、计算机等现代工具所取代，这种转变不仅提高了文学创作的效率，也使得文学作品的传播更加便捷。互联网的交互性特征打破了时间与空间的限制，使得文学作品的传播速度和范围都得到了极大的提升。

在网络传播过程中，文学作品能够快速传播至全球各地，被更多人阅读和分享。网络也为读者提供了发表意见和观点的平台，促进了文学作品的讨论和交流。然而，网络传播也面临着一些挑战，如不良评论的干扰和误导。因此，需要建立有效的管理机制，及时删除或禁止不良评论，保障文学作品的健康传播。网络传播还应注重传递正确的价值取向，引导读者树立正确的文学观念，从而推动中国古代文学的深入传播和发展。

（四）新媒体背景下中国古代文学的自媒体传播

随着自媒体平台的崛起，智能手机作为信息获取的主要工具，日益成为公众生活中不可或缺的一部分，智能手机和移动网络的普及对古代文学的传播产生了深远影响。自媒体的崛起不仅极大地促进了全民阅读的普及，还使得古代文学以更加多元、互动的方式触达公众，实现了文学感受的全民化。

自媒体平台，尤其是早期源于博客的形式，为网络作者提供了自由表达的空间，他们结合个人体验与感悟，将古代文学作品重新解读并分享给广大读者。这种交互式的传播模式打破了传统文学传播的界限，使得读者与作者之间的身份界限模糊化，读者亦可以成为内容的创造者和传播者，博客因此成为古代文学传播的重要阵地。

随着新媒体环境的演变，博客逐渐被微博、微信等微时代背景下的新型自媒体所取代。这些平台不仅继承了博客的文本传播功能，还融入了视频、音频等多媒体元素，极大地丰富了古代文学的传播形式。微博以其短平快的特点，能够迅速将古代文学相关的内容传播至广泛受众，而微信则通过公众号等形式，为深度解读和分享古代文学作品提供了更为专业的平台。

在这一传播过程中，影响力较大的自媒体用户发挥着关键作用。他们通过发布与古代文学相关的文本、视频、音频等内容，不仅为公众提供了丰富的文学资源，还通过及时纠正当前电视剧、电影中出现的古代文学常识的错误观点，引导公众形成正确的文学认知。这种传播方式有效地将古代文学的价值传递给更广泛的受众，促进了中国古代文学在新时代的有效传播与繁荣。

（五）新媒体背景下中国古代文学的现代化教育传播

第一，传播平台的构建。学校可以通过创新的定制出版和传播策略，将古代文学的传播焦点从传统的传播者导向转向更为重视受众体验的角度。这一转变不仅体现在内容的选择上，更在传播模式的更新上，即由单一的"意义传播"转向"意义"与"形象"并重的多维度传播。在校园内搭建的传播平台，能够为古代文学在新媒体环境中的现代化教育提供广阔的舞台，使得文学作品能够以更为生动、直观的形式呈现给受众。

第二，思维的创新。学校可以通过新媒体产品极大地丰富教学内容，使古代文学的教学更加贴合当代学生的接受习惯。这包括将网络资源、媒体资源等融入课堂，通过创新性发展将网络内容与教材进行有机融合，从而激发学生的学习热情。新媒体产品还能为教学方法的改进提供便利，如利用手机、电脑等终端设备实现师生间的即时交流，打破了传统文学传播的时间和空间限制，增强了学生对古代文学的理解能力，并激发了他们主动了解、学习和传播古代文学的热情。

第六章 古代文学与当代文化传承的有效途径

本章深入探讨古代文学在教育体系中的融入，非遗文学的保护与传播，以及古代文学与文化创意产业的结合。这些有效途径不仅能够保留和弘扬古代文学的精髓，还能激发当代文化的创新活力，使古代文学在现代社会中焕发新的生命力。

第一节 教育体系中融入古代文学教学

一、教育体系中融入古代文学教学的价值

（一）传承中华优秀传统文化的使命

古代文学作为中华民族传统文化的重要组成部分，其在传承和发展中的作用不可忽视。古代文学不仅是历史的记录和见证，更是中华民族智慧和精神的体现。通过系统的古代文学教学，学生可以深入了解中华文化的深厚底蕴，感受其中蕴含的哲理和人文精神，从而增强文化自信。

古代文学中的经典作品，如《诗经》《楚辞》、唐诗、宋词以及诸子百家等，涵盖了中华民族几千年来的文化精髓。这些作品不仅在文学上有着极高的艺术价值，同时也反映了各个历史时期的社会风貌和人文

精神。通过教学，可以使学生了解这些作品的历史背景、创作意图和思想内涵，从而全面认识中华文化的独特魅力。

在现代社会，随着全球化进程的加快，文化多样性日益凸显。传承中华优秀传统文化不仅是对历史的尊重，也是对未来的责任。古代文学教学正是实现这一使命的重要途径之一。通过教学，可以使学生树立正确的历史观、文化观，从而在多元文化中保持文化自觉和文化自信。

（二）提高学生综合素质的作用

古代文学作品中蕴含的人文精神、审美情趣和道德观念，对学生综合素质的提升具有积极作用。这些作品不仅可以陶冶学生的情操，还能够培养他们的思辨能力、创新能力和批判性思维。

古代文学作品常常通过诗歌、散文、戏剧等形式表达对生活的热爱、对自然的崇敬以及对社会现实的反思。例如，《离骚》中的浪漫主义情怀，《红楼梦》中的细腻情感，《水浒传》中的侠义精神，都深刻地影响了中国人的价值观和审美观。通过对这些作品的学习，学生不仅能够提高文学素养，还能从中汲取精神力量，培养健全的人格和高尚的情操。此外，古代文学教学还可以促进学生语言表达能力和文字书写能力的提升。古代文学作品语言优美、结构严谨，学生在学习过程中可以通过模仿和借鉴，逐步提高自己的语言表达能力和写作水平。这对于他们在现代社会中进行有效的沟通和交流具有重要意义。

（三）拓展学生国际视野的途径

古代文学作为中华文化的独特标识，在国际文化交流中具有重要意义。随着全球化的发展，国家间文化交流日益频繁，理解和尊重不同文化成为当今世界各国的重要课题。古代文学教学在这一过程中发挥着独特的作用。

通过学习古代文学，学生可以更加全面地了解中华文化的丰富内涵，从而更好地向世界展示中华文化的独特魅力。例如，《论语》《道德经》

等经典著作不仅在中国有着重要影响,在世界上很多国家也享有盛誉。了解这些作品的思想和价值,学生在与其他文化的交流中能够更加自信和从容。古代文学中蕴含的朴素的价值观,如仁爱、诚信、公正等,对于世界各国人民都有重要的借鉴意义。通过教学古代文学的知识,学生可以不仅仅局限于本国文化的视角,而是能够从全球视野出发,理解和尊重其他文化。这对于培养具有国际视野和跨文化沟通能力的现代公民具有重要意义。

在国际交流中,中华文化的影响力日益增强,而古代文学作为其中的重要组成部分,其独特的艺术魅力和深刻的思想内涵,是中华文化走向世界的重要载体。通过古代文学教学,不仅可以使学生更好地了解和继承中华文化,还可以增强他们的文化自信和国际竞争力。

二、教育体系中融入古代文学教学的路径

(一)提升教师综合素质,创新教学理念

教师在教学中的角色需要进行重新定位,认识到自己应当是学生学习的引导者和支持者,而非主宰者和决策者。这种理念的转变是教师提高综合素质的关键一步。在课堂教学中,教师应充分尊重学生的主体地位,鼓励学生主动参与到学习过程中,成为课堂的主人。教师应根据学生的兴趣爱好,布置中国古代文学相关的专题研究任务,促进学生的自主探究能力;通过小组课题研究,增强学生之间的合作交流,培养他们的团队协作精神。

在此基础上,教师需要积极学习和践行素质教育的理念,配合高校搭建校际、地区间的中国古代文学交流平台。这不仅能开阔教师的视野,还能吸收和借鉴优秀教师的教学经验,学习先进的教学方法,从而提升自身的专业素养和教学能力。教师不仅要关注学生对中国古代文学理论知识的掌握,更要充分利用各地区的教育资源,组织古代文学专题实践活动,如参观博物馆、文学馆,游览古代文人描绘的自然景观,以及在

寒暑假期间进行访学。这些活动能让学生在真实的文化遗址和自然风光中感受中华优秀传统文化的魅力，在实践中获得更深刻的体悟。

教师要更多地关注学生的综合素质提升与全面发展，通过在中国古代文学教学中加强德育和美育，帮助学生树立正确的价值观和审美观。对于一些欠发达地区，应加大政策支持力度，吸引并留住优秀的中国古代文学专业人才，建立一支高素质的教师队伍。同时，通过多维度的考评和监督机制，对教师进行激励和督导，确保先进教学理念的更新与落实。

在提升教师素质的过程中，创新意识和创新能力的培养应成为主要方向。教师不仅要具备创新的教学理念和方法，还应帮助学生将中国古代文学素养与时代精神相结合，培养学生成为中国古代文学传承与创新的专业人才。这需要教师在教学中不断探索新的方法和路径，勇于打破传统的教学模式，积极引入现代科技手段，提高教学的趣味性和互动性。

（二）充分利用网络媒体信息技术进行教学

在高校中国古代文学的教学中，充分运用网络媒体信息技术，能够极大地提升教学效果。新媒体技术与中国古代文学教学的深度融合，不仅是时代的要求，更是提高教学质量的有效途径。为实现这一目标，高校需要加大硬件设施的投入力度，完善多媒体设备的配置，确保每一间教室和每一位教师都能充分利用这些现代化工具。同时，软件方面的投入也至关重要，高校应组织多种形式的新媒体技术培训，为教师提供技术咨询和指导，帮助他们开阔眼界，掌握和运用先进的教学手段。

网络媒体技术的应用，不仅仅局限于设备和技术的更新，更需要在教学方法上进行创新。教师可以选取优秀的影视作品作为课堂导入，通过直观的视听体验，让学生更直观地理解古代文学中的人物和情节。同时，鼓励学生制作音视频资料进行课堂展示，能够有效地调动课堂氛围，增加学生的参与感和主动性。通过这种方式，不仅能提高教学质量，还能增强学生的学习兴趣和积极性。

线上线下教学模式的结合,是未来教育发展的重要方向。高校应进一步推进这一模式的发展,培养教师进行线上教学的能力。教师要自觉学习和掌握多媒体和网络技术,利用互联网丰富的资源进行课程开发,补充中国古代文学课程的内容,以新颖而富有内涵的教学内容吸引学生的注意力。网络资源的广泛应用,为教师提供了大量的教学素材,使得教学内容更加丰富多彩。

利用慕课、哔哩哔哩等网络平台资源展开教学,可以为学生提供更多的学习渠道。例如,通过诗词大会、国风小动画等视频内容的教学,不仅能激发学生的兴趣,还能加深他们对古代文学的理解。教师还可以为学生推荐一些有益的网络平台,如中华古籍资源库、中华经典古籍库、书格网等,方便学生查阅文献资料,拓宽知识面。网络课程的推荐,如中国古代思想智慧、先秦诸子、中国文学史、文学批评等内容,也能极大地开阔学生的眼界,丰富他们的知识储备。教师可以通过录制微课作为课堂教学的重要补充,这不仅能为学生提供随时随地的学习资源,还能作为教师自身教学反思和提升的途径。通过不断创新教学方法,教师能在教学实践中不断进步,提供更高质量的教学服务。

(三)理论与实践教学相结合,指引学生的现实人生之路

高校在中国古代文学教育中应当顺应素质教育改革的需求,既要传承中国古代文学的精髓,又要不断进行改革与创新。在理论建设上,要加强与大学生生活实际的联系;在实践活动中,要锻炼学生形成适应社会发展所需的品质和技能。这样的教学理念不仅能够促使大学生在中国古代文化的熏陶下树立民族自豪感和文化自信,形成健全人格和稳定的心理素质,还能切实提高他们的实践应用综合素养,使其成为社会主义现代化文化事业建设的高质量人才。

第一,在教材的开发和建设上,中国古代文学配套教材的改革需要进一步贯彻素质教育理念,不断更新教材内容,使其更加具有人文内涵和生命力。教材应当既具备中华传统文学的美质,又符合时代文学发展

的态势。通过吸纳优秀的古代文学作品，设置更多作品赏析案例，可以扩大学生的阅读面，提升他们的赏析能力。通过这种方式提高学生的知识运用能力，使他们在专业能力上更具社会竞争力。

第二，在教学过程中，中国古代文学专业教师需要因势利导，循循善诱，将古代文学中蕴含的成人立德、修身养性、爱国奉献等价值观融入教学。通过古今圣贤的立志成才之路作为榜样，帮助学生形成正确的世界观、人生观和价值观，使他们能够更加清醒、深刻地认识社会百态，摆正自己的位置，认清自己的社会角色。在现实人生的洪流中，学生能够始终积极乐观地面对苦难与挫折，将个人价值与社会价值的实现有机结合，从而更加坚定地走好人生之路。

第三，高校应多设置中国古代文学的实践课程，促进实践与理论教学的深度结合。根据学生特点和办学特色，调动各种社会文化与企业资源，创办多种形式的中国古代文学实践活动。这些活动不仅能够锻炼学生的综合能力，如沟通能力、方案设计能力和创新能力，还能够让学生在实践中找到中国古代文学中蕴含的时代精神，为中国古代文学的现代化发展找到契合点。这些实践活动有助于促进现代文学事业的繁荣发展，也能创造更多的文化岗位，使更多学生能够从事专业对口的文学工作。

理论与实践教学协同并进，不仅是中国古代文学教育的需要，也是培养高素质人才的必由之路。通过理论教学和实践活动的有机结合，能够有效地提升学生的综合素质和专业能力，使其在传承中华优秀文化的同时，具备适应现代社会发展的能力。这种教育模式不仅能够为社会主义现代化建设输送更多高质量人才，还能推动中国古代文学的传承与创新发展，让中华文化在新时代焕发新的生机与活力。

第二节　非遗文学的保护与传播

一、非物质文化遗产的特征与价值

（一）非物质文化遗产的特征

1. 传承性

非物质文化遗产的传承性是其本质特征之一，是所有人类遗产共同具备的特质。非物质文化遗产的特殊之处在于它依靠人们的传承，通过人与人之间的精神交流而得以延续和发展。传承性不仅是非物质文化遗产的核心所在，也是其与人类文化传承紧密相连的重要纽带。

非物质文化遗产的传承性是指这种文化在被人类以团体或个人形式不断传承和发展的过程中所保持的连续性。这种传承过程需要一代代人不断接力，具有鲜明的民族特征。因此，传承人的选择和培养至关重要。传承人与被传承人之间需要保持亲密关系，通过语言和文化传播等方式，使这些知识和技能得以代代相传。正是这种持续不断的传承模式，确保了非物质文化遗产的生命力和延续性。

在非物质文化遗产的传承过程中，传承人扮演着关键角色。他们不仅需要掌握深厚的文化知识，还需要不断更新观念，以适应时代的变化。传承人的责任不仅在于保留和传递传统文化，还需积极探索和创新，使非物质文化遗产在现代社会中焕发新的活力。这种传承与创新的结合，是非物质文化遗产得以延续和发展的根本保证。

非物质文化遗产通过具体的传承行为，成为历史发展的见证者。无论是通过口头传授、仪式表演，还是通过手工艺技能的传递，这些传承行为都是文化遗产得以保存的重要手段。这不仅体现了文化的连续性，也展示了文化的活力和适应性。通过这些传承活动，非物质文化遗产不仅成为人类历史的重要组成部分，也成为文化交流和理解的重要媒介。

2. 社会性

文化本身具有社会性，而这种社会性在非物质文化遗产中得到了集中体现。非物质文化遗产作为人类特有的遗产，其生成、存在和传承都离不开人类社会，反映了人类社会的创造能力、认知能力和群体认同力。作为人类社会活动的重要组成部分，非物质文化遗产的社会性是由文化的社会性所决定的。

非物质文化遗产是各个时代生活的有机组成部分，它是特定时代、环境、文化和精神的产物，必然与当时的社会生活紧密相连。非物质文化遗产基本上是集体的创造，不局限于专业或专家的文化创作，这一特点使其具有广泛的社会性。正是这种集体创造的特性，使得非物质文化遗产能够在社会中广泛传播和传承，成为社会生活的一部分。

从其构成因素来看，非物质文化遗产往往是多种表现形式的综合体。例如，作为非物质文化遗产的戏曲，就包含了文学、舞蹈、音乐、美术等多种艺术形式。这种多样性不仅丰富了非物质文化遗产的内容，也增强了其社会性和传播性。通过多种艺术形式的融合，非物质文化遗产能够更广泛地被社会群体所接受和喜爱。

从功能上看，非物质文化遗产具有多种作用，包括认知、欣赏、娱乐、教育等。这些功能使得非物质文化遗产不仅是文化遗产的传承，更是社会教育和娱乐的重要内容。通过非物质文化遗产的传承和发展，人们不仅能够欣赏到传统文化的美，还能从中获得知识和教育，这进一步加强了其社会性。

3. 地域性

地域性是指非物质文化遗产在特定区域内的产生、流传和发展，或者同一种非物质文化遗产在不同区域间各不相同的演化过程。在非物质文化遗产的定义中，地域性占据重要地位，描绘了这些文化遗产如何在特定地理区域内起源、传播并发展。同时，地域性还展示了同一种非物质文化遗产在不同地区所呈现出的独特特点，强调了其民族特色并进一步增强了这种特色。

非物质文化遗产是历史文化传承的载体，其形成和发展与所处的地理环境和民族文化密切相关。在不同的地域和文化背景下，同一种非物质文化遗产会展现出别具一格的风采。随着时代的传承，非物质文化遗产不断演变，其地域特色愈加鲜明。

地域性在非物质文化遗产中的体现主要表现在以下方面：

第一，地域性反映了非物质文化遗产的起源和发展。每一个地区都有其独特的历史背景和文化传统，这使得非物质文化遗产在起源和发展过程中深深地打上了地域的烙印。例如，一些地方的传统节庆活动、民间传说或手工艺品，无不体现出当地独特的地理环境和人文特色。这些地域烙印不仅是文化遗产的起源记号，更是其发展轨迹的真实写照。

第二，地域性凸显了非物质文化遗产的民族特色。我国是一个统一的多民族国家，各民族都有自己独特的非物质文化遗产。这些文化遗产在传播过程中，受到了不同地域文化的影响，相互交融，使得其地域性特征更加显著。例如，不同地区的传统音乐、舞蹈和戏曲，虽然都属于同一类别，但由于受到不同的地域文化的影响，各自展现出了独特的风格和表现形式。

第三，地域性强调了非物质文化遗产在传播过程中的变异和拓展。当非物质文化遗产传播到新的地区和民族时，它会与当地的文化习俗发生碰撞和融合，从而产生新的表现形式和内容。这种变异和拓展不仅丰富了非物质文化遗产的内涵，也使其地域性更加鲜明。例如，一些地方的传统技艺或节庆活动，在传播过程中融入了新的地方元素，形成了独特的地方风格，这种现象进一步体现了地域性的多样性和动态性。

4. 多元性

多元性在非物质文化遗产中具有显著的特征。它反映了人类文化的丰富多样性和精神追求。这种多元性表现在遗产种类的丰富性、形态的多样性以及地域、民族的差异性上。

（1）非物质文化遗产包括口头传统、表演艺术、社会实践、仪式活动、节庆活动等多个方面。这些遗产不仅是历史文化的见证，也是日常生活的重要组成部分，通过各种方式传递着知识、技能和价值观，塑造着人们的认同感和归属感。

（2）在地域和民族层面，非物质文化遗产呈现出多样化的景象。不同地区和民族由于历史、地理、文化等因素的差异，形成了各具特色的文化传统和表现形式。例如，中国的春节、端午节和中秋节等传统节日，体现了中华民族的共同文化记忆；而西方的圣诞节、感恩节等节日，则展现了西方文化的独特魅力。这些节日习俗、民间艺术、传统技艺等构成了非物质文化遗产的重要组成部分。

（3）非物质文化遗产还具有时代性。随着社会进步和科技发展，人们的生产生活方式发生了变化，影响了非物质文化遗产的传承和发展。一些传统技艺和习俗被现代生活方式取代，同时也出现了新的文化现象和表现形式。这种时代性的变迁赋予了非物质文化遗产历史的厚重感，同时也注入了时代的活力和创新性。

5. 活态流变性

活态流变性是非物质文化遗产的本质特征之一，它在非物质文化遗产的传承与发展过程中持续发挥着重要作用。这种活态流变性使得非物质文化遗产在现代社会中焕发出新的生机与活力，同时也为民族文化的传承和创新提供了坚实基础。

在活态流变过程中，非物质文化遗产展现出与时俱进的特点。各地区的非物质文化遗产相互交流、借鉴，形成了多姿多彩的地域文化。这种交流不仅丰富了非物质文化遗产的内涵，也促进了文化的多样性与丰富性。同时，民众作为传承者和创新者，在活态流变中发挥着关键作用。他们通过参与实践活动，不断丰富和发展非物质文化遗产，为其注入新的活力与创意。

第六章　古代文学与当代文化传承的有效途径◎

活态流变性不仅是非物质文化遗产传承的动力，也是其创新发展的源泉。通过持续的流变，非物质文化遗产得以代代相传，保留了民族文化的基因，它也激发了非物质文化遗产的创新潜能，使之不断适应时代发展的需求，丰富了文化的内涵和形式。这种动态的发展模式为文化的持续繁荣提供了有力支撑。除了文化传承与创新外，活态流变性还对社会和谐与经济发展产生积极影响。非物质文化遗产的活态流变有助于强化民众对民族文化的认同感，增强民族凝聚力，从而促进社会的和谐与稳定，它也为培育特色文化产业提供了重要契机，推动经济社会的发展。

因此，人们应充分认识到非物质文化遗产的活态流变性对民族文化发展的重要意义。只有在传承与创新的双重引领下，充分发挥其活态流变性，才能推动文化事业不断向前发展，让我们珍贵的民族文化在新的历史条件下焕发出更加璀璨的光芒。

（二）非物质文化遗产的价值

1. 历史价值

非物质文化遗产的历史价值无疑是不可低估的。它承载着人类特定历史时期的种种记忆与精华，透过这些文化遗产，我们得以窥见古代社会的面貌与风貌。这种价值主要体现在以下方面：

（1）非物质文化遗产是历史的见证者。每一项非物质文化遗产的产生都受到特定历史条件的影响，因而承载着那个时代的历史特点。通过研究这些文化遗产，人们可以窥见当时的生产发展水平、社会组织结构、生活方式，以及人与人之间的相互关系。这些信息对于我们理解特定历史时期的社会生活具有不可替代的价值。

（2）非物质文化遗产的流传与传承本身就是一种历史的延续。这些文化活动及其成果长期以来得以传承，从一个时代流传到另一个时代，从一个群体传承到另一个群体。这种传承不仅仅是文化技艺的传授，更是对历史的生动再现。因此，非物质文化遗产被视为民族历史的活态传承，是民族灵魂的一部分，植根于超越时代的存在之中。

（3）非物质文化遗产的保存与传承反映了民族的世界观及生存状况。它们折射出民族的群体心态和行为模式，有助于我们了解当时社会的整体状况。通过研究非物质文化遗产，我们可以深入了解古代社会的文化脉络，理解当时人们的信仰、价值观念以及生活方式。

2. 科学价值

非物质文化遗产所蕴含的科学因素和成分不容忽视，这使得它们在科学研究领域中具有重要的价值。这种价值主要表现在以下方面：

（1）非物质文化遗产为科学文化研究提供了基础。通过对这些遗产的保护、发掘、整理、研究、使用、传承，人们得以深入了解各种文化现象背后的科学原理与规律。这为科学研究提供了丰富的素材和案例，促进了人类文化知识的积累与发展。

（2）对非物质文化遗产的研究拓展了认知能力。相比于学院派的精英文化知识体系，非文字的、口传的民间文化知识体系通常被忽视或较少被关注。然而，正是这些基础的、源头的文化知识体系，构成了人类文化的重要组成部分。通过对非物质文化遗产的深入研究，人们得以拓展认知的边界，深化对文化多样性的理解，从而提升了认知能力。

（3）文化人类学标准所界定的文化场所或文化空间强调了民间文化、非物质文化的综合性、集体性、周期性、时空统一性等特征。这种综合性的认识方式丰富了对文化现象的理解，使得能够更全面地把握文化的内涵与外延。这种综合性的研究方式也为跨学科的研究提供了新的思路和方法。

3. 社会价值

非物质文化遗产作为一种积淀、传承文化并促进其创新发展的形式，在社会中扮演着至关重要的角色。它不仅是一种文化形态，更是一种规范人们思想观念和行为方式的重要力量。对非物质文化遗产的保护、传承、研究和发展，对于人与社会的和谐、全面、平衡发展具有深远意义。

（1）非物质文化遗产是人类社会关系的重要组成部分。在现代社会，人们常常忽视了人与人之间的情感联系和文化交流，而非物质文化遗产正是促进人际关系、家庭关系、族群关系等各个层面的和谐纽带。通过对非物质文化遗产的传承和发展，人们能够重新审视自我与他人、自我与族群、族群与族群之间的关系，从而促进社会的稳定与发展。

（2）非物质文化遗产的保护和传承有助于调整个体的精神世界。在当今社会，人们常常陷入物质主义的泥沼中，忽视了精神层面的需求。而非物质文化遗产所蕴含的传统智慧和精神信仰，则为人们提供了重要的精神支撑。通过学习和传承非物质文化遗产，个体能够更好地调整自己的心态，保持内心的平衡与和谐。

（3）非物质文化遗产对于国家与国家、地区与地区之间的和谐也具有重要意义。在全球化的今天，各国之间的交流与合作变得日益频繁，而文化的多样性和传统的传承则是国家间、民族间相互尊重与理解的基础。通过对各自非物质文化遗产的保护和传承，各国能够更好地增进彼此之间的了解与信任，从而实现地区与地区、国家与国家之间的和谐共存。

4. 审美价值

非物质文化遗产的审美价值是指其在历史、文化、艺术等方面的独特魅力，这种价值体现在对传统技艺、民间风俗、民族信仰等方面的传承和保护。非物质文化遗产作为一种活态文化，其审美价值既包括传统表演艺术、民间工艺、口头传统等有形文化遗产，也包括传统节庆、民间信仰、社会实践等无形文化遗产。非物质文化遗产以独特的方式传承了我国悠久的历史文化，展现了中华民族丰富的审美情趣。

（1）非物质文化遗产审美价值的意义

非物质文化遗产作为文化多样性的重要组成部分，在现代社会中发挥着至关重要的作用。其审美价值不仅体现在对传统文化的传承与弘扬上，更在于其对人们精神生活的丰富与提升、对经济社会发展的推动以及在文化交流与合作中的重要作用。

首先，非物质文化遗产的审美价值在于其对传统文化的传承与弘扬。非物质文化遗产，如民间传说、传统音乐、舞蹈、戏剧等，是中华民族悠久历史与文化积淀的活生生的体现，它们承载着丰富的历史文化信息和民族智慧，是民族精神与文化认同的重要载体。通过非物质文化遗产的保护与传承，可以延续民族的记忆，增强民族自信心，促进民族文化的认同与自豪感。

其次，非物质文化遗产的审美价值在于其对人们精神生活的丰富与提升。非物质文化遗产涵盖了广泛的领域，从民间手工艺到传统节庆活动，从民族音乐到地方戏曲，它为人们提供了一个丰富多彩的文化体验空间。在这个空间里，人们可以亲身参与到非物质文化遗产的实践中，感受其独特的艺术魅力，从而丰富自己的精神世界，增强民族文化的自豪感。

再次，非物质文化遗产的审美价值在于其对经济社会发展的推动作用。随着社会经济的快速发展，文化资源逐渐成为推动经济增长的重要力量。非物质文化遗产作为一种独特的文化资源，对于促进文化旅游、文化产业发展具有显著的促进作用，它不仅能够吸引国内外游客，带动相关产业链的发展，还能够提升地区的文化软实力，增强地区经济的竞争力。

最后，非物质文化遗产的审美价值在于其在文化交流与合作中的重要作用。在全球化的背景下，文化交流与合作日益成为国家软实力的重要组成部分。非物质文化遗产作为中华文化的代表之一，不仅能够向世界展示中国的独特魅力，还能够促进不同文化之间的相互理解和尊重。通过举办各种文化交流活动，如国际艺术节、非物质文化遗产展览等，可以让更多国家和地区的人了解和欣赏中华文化，同时也能够吸收和借鉴其他国家和民族的优秀文化成果，促进世界文化的多样性和共同繁荣。

（2）非物质文化遗产审美价值的具体体现

首先，传统表演艺术展现了中华民族独特的审美观念。诸如京剧、昆曲、杂技等传统表演艺术，以其精湛的技艺和优美的表演形式，吸引着观众的目光。这些表演艺术在长期的传承中，不仅保留了源远流长的历史底蕴，更吸收了各地民间艺术的精华，形成了独具特色的艺术表现手法，展现出独特的审美价值。

其次，民间工艺展示了地域文化的独特魅力。像剪纸、刺绣、瓷器等民间工艺，以其独特的工艺技法和鲜明的地域特色，成为人们喜爱的艺术品。这些工艺品在造型、色彩、寓意等方面都具有很高的审美价值，展现了民间工艺的魅力与精湛技艺。

最后，口头传统传承了民族智慧和文化精神。民间故事、谚语、戏曲等口头传统，通过生动的语言和形象的故事情节，传递着丰富的文化内涵。这些口头传统在长期的传承过程中，通过口耳相传，形成了丰富多彩的民间文化，展现出独特的审美价值。

5. 教育价值

非物质文化遗产不仅包含了丰富的历史文化知识和科学知识，还蕴含着许多具有极富审美价值的艺术精品。这些知识和艺术作品，具有巨大的教育潜力，可以成为个体教育、学校教育和社会教育的重要内容。

将非物质文化遗产纳入教育体系，使之成为教育的一个重要领域和组成部分，对于保护和传承非物质文化遗产具有重要意义。这需要在各级各类学校设立关于非物质文化遗产的课程，使广大学生能够了解非物质文化遗产，认识其重要性和价值。同时，也需要培养对非物质文化遗产进行保护、传承、研究、管理、开发的专门人才，为非物质文化遗产的传承和发展提供人才支持。

在社会上进行关于非物质文化遗产价值和重要性的宣传教育。通过广泛的宣传教育活动，可以形成社会上重视、保护传承非物质文化遗产的氛围，促使更多人关注和参与到非物质文化遗产的保护与传承中来。这样，通过教育教学的作用，可以更好地实现非物质文化遗产的有效保护和传承。

6. 经济价值

非物质文化遗产的经济价值在当代社会中备受关注，其保护与开发的问题显得尤为重要。保护工作的方针明确,强调保护为主、抢救第一、合理利用、传承发展。在这一方针指导下,对非物质文化遗产中的经济资源进行合理开发,科学利用其经济价值,已成为当下市场化、商品化的时代背景下的必然选择。在处理非物质文化遗产的保护与开发关系时,必须严格遵循保护为主、合理利用的原则。但同时也要正视市场经济和消费社会的现实,善于并努力合理地开发和利用其经济价值。不能因保护而将非物质文化遗产束之高阁,更不能因噎废食而盲目否定其有条件的经济开发和利用。

作为非物质文化遗产价值体系的一部分,经济价值在市场经济和消费社会条件下具有重要性,它与其他价值有所区别,是一种有条件的、有限制性的价值。因此,必须审慎对待非物质文化遗产的经济开发,充分考虑文化保护的前提下,合理开发其经济潜力,使之既能继承传承,又能在市场中焕发新的活力。

二、非物质文化遗产的保护方法

(一)理念化保护方法

1. 理念化保护的内涵

理念化保护是对非物质文化遗产进行持续传承与保护的一种重要手段它将非物质文化遗产中的价值观、知识、技能、经验等抽象为意识形态,通过教育、传媒、社会实践等途径,将其传承给后人。

(1)理念化保护将非物质文化遗产的精华抽象为理论和价值观。这使得这些遗产能够与当代人的生活联系起来,焕发出新的活力。通过将非物质文化遗产的精髓凝结为理论和价值观,人们能够更深刻地认识和理解自己的文化根源,增强对文化的认同感,并被激励为文化传承和发展贡献自己的力量。

(2)理念化保护是一种宝贵的文化传承手段,有助于保护、传承、活化以及促进文化多样性。通过将无形的文化元素转化为有形的理论和价值观，人们能够更好地将这些遗产融入现代社会中。这为文化的传承与发展注入了新的动力，促使非物质文化遗产在当代社会中得到更好的传承和发展。

2. 理念化保护的内容

非物质文化遗产的理念化保护旨在通过一系列系统的方法和策略，确保非物质文化遗产能在现代社会中被完整、准确地传承下去。以下是理念化保护的三个主要内容：

（1）价值观传承与保护

价值观是文化的核心，它影响着人们的行为、思维方式以及对世界的认知。非物质文化遗产的价值观传承与保护是一项复杂而重要的任务，旨在传承和保护文化内涵中蕴含的伦理、道德观念以及核心价值。这个领域的关键词包括非物质文化遗产、价值观、传承、保护等，而本部分内容将专注于探讨非物质文化遗产中的价值观，并阐述传承与保护的内在关联，深入挖掘其社会、文化和个体层面的意义。

第一，非物质文化遗产不仅承载着丰富的文化元素，更蕴含了深厚的道德规范、伦理原则和社会准则。这些价值观构成了文化传统的基石，为社群成员提供了生活和行为的指导原则。通过非物质文化遗产的传承与保护，这些价值观得以延续，为后代提供文化认同和道德指导的基础。

第二，非物质文化遗产中的价值观对社会的稳定与和谐具有深远的影响。作为社会共同体的精神支柱，这些价值观引导着人们的行为和互动。非物质文化遗产的传承有助于继承和巩固共同的价值观，减少文化断裂，增强社群成员间的互信，从而推动社会的和谐发展。

第三，每个社群都有其独特的价值观体系，这种多样性是文化多样性的重要组成部分。非物质文化遗产的传承不仅保留了不同文化之间的价值观，而且避免了文化的同质化，维护了全球文化多样性，促进了不同文明之间的平等对话，构建了一个包容和谐的国际社会。

第四，在快速变化和全球化的背景下，个体面临着多重挑战。非物质文化遗产中的价值观常常是个体认同的重要组成部分。通过传承与保护，个体能够在文化传统中找到根基，感受到其与社群和文化的深刻联系。这种认同感强化了个体对自身价值观的信仰，为他们在复杂社会中找到自己的位置提供了重要的精神支持。

第五，非物质文化遗产的活化在传承与保护过程中扮演着重要角色。通过创新的传承方式，社群成员能够将传统价值观融入现代生活，使其更加活跃和实用。这种活化不仅有助于传承非物质文化遗产的根基，而且为文化的更新与发展提供了动力。在这个过程中，价值观的传承不再是简单的复制，而是一种有机的融合，为文化的续写注入了新的时代内涵。

（2）知识传承与保护

非物质文化遗产中包含了丰富的知识体系，包括历史、文学、艺术、科技、医学等多个领域。这些知识的传承与保护对于维护人类文化的多样性和完整性至关重要。在理念化保护中，加强非物质文化遗产的知识传承与保护，对于维护文化多样性、弘扬民族精神和推动社会进步具有重要意义。

第一，传承方式与途径。传承方式主要可分为两大类：口传心授与实践操作。口传心授即通过师徒传授、家族继承等途径，将世代相传的技艺与文化精髓传递给下一代。这种传承方式强调了传承人与被传承人之间的情感纽带和文化认同，使得非物质文化遗产得以在情感的传递中得以延续。实践操作则是通过亲身参与和实际操作来掌握相关技能和知识。这种方式强调了实践的重要性，通过亲身体验，传承者能够更深刻地理解和掌握非物质文化遗产的精髓。

第二，传承人与传承群体。传承人不仅是技艺和文化的承载者，更是传承和弘扬民族文化的使者，他们的存在确保了非物质文化遗产得以在历史的长河中不断流传。传承群体则通过共同参与和传承活动，形成了一种紧密的社群关系，这种关系不仅增强了族群内部的凝聚力，也提升了整个群体的向心力。传承群体的共同参与，使得非物质文化遗产的传承活动更加活跃，也更具有生命力。

第六章 古代文学与当代文化传承的有效途径

（3）技能传承与保护

非物质文化遗产中蕴含的技能是民族文化的宝贵财富，它们象征着各民族人民在长期生产实践中积累的智慧与经验。保护这些技能的关键在于维持其原始风貌与特色，防止过度商业化或标准化导致的同质化。在理念化保护的框架下，技能的传承不仅是对历史与传统的延续，更是对社群文化的传承与弘扬。

第一，非物质文化遗产的技能传承构成了一种独特的文化传递机制。这些技能与特定的历史背景、传统习俗紧密相连，是社群成员在长期生产生活实践中积累的智慧与经验的体现。通过口传心授、示范教学等传统方式，这些技能得以在社群内部代代相传，成为社群文化的重要组成部分。这种传承方式不仅保留了传统文化的精髓，也增强了社群成员对本族群文化的认同感与归属感。

第二，在现代社会中，随着科技的发展和生活方式的变迁，许多传统技能面临失传的风险。如果不加以保护和传承，这些宝贵的文化遗产将逐渐消失，对社群文化造成巨大损失。因此，加强非物质文化遗产的技能传承工作，不仅是对历史和传统的尊重，更是对未来社群文化负责。

第三，为了有效保护和传承非物质文化遗产的技能，需采取一系列措施。加强传承人的培养和扶持至关重要，传承人是非物质文化遗产技能传承的核心力量，他们承载着传统技能的传承与发展。因此，应为传承人提供优良的学习与培训环境，帮助他们不断提升技能水平，并给予必要的经济支持与社会认可，以激发他们传承技能的积极性与创造性。

第四，推动非物质文化遗产技能传承与现代教育的结合是一条重要途径。将传统技能纳入教育体系，可以让更多年轻人接触和了解这些宝贵的非物质文化遗产。现代教育体系也能为传统技能的传承提供新思路与方法，推动传统技能的创新与发展。利用现代科技手段，如数字化技术、互联网技术与平台等，对传统技能进行记录与展示，也可以使更多人能够了解并体验这些文化遗产的魅力。

第五，建立非物质文化遗产技能传承的社会参与机制是必要的。社会各界应共同参与非物质文化遗产技能传承的保护工作，形成政府、企业、社会组织等多方参与的格局。政府可以出台相关政策，提供资金支持并引导社会力量参与；企业可以通过技术创新和产品开发，推动传统技能的应用与传承；社会组织可以发挥自身优势，开展传统技能的宣传与推广活动。通过各方共同努力，形成非物质文化遗产技能传承的良好氛围与强大合力。

第六，非物质文化遗产的技能传承与保护需注重国际交流与合作。不同国家和地区的非物质文化遗产各具特色，通过国际交流与合作，可以互相学习、借鉴和分享经验，共同推动全人类非物质文化遗产的保护与传承工作。同时，国际交流与合作也能增强国际社会对非物质文化遗产的认识与重视，提升其在全球文化多样性保护中的地位与作用。

（二）活态化保护方法

"作为需要人类不断传承的一种活态文化遗产，非物质文化遗产需要不断加强对其保护"[1]。非物质文化遗产的活态传承旨在通过不断的传承与发展，使这些文化遗产在当代社会中保持生命力和活力。实现这一目标的首要条件是社区的积极参与。非物质文化遗产的传承离不开生活在这一文化环境中的人们，因此，必须鼓励当地社区居民参与到传承过程中，使他们成为文化传承的核心力量。

第一，重视传承人的培养工作。传承人是非物质文化遗产的灵魂与支柱，因此需要对他们进行专业培训，传授必要的技艺和知识，使他们能够胜任文化传承的重任。传承人的培养不仅关乎技艺的传授，更重要的是文化精神的延续，使他们在传承过程中能够理解并传播这一文化的深层意义。

第二，实现非物质文化遗产与现代生活的结合，必须探索传统与现代的融合点。通过各种形式的文化活动、展览和演出等方式，将非物质

---

[1] 冯永康. 浅析非物质文化遗产数字化保护研究 [J]. 百花, 2020（4）: 48.

文化遗产呈现给更广泛的观众，使更多的人了解、认识并喜爱这些文化遗产。在此过程中，应注重创新的手法和多样的表达形式，使非物质文化遗产在新的时代背景下焕发新的生机。

第三，文化教育与宣传。通过广泛的宣传，提高公众对非物质文化遗产的认知度和重视程度，是传承工作的重要环节。在学校教育中，应将非物质文化遗产纳入课程体系，使学生从小了解并学习传统文化。此外，通过举办文化节、展览等活动，可以提升公众对非物质文化遗产的参与度，激发他们对传统文化的热爱。

第四，记录与保护措施。系统地记录和保护这些文化遗产，不仅是对其形式和内容的保存，更是对其内在精神和文化价值的传承。在现代技术的支持下，利用数字化手段记录和保存非物质文化遗产，已成为保护工作的重要手段。数字化不仅可以更有效地保存这些宝贵的文化遗产，还可以通过网络平台，使更多人了解和接触到这些文化。

第五，国际交流与合作。通过国际文化交流，可以借鉴和吸收其他国家和地区在非物质文化遗产保护方面的成功经验，促进本地文化遗产的保护与发展。同时，向国际社会展示和推广本地的非物质文化遗产，可以增加其国际影响力和知名度，使其在全球化背景下获得更广泛的认可和支持。

（三）档案化保护方法

非物质文化遗产的档案化保护是一种系统的保护方法，它涉及对非物质文化遗产各个方面进行详细的记录、整理和保存，以便于未来的研究和传承。

1. 档案化保护的主要意义

档案不仅仅是历史的记录者，更是未来社会的建设者，具有独特而重要的特性。首先，档案的原始性至关重要。作为社会实践的直接产物，档案必须保留其原始状态，以确保原始信息不受破坏或篡改。其次，档案的真实性不可忽视，档案应客观地记录历史事件，未经修饰或处理的信息才能真正体现其真实性。最后,档案的完整性也尤为重要,档案应全面、完整、准确地反映立档单位的职能活动,这无疑增加了档案收集和维护工作的难度。

档案和非物质文化遗产一样,都属于不可再生的资源。在非物质文化遗产的申报过程中,产生了大量的资料,这些资料本身就是档案的重要组成部分。因此,利用档案来保护和传承非物质文化遗产显得尤为重要。档案是构建非物质文化遗产记忆的关键媒介,它源于民族群体的实践活动,反映了民族精神文化层面,具有强烈的原始性和真实性。为了全面、完整地反映这些活动和丰富的文化内涵,展现其多元化价值,人们必须确保非物质文化遗产档案的完整性。

在保护非物质文化遗产的过程中,人们应重视保持其自身特点,如活态流变性、民族地域性和综合性等。这些特点使得非物质文化遗产记忆的保护和传承更加真实、鲜活和完整。人们应充分认识非物质文化遗产档案资源在社会、国家和民族等历史记忆中的独特价值。档案不仅是对过去的记录,更是对未来的启迪。通过保存和利用这些档案,人们可以更好地了解历史,从而更有效地应对未来的挑战。

非物质文化遗产档案的保护不仅仅是保存资料,更是保存一种文化、一种精神。在档案中发掘和弘扬人文精神和情感价值,使得非物质文化遗产记忆的构建更加丰富多彩。档案作为一种独特的文化资源,其保护和利用不仅需要技术的支持,更需要文化的认同和社会的关注。通过档案,未来的世代能够了解和传承前人的智慧和文化,从而推动社会的持续发展。

2. 档案化保护的记忆构建

人们在档案记忆观的指导下,对非物质文化遗产进行档案化保护,同时兼顾历史传承和社会发展的视角。非物质文化遗产的档案化保护应以档案记忆观为引导,深入理解集体记忆、社会记忆及其构建过程,将非物质文化遗产实施档案化保护视为一种创新性的思路与模式。

（1）记忆构建主体

记忆构建主体的多样性反映了非物质文化遗产档案来源的丰富性。这些主体包括政府、民间主体和传承人，各自承担着不同的角色和责任，共同推动非物质文化遗产的保护与传承。

首先，政府作为记忆构建的主要主体，拥有丰富的资源和强大的统筹协调能力。档案馆、博物馆和图书馆等文化机构在非物质文化遗产的保护中扮演着核心角色。这些机构不仅负责收集和保存非物质文化遗产的相关档案，还负责对这些档案进行科学的整理和分类。通过制定相关法规和标准，政府能够规范非物质文化遗产的保护工作，确保其真实、完整地传承下去。此外，政府还应通过激励机制，鼓励各界参与非物质文化遗产的保护工作，形成一个多层次、多渠道的记忆资源体系。

其次，民间主体的多样性为非物质文化遗产的保护注入了活力。高等院校、科研单位、企事业和兴趣团体等社会力量在非物质文化遗产的保护中发挥着重要作用。他们通过各自的专业知识和技术手段，为非物质文化遗产的研究和保护提供了坚实的支持。民间主体与政府构建主体形成紧密的合作关系，共同推动非物质文化遗产记忆的立体化和生动化。

最后，传承人作为非物质文化遗产的重要"活"载体，在记忆构建中占据着核心地位。传承人不仅拥有丰富的非物质文化遗产知识和技艺，还是这些文化的直接承载者和传递者。他们通过家族传承、师徒传授等方式，将非物质文化遗产代代相传，保持其活态流变的特点。传承人的存在使得非物质文化遗产不仅仅是静态的历史记录，而是鲜活的文化实践。社会各界应给予传承人高度的关注和尊重，为他们提供必要的支持和保障，确保非物质文化遗产的连续性和活力。

（2）记忆构建客体

非物质文化遗产的精神文化内核通过物质载体得以记录和传承，这些物质载体构成了非物质文化遗产记忆的构建客体。在中国，非物质文化遗产具有悠久的发展历史，其记忆的物质载体也经历了历史的变迁。根据数据形态，这些载体可分为两大类：以模拟态数据为主的传统客体和以数字态数据为主的现代客体。

第一，传统客体。传统客体将非物质文化遗产的记忆以文字形式记录在甲骨、金石、竹简、木牍、缣帛、卷帙和纸墨文书等物质载体上。这些客体虽然古老，却散发着独特的魅力。然而，由于当时技术水平的限制，传统客体的记录形式和内容相对有限。因此，加强对这些历史遗留的非物质文化遗产记忆构建传统客体的保护和开发利用是至关重要的，以确保这些宝贵的文化遗产得以持续传承。

第二，现代客体。现代客体是现代科技与非物质文化遗产结合的产物。它们将非物质文化遗产的记忆记录在磁盘、光盘、U盘和硬盘等物质载体上，需要通过信息读取设备间接展示和读取。与传统客体相比，现代客体具有更高的信息密度和更丰富的表现形式，以文字、图片和声像等多种数字态记录为主，形式多样，内容丰富。随着科技的飞速发展，非物质文化遗产的记忆构建客体也在不断拓展和创新。

数字技术的创新为非物质文化遗产的传承和保护提供了新的可能性。通过虚拟现实、增强现实等先进技术，非物质文化遗产可以以更生动、立体的形式呈现给观众，提供沉浸式的体验，增强人们对其的认知和理解，激发保护和传承的热情。互联网的普及也极大地扩大了非物质文化遗产记忆的传播范围。如今，人们可以轻松地通过鼠标点击或屏幕触摸，跨越时空限制，接触到世界各地的非物质文化遗产。这种全球化的传播和交流有助于提升非物质文化遗产的知名度和影响力，促进不同文化之间的相互理解和尊重。

（四）数字化保护方法

数字化技术的迅猛发展，为非物质文化遗产的保护与传承提供了前所未有的契机。通过数字手段，非物质文化遗产不仅能实现永久保存，还能在现代社会中焕发新的活力。对此，需要从多个方面加以探讨与落实，以确保非物质文化遗产在数字化时代得到有效保护和传承。

第一，搭建非物质文化遗产数据库。数据库通过收集、整理、分类和存储大量的非物质文化遗产数据，能够为后续的保护和传承工作提供坚实的数据支撑。在数据库建设过程中，必须确保数据的全面性、准确性和可访问性，使各类非物质文化遗产都能得到妥善保存和有效利用。数据库不仅是信息存储的载体，更是文化资源共享的重要平台，能够推动非物质文化遗产的广泛传播与研究。

第二，夯实非物质文化遗产数字化保护的制度建设和过程管理。制度是保障数字化保护工作的关键。在保护过程中，需平衡私权与公权，通过正式制度将二者有效衔接。公权，即公权力，是社会授予的，是公民让渡的权利，主要体现为国家的权力和社会的权力，用于维护社会的公共利益和公共秩序，具体包括立法权、行政权、司法权等。私权，即私权利，是不可剥夺的，主要体现为个人的权利和自由，私权主要来源于个人的自然属性和社会属性，是个人在社会生活中所固有的权利，具体表现在财产权、人身权。行政主体应在保护链的两端发挥主导作用，中间环节可由私权来实现。设立第三方独立监管机构，对数字化保护过程进行监督和评估，确保保护工作的公正性和有效性。这种多层次的制度设计能够有效防范各种风险，保障数字化保护工作的顺利进行。

第三，在数字化传承方面，人们应创建差异化的传承模式。考虑到数字化传承过程中的交易费用和复杂性，需要在项目级别、建设周期和成本构成等方面确定合适的传承匹配模式。通过科学合理的规划，不仅可以有效传承非物质文化遗产，还能降低传承过程中的成本，提升传承效率。

第四，加强传承过程管控也至关重要。建立事前规划、事中监管和事后评价的工作机制，促进不同权益主体之间的良性沟通与合作共建。增强风险意识和防范措施，规避外部风险，确保数字化保护工作顺利进行。只有通过严格的过程管理，才能实现非物质文化遗产数字化的长效保护。

第五，切实推进文化产业数字化战略。非物质文化遗产的数字化保护不仅旨在保存和传承，更在于推动文化产业的发展。通过与数字经济的接轨，关注文旅融合，能够实现非物质文化遗产的多元化发展。新型业态如云游非物质文化遗产、非物质文化遗产直播和数字产业园等,能够引导文化市场良性循环,推动文化产业的高质量发展。健全现代文化产业体系,加快非物质文化遗产数字化产业布局,推进产业基础高级化、产业链现代化,不仅能激发文化创造活力,还能通过文旅扶贫和文化消费扶贫,促进地方经济的可持续发展。

(五)可视化保护方法

非物质文化遗产的可视化保护方法在当今社会中具有重要意义。通过可视化手段,人们能够直观地感知非物质文化遗产的特点和价值,从而更好地保护和传承这些文化遗产。

互动展示技术是可视化保护的重要手段之一。借助互动展示技术,如触摸屏和投影映射等,观众可以与展品进行互动,获得更丰富的参与感和体验感。在博物馆或展览馆中,设置触摸屏展示系统可以让观众通过触摸屏幕了解非物质文化遗产的相关知识和历史背景。同时,通过投影映射技术,将非物质文化遗产的图案、符号或故事投射到墙面或地面上,让观众在行走中感受到这些文化的魅力。

利用互动展示技术,人们能够以新颖、有趣的方式呈现传统的文化元素,从而吸引更多的公众参与。观众通过亲身参与和互动,能够更加深入地了解非物质文化遗产的内涵和价值,增强对其的认同感和归属感。这种互动体验不仅提高了公众对非物质文化遗产的认知度,还能够激发他们对这些文化遗产的兴趣和热爱,从而更好地促进非物质文化遗产的传承和发展。

三、非物质文化遗产视域下古代文学的保护——以传统戏剧为例

作为中华民族五千年文明史的瑰宝,古代文学以其深厚的文化底蕴和独特的艺术魅力,成为我们民族文化自信的重要支撑。在古代文学的璀璨星河中,传统戏剧以其丰富的情节、鲜活的人物、独特的表演形式

和深厚的文化内涵，占据了举足轻重的地位。因此，以传统戏剧为例，探讨非物质文化遗产视域下古代文学的保护，不仅具有重要的学术价值，更具有深远的现实意义。

（一）争取多方面的支持

为了确保传统戏剧得以传承和发扬，必须争取多方面的支持。政府部门应充分发挥其文化服务职能，积极制定相关法律法规和配套制度，为传统戏剧的保护和发展提供制度保障。社会文化组织也应积极参与，发挥其在社会文化领域的作用，为传统戏剧的传承和发展提供更多的资源和支持。

不同部门之间需要加强沟通和合作，形成合力。政府应该协调文化、教育、财政等相关部门，使其密切配合，共同制定出台有力的政策措施，为传统戏剧的保护和传承创造良好的环境；加强地方政府和民间组织的沟通，充分发挥地方政府在传统戏剧保护中的作用，动员社会各界的力量，共同参与到传统戏剧的保护工作中来。除了政府和社会组织的支持，还需要广泛动员社会各界的参与。传统戏剧的保护不仅仅是政府的责任，也是全社会的责任。文化爱好者、戏剧从业者、学者专家以及普通民众都应该积极参与到传统戏剧的保护工作中来，共同为传统戏剧的传承和发展贡献自己的力量。

在争取多方面支持的过程中，要注重形成合力，充分发挥各方的优势，共同推动传统戏剧保护工作的顺利开展。只有政府、社会组织和全社会各界人士共同努力，才能够更好地保护和传承传统戏剧，使传统戏剧在当代社会得到更好的发展和传承。

（二）挖掘、整理经典曲目

我国的戏剧文化源远流长，具有丰富的历史积淀和文化内涵。在漫长的发展历程中，各地形成了多种戏剧类型，每种戏剧类型都展现了其独特的地域特色和文化魅力。随着社会的不断进步，戏剧的审美风格也在不断演变。戏剧作为一种通过语言、动作、舞蹈和音乐等表演形式叙述故事的艺术形式，在不同的发展阶段呈现出丰富多彩的表现特点。因此，挖掘、整理经典剧目成为保护和传承传统戏剧的重要举措。

第一，经典剧目是戏剧传承发展的基础。不同时期形成的经典剧目反映了当时社会、文化和历史的特点，具有重要的历史和文化价值。因此，加强对传统经典剧目资料的收集与整理，有助于深入了解不同剧种的发展演变过程，挖掘其独特的艺术魅力，为今后的戏剧创作和演出提供丰富的素材和借鉴。

第二，通过搬演经典剧目，可以吸引更多观众的关注。一些深受观众喜爱、具有代表性的经典剧目，往往能够凸显其所属剧种的特色和魅力。因此，将这些经典剧目搬上舞台，不仅可以传承其艺术精髓，还能够吸引更多观众的关注和参与，推动传统戏剧的传承和发展。

第三，重视那些仅有老一辈戏曲艺人掌握的剧目。这些剧目往往承载着丰富的文化内涵和艺术技巧，但由于种种原因面临失传的危险。因此，及时收集、保存这些剧目资料，恢复戏剧剧目的演出，对于保护和传承传统戏剧具有重要意义。

（三）创新戏剧

我国的戏剧文化源远流长，吸收了民间舞蹈、其他剧种的优点，形成了丰富多彩的剧种体系。随着经济的发展和社会的变迁，传统戏剧面临着严峻的挑战，为了传承和发展传统戏剧，需要进行创新，提高戏剧的艺术水平，以满足现代观众的需求，推动传统戏剧持续发展。在进行戏剧创新的过程中，需要做到以下方面：

第一，传承老艺人的戏剧表演程式，对表演形式进行创新。老艺人积累了丰富的表演经验和技巧，他们的表演程式是宝贵的文化遗产，应该加以传承和发扬。同时，要结合现代观众的审美需求和欣赏要求，对传统的表演形式进行改进和创新，使之更符合现代观众的审美观念，提高戏剧的艺术水平和观赏性。

第二，戏剧工作者可以创作展现不同时代生活、不同时代英雄人物的现代戏。通过创作现代戏，可以吸引更多年轻观众的关注，使他们更加了解和喜爱传统戏剧。同时，现代戏的题材和表现形式更加贴近现实生活，更容易引起观众的共鸣，有利于传统戏剧的传承和发展。

第三，利用声、光、色、数字特技等多种方式为观众呈现剧目，也是一种重要的创新方式。现代科技的发展为戏剧的表现提供了更多可能性，可以通过多媒体技术为观众呈现更加丰富、多样化的视听效果，提升戏剧的观赏性和吸引力，使其更符合时代的发展、市场需求和观众的需要。

（四）提高对戏剧教学的认知

在非物质文化遗产的保护视角下，培养相关人才是保护传统戏剧、传承民族文化的重要任务之一。为了实现这一目标，有必要提升高等学校对戏剧教学的认知水平，以确保戏剧精神的传承。目前，一些高校的古代文学专业已经开设了戏剧课程，教学内容涵盖了戏剧发展史、作家生平事迹等多方面内容。通过这些课程的学习，学生能够对戏剧的发展历程有较高的认知水平。然而，尽管这些知识有助于提高学生的文学素养和知识水平，但在戏剧表演方面仍存在不足。

戏剧作为一种艺术形式，表演是其重要组成部分。在教学过程中，教师应该重视戏剧的表演性，积极培养学生的表演能力。通过应用先进的教学技术，如多媒体技术，可以形象生动地展示戏剧知识，提高学生对戏剧的了解程度。教师还应注重培养学生的戏剧表演能力，使他们能够掌握剧目中人物形象、人物思想等，提高其戏剧表演水平。

为了提高学生对戏剧的了解程度和对戏剧魅力的感受程度，教师应当加强对教学模式和内容的改革。通过创新教学模式和内容，激发学生对戏剧学习的兴趣，从而实现传承戏剧的目的。

（五）推广戏剧

为了实现戏剧的传承与发展，不仅需要改革戏剧教学模式和内容，还应引导学生正确树立价值观和人生观，提高对民族传统文化的重视程度。在教学过程中，教师应该注重提高学生对我国民族文化的认知水平，并引导他们树立民族自豪感。为了传承传统戏剧，应该加强对戏剧的推广和宣传。

目前，大多数民众更喜欢观看电影、电视作品，对戏剧的关注度相对较低。因此，我们应该加强戏剧的推广工作，提高民众对戏剧的了解程度。通过互联网、电视、广播等多种平台，宣传非物质文化遗产的保护工作，向社会大众介绍戏剧的魅力和重要性；加强戏剧类节目的开发，对戏剧表现形式进行创新。通过创新表现形式，如戏剧音乐会、戏剧展览等，吸引更多的观众，提高他们对传统文化的热爱程度；利用现代科技手段，如网络直播、社交媒体等，将传统戏剧推广到更广泛的受众群体中，使更多的人了解和喜爱传统戏剧。

第三节　古代文学与文化创意产业的嫁接

一、文化创意产业概述

（一）文化创意产业的特征

文化创意产业给人类社会带来了巨大变化，新的生产方式诞生，社会财富创造的形式也随之发生变化，创意也成为衡量商品价值的重要因素。抽象的、无形的创意元素的融入，改变了传统以资本、劳动力等实体形式才能生产、创造的观念。总之，文化创意产业虽发展时间相对较短，但它的出现推动着传统产业的更新，并呈现出新的产业特征。

1. 创新性

文化创意产业作为一个独特的产业领域，其创新性特征在其发展中起着至关重要的作用。创新不仅是文化创意产业生产和营销的灵魂，也是其持续发展的动力源泉。

（1）文化创意产业对创意产品和创意活动的生产和营销都需要极具创新性的策略。这种创新并不仅仅是对于产品形式和内容的更新换代，更包括了对市场需求的洞察和挖掘，以及对消费者心理的理解和把握。通过独特的创新思维和营销手段，文化创意产品得以在激烈的市场竞争中脱颖而出，占据市场份额，实现经济效益。

（2）文化创意产业的创新性体现在对资源的合理重构和转化上。创意并非孤立存在，而是基于对各种资源的重新组合和利用而产生的。这种资源的合理重构能够创造出具有独特价值和广泛认同的新产品和新服务，从而实现经济效益和社会价值的双赢。

（3）文化创意产业的创新性还表现在技术和功能方面的改变上。创新不仅仅是产品形态的改变，更包括了对技术和功能的创新。通过技术手段的创新，文化创意产品得以不断提升其品质和表现形式，满足消费者不断增长的审美需求和生活方式的变化。

在文化创意产业的发展过程中，创意和创新密不可分。创意是创新的基础，而创新则是对创意的商业化生产和应用。只有将创意转化为创新，才能实现文化创意产业的可持续发展和壮大。因此，文化创意产业必须不断强化对创新的重视，加强技术和功能方面的改变，推动行业向着更加创新、更加可持续的方向发展。

2. 文化性

文化创意产业的独特之处在于其文化性特征，这是该产业与其他产业的明显区别。文化创意产业的核心在于创意与文化的融合，其中文化既是创意活动的对象，又是创意活动所要表达的内容。因此，文化创意产业必然具备鲜明的文化属性。

相比传统的生产活动，文化创意产业更侧重于知识和智慧的创造，其产品是无形的文化符号，而不仅仅是有形的物质产品。这种无形的文化产品以其独特的文化元素和精神内涵,为人们带来精神文化享受,传播着文化、知识,影响着人们的价值取向和社会文化环境。

文化创意产业具有双重属性,既有经济属性,也有文化属性。其产品不仅具有商品属性,能在市场上进行交易流通,还具有文化属性,能够产生深远的社会影响。这种文化性赋予了文化创意产品独特的社会价值,使其能够在经济发展的同时,为社会文化的传承和发展做出贡献。

随着网络技术的不断升级和更新,数字化、网络化已成为文化创意产业发展的主流趋势。通过数字化和网络化的手段,文化创意产品得以更广泛地传播和交流,为文化的再创造和传承提供了新的平台和机遇。

3. 高附加值性

高附加值性主要体现在创意赋予产品观念价值,文化为产品注入精神内涵,这正是现代社会消费者所追求和看重的。在过去,人们更注重商品的实用价值,但随着社会经济的发展和生活水平的提高,人们对商品的需求逐渐从实用向精神层面转变。传统制造业为了适应这一变化,需要引入更多的文化创意因素,提升产品的附加价值。以服装行业为例,通过融入文化创意元素,赋予服装更多的观念和精神内涵,可以让服装产品摆脱价格竞争的困境,从而获得更广阔的市场空间和更高的附加值。

文化创意活动是一种复杂的劳动,比起简单的体力劳动,其价值更高。特别是那些具有原创性的文化创意产品,更能够吸引消费者的眼球,为产品赋予了独特的观念和文化内涵。因此,在现代经济中,文化创意产业的发展不仅可以满足人们对精神文化的需求,还可以为经济增长注入新的动力和活力。

4. 融合性

文化创意产业的融合性是其独有的特征之一,它使得文化创意产业能够与其他行业相互渗透、相互交融,从而为经济发展提供广阔的空间和可能性。这种融合性主要表现在两个方面:

(1)文化创意产业与其他产业的融合。例如,文化创意产业与传统的服装行业相结合，可以为传统行业注入创新因素和高新技术，推动传统产业向更高端、更具竞争力的方向发展，从而使传统产业焕发出新的生机和活力。这种融合不仅可以促进传统产业的转型升级，还可以创造更多的就业机会和经济效益。

（2）文化创意产业内部各部门间的融合。随着信息技术的不断发展和应用，文化创意产业各部门之间的界限逐渐被打破，为不同部门之间的相互渗透和融合提供了可能。例如，通过数字化技术的应用，传统的文化创意产品可以更好地与现代科技相结合，创造出更具有吸引力和竞争力的新产品。市场区域概念也随着这种融合性的发展而转变为市场空间概念，使得文化创意产业在市场上的影响力得到进一步扩大。

5. 知识产权性

文化创意产业作为以知识、科技、文化等无形资产为主要生产要素的产业，其发展与知识产权的保护息息相关。知识产权不仅为文化创意产业的经济价值创造提供了实现途径，更是其发展的护航者，规范了无形资产的使用和流通，从根本上维护了整个产业的稳健发展。

（1）知识产权为文化创意产业的经济发展提供了保障。通过知识产权的注册和保护，文化创意产业能够确保自己的创新成果和原创作品不受侵权和抄袭，从而激励创意人才进行更多的创新活动。这种保护机制促进了创意产品的持续生产和市场推广，为产业的经济价值创造提供了良好的环境和条件。

（2）知识产权规范了文化创意产业的发展秩序。在知识产权的保护下，文化创意产品的创作者和生产者能够享有其所创造的作品的专属权利，这限制了不法行为的发生，有效遏制了抄袭、盗版等侵权行为的蔓延。这种规范使得文化创意产业在市场中能够获得公平竞争的环境，保持了产业的健康发展态势。

6. 人才特征

文化创意产业作为知识、文化、创意、科技的综合体，其发展与高素质人才密不可分,这使得文化创意产业具有鲜明的人才特征。在这个产业中,创意人才的地位尤为重要,他们是新观念、新技术和新构思的创造者,为产业的创新与发展注入了强大的动力。

创意人才与传统人才有着明显的区别。他们更注重个人天赋的发挥,创意的产生和迸发并不依赖于传统的工作经验或工作年限,而是更多地受个人的独特思维和灵感所驱动。因此,传统的人才培养模式往往无法完全满足创意人才的需求,需要采用更加灵活、多样化的培养方式来激发其创造力和创新能力。

创意人才的工作具有复合性,既需要脑力劳动,又需要体力劳动。他们在工作中往往需要运用现代信息技术,同时还要结合传统的手工技艺,这种复合性的工作模式使得他们更加具有灵活性和创造力。

(二)文化创意产业的发展意义

1. 发展文化创意产业的民族文化意义

文化创意产业在中国的发展不仅关乎经济增长,更承载着重要的民族文化意义。

全球化的深入发展使得中国成为跨国企业和外资企业的重要市场,他们通过本土化策略将自己的文化产品引入中国市场,但这也带来了一些弊端。尽管这些产品在一定程度上满足了人们的欣赏、学习、娱乐等方面的需要,但在传播过程中,出现了不符合中国传统文化的表达方式,甚至丧失了文化产品的严肃性和背后的崇高价值观。商业利益成为影响文化产品生产的主导因素,而传统文化的保护和传承却受到了忽视。

外资企业的涌入也对中国的文化创意产业造成了严重影响,它们不仅分走了中国文化市场的利润,也威胁到了中国文化产业的发展和文化安全。在这一背景下,积极发展中国的文化创意产业变得尤为重要。只有通过积极的政策支持和创新机制,才能保护和传承中国的传统文化,提升文化产品的质量和影响力,使之具有更强的竞争力和市场话语权。

同时，还应加强对外资企业的监管，确保中国文化市场的规范和健康发展，维护国家文化安全。

2. 发展文化创意产业的经济结构意义

（1）有利于中国产业结构调整

中国的经济发展已经进入了产业结构升级的时代，这是经济发展的必然趋势。过去，产业结构调整主要按照时间序列进行，但随着全球化的发展，产业结构调整开始向空间顺序转变。发达国家逐渐将劳动密集型产业转移到发展中国家，而知识、资本和技术密集型产业则成为它们的重点发展对象。这种国际产业分工的模式使得中国成为"世界工厂"。

各国都在加大产业结构调整的力度，以争取在产业发展中占据先机。美国依赖信息技术和高新技术取得了巨大经济效益，而日本和欧盟也将信息技术和生物技术列为发展重点。与此同时，中国的产业结构在发展过程中也面临着一些局限性，如第一产业比重过高，第二产业发展不协调，第三产业发展缓慢等问题。在这种情况下，积极发展知识密集型产业，如文化创意产业，具有重要意义。文化创意产业不仅知识密集，而且具有高附加值，有利于优化中国的产业结构。当前，中国的文化产业主要集中在传统的表演产业、电影电视产业、视听产业和广告产业等领域，而文化创意产业的发展相对滞后。因此，必须积极发展文化创意产业，以提高文化产品的附加值，优化产业结构。

（2）有助于提升中国制造业的核心竞争力

中国作为世界制造业大国，在全球产业链中扮演着重要角色。然而，发达国家通过创造力和关键技术的掌握已经深入中国各个产业领域，从制造业到文化产业都有所涉足。随着文化创意产业的迅速发展，传统产业形态发生了改变，产业分工被重新组织，创意产业在整个价值链中处于领先地位。服务业或制造业虽然在价值链中数量最大，但增值效应却不明显，而创意产业则成为利润增长的主要动力。跨国企业借助中国丰富的廉价劳动力，希望通过发展创意产业来实现附加值的提升，进而获取更多利润。

然而，尽管中国在全球制造业中占据主导地位，但依赖廉价劳动力的发展模式并非长久之计。

文化创意产业的发展不仅能促进经济效益的提升，还能创造更多的优秀创意。通过将创意应用于市场中，产品的价值得以提升，产生品牌效应，从而实现更高的利润。文化创意产业的发展对于中国制造业的核心竞争力提升至关重要。它不仅可以增强中国在全球市场上的竞争力，还能将中国文化推广到世界各地，使中国品牌为世人所熟知。文化创意产业的发展丰富了产品的文化内涵，提升了技术含量，提高了产品质量。通过依托华人圈子，提高消费者对中国品牌的认知度和信任度，使中国的文化创意产业可以在全球市场上站稳脚跟。在这个过程中，文化创意产业的竞争力将发挥不可替代的作用。

二、古代文学促进文化创意产业的发展

（一）利用古代文学元素开发文化产品

古代文学作为中华民族传统文化的重要组成部分，拥有丰富的内容和独特的魅力，这为文化创意产业提供了宝贵的资源。通过对古代文学元素的开发和利用，可以创造出具有深厚文化内涵和市场竞争力的文化产品。

第一，古代文学作品中的人物、情节和主题可以被重新演绎，制作成各类文化产品。例如，《西游记》《红楼梦》《水浒传》等经典文学作品中的角色和故事情节，可以被用来创作影视剧、动画、漫画等。同时，这些作品的元素还可以应用于文创产品的设计，如书签、明信片、文具、家居饰品等。这些产品不仅具有实用性，还能让消费者在日常生活中感受到古代文学的魅力。

第二，古代文学的诗词歌赋、名篇佳作也可以通过现代技术手段进行再创作和传播。例如，将古代诗词与现代音乐相结合，创作出古风歌曲；或者利用虚拟现实技术，打造沉浸式的文学体验场景。这些创新形式不

仅能吸引更多年轻人关注古代文学，还能通过多元化的传播渠道扩大其影响力。

第三，古代文学元素还可以应用于品牌营销和形象塑造。例如，许多企业通过采用古代文学中的经典元素来设计产品包装或广告宣传，既提升了品牌的文化品位，也增加了消费者的认同感和忠诚度。通过这种方式，古代文学不仅得到传承和发展，也为企业带来了商业价值。

（二）古代文学与旅游产业的结合

古代文学与旅游产业的结合，为文化旅游的发展提供了新的思路和方向。通过将古代文学元素融入旅游项目，可以打造出独具特色的文化旅游产品，吸引更多游客前来体验。

第一，以古代文学作品为主题的旅游景点和线路可以丰富旅游产品的内容。例如，以《红楼梦》为主题的园林景观设计、以《西游记》为题材的主题公园，以及以《三国演义》为背景的历史文化遗址，都能为游客提供沉浸式的文化体验。在这些景点，游客不仅能欣赏到美丽的自然风光，还能通过参观和互动活动，深入了解古代文学的故事和文化内涵。

第二，古代文学与地方文化相结合，可以促进地方旅游资源的开发和利用。例如，许多古代文学作品中描绘的地方景色和人文风情，可以作为地方旅游宣传的亮点。通过举办文学主题的旅游节庆活动，如《水浒传》主题的梁山好汉节，《聊斋志异》主题的狐仙文化节等，可以吸引大批游客，提升地方旅游的知名度和美誉度。

第三，古代文学还可以与现代旅游服务相结合，提升旅游体验的品质。例如，在旅游景点中设置古代文学主题的讲解服务、演出活动和互动项目，让游客在游览的过程中，不仅能欣赏到美景，还能感受到古代文学的魅力。通过开发古代文学主题的旅游纪念品，如明信片、画册、手工艺品、文化衫等，也能增加游客的购买欲望和满意度。

(三)古代文学在网络文化中的创新应用

随着互联网的普及和新媒体技术的发展,古代文学在网络文化中的创新应用,成为文化创意产业的重要领域。通过借助互联网平台和新媒体形式,古代文学能够以更加生动和多样的方式呈现给广大受众,尤其是年轻一代。

第一,古代文学与数字出版的结合,为其传播和推广提供了新的渠道。例如,通过电子书、网络连载、数字音视频等形式,古代文学作品能够以更加便捷和灵活的方式进入读者的视野。许多网络平台也推出了古代文学主题的专题栏目和活动,吸引读者参与和互动,提升古代文学的影响力和传播力。

第二,古代文学与网络影视和游戏的结合,为其创新应用提供了广阔的空间。例如,以古代文学作品为基础改编的网络剧、网大和网络动画,通过精美的制作和生动的演绎,吸引了大批观众的关注和喜爱。古代文学题材的网络游戏通过丰富的剧情设计和互动玩法,让玩家在娱乐的过程中,感受到古代文学的魅力和文化的熏陶。

第三,古代文学与社交媒体和短视频平台的结合,为其传播和推广提供了新的方式。例如,通过制作古代文学主题的短视频、微电影和直播节目,古代文学能够以更加直观和生动的方式呈现给受众。许多自媒体和网红也利用社交平台,分享古代文学的知识和故事,吸引了大量粉丝的关注和参与。

结束语

在本书的探索旅程中，我们穿越了古代文学的辉煌历史，深入挖掘了其在当代文化传承中的新意义与新途径。通过细致的理论分析和丰富的实践案例，见证了古代文学与当代文化的紧密联系和相互影响。古代文学不仅为人们提供了丰富的文化遗产和精神财富，更是当代文化创新与发展的不竭源泉。

随着全球化的深入发展和科技的不断进步，古代文学的传承与创新面临着前所未有的机遇与挑战。展望未来，我们有理由相信，古代文学与当代文化的融合将更加深入和广泛。通过教育的普及、文化的交流、科技的应用，古代文学的精髓将更加生动地融入当代生活的各个方面，激发出更多的创新思维和文化产品。

参考文献

[1] 曹萌. 中国古代文学传播的主体 [J]. 沈阳师范大学学报（社会科学版），2008，32（6）：47-52.

[2] 曹明升. 古代文学教学与传统文化传承 [J]. 江苏师范大学学报（哲学社会科学版），2017，43（6）：45-49.

[3] 车瑞，余祖伟. 中国古代文学中的饮食文化价值意蕴 [J]. 食品与机械，2023，39（10）：241.

[4] 陈江敬. 农业文明对我国古代文学的影响 [J]. 广东蚕业，2019，53（8）：132-133.

[5] 陈中. 魏晋南北朝文学批评方法研究综述 [J]. 古籍整理研究学刊，2020（1）：107-112.

[6] 程新. 论贬谪对古代文学创作的影响 [J]. 齐齐哈尔师范高等专科学校学报，2008（2）：59-60.

[7] 戴承元. 营造古代文学教学的"知音"境界 [J]. 课程.教材.教法，2009，29（10）：94-96.

[8] 戴学慧. 中国古代文学的传播特点与经验启示 [J]. 兰州教育学院学报，2015，31（10）：9-10.

[9] 樊蕊. 两汉乐府诗：中国古代叙事诗成熟的标志 [J]. 宜宾学院学报，2013，13（8）：74.

[10] 冯永康. 浅析非物质文化遗产数字化保护研究 [J]. 百花，2020（4）：48.

[11] 付丹丹. 探讨茶文化在古代文学作品中的体现 [J]. 福建茶叶, 2023, 45（4）: 183-185.

[12] 郭文睿. 茶文化在古代文学作品中的体现探索 [J]. 福建茶叶, 2022, 44（2）: 258-260.

[13] 郭英德. 探寻中国趣味 中国古代文学之历史文化思考 [M]. 北京: 商务印书馆, 2017.

[14] 韩玉. 古代文学作品中的儒家文化分析 [J]. 汉字文化, 2022（24）: 68.

[15] 洪树琼. 创新中国古代文学教学模式的实践 [J]. 高等农业教育, 2011（5）: 62-64.

[16] 黄连平. 谈中国古代文学教学改革中的几个关系 [J]. 中国高教研究, 2005（4）: 91-92.

[17] 姜晓红. 古代文人登高审美及其文学创作 [J]. 社会科学家, 2008（7）: 140-144.

[18] 蒋书缘. 儒家文化在古代文学作品中的体现 [J]. 汉字文化, 2023（11）: 43-45.

[19] 李佳雯. 时空维度的审美距离在中国古代文学中的应用 [J]. 戏剧之家, 2021（9）: 186-187.

[20] 李莎, 王玉娥. 文化传承与古代文学 [M]. 长春: 吉林文史出版社, 2019.

[21] 李秀林. 地理环境对中国古代文学创作产生影响的分析 [J]. 中学地理教学参考, 2014（22）: 67.

[22] 李永刚. 中国古代文学创作的技巧理论阐述 [J]. 作家天地, 2023（14）: 10.

[23] 李玉芝. 论明代文学休闲化转向 [J]. 北方论丛, 2015（4）: 24.

[24] 梁艳敏. 古代文学的多角度研究 [M]. 长春: 吉林文史出版社, 2021.

[25] 林丽华. 农耕文化在古代文学作品中的体现 [J]. 中国农业资源与

区划，2023，44（12）：20.

[26] 刘宁. 中国古代文学与茶文化的融合策略[J]. 福建茶叶，2023，45（8）：179-181.

[27] 刘赛男. 茶文化在古代文学中的融合发展[J]. 福建茶叶，2023，45（12）：196-198.

[28] 刘玉秀. 新时代中国古代文学课程教学的思考[J]. 教育理论与实践，2022，42（33）：54-56.

[29] 马君，李雪. 中国古代文学创作研究[M]. 长春：吉林人民出版社，2023.

[30] 米晓燕. "新文科"视域下中国古代文学教学改革的思考[J]. 继续教育研究，2021（7）：93-95.

[31] 任媛媛. 试论古代诗歌在现代文学中的应用[J]. 吉林广播电视大学学报，2014（8）：67-68.

[32] 宋娟. 论中国古代文学教学设计与实施[J]. 黑龙江高教研究，2011（12）：185-187.

[33] 孙雪霞. 当代视野下古代文学教学的"悦读"实践[J]. 中国大学教学，2011（10）：55-57.

[34] 孙亚军. 谈中国古代文学教学的现代化实现[J]. 教育与现代化，2010（2）：49-51，74.

[35] 唐定坤，汪燕. 古代文学教学的兴趣激发与语境恢复[J]. 中国大学教学，2022（10）：11-19.

[36] 王成. 中国古代文学教学中的几点思考[J]. 中国高教研究，2005（12）：76.

[37] 王建成.《诗经》音乐美育研究[J]. 济南大学学报（社会科学版），2022，32（6）：53.

[38] 王妮. 地理环境影响下的古代文学创作探究[J]. 中学地理教学参考，2023（29）：84.

[39] 王汝虎. 形式批评与中国古典文论的当代阐释[J]. 复旦学报（社

会科学版），2023，65（4）：68-76.

[40] 王永宽. 清代戏曲的雅俗并存与互补 [J]. 东南大学学报（哲学社会科学版），2008（3）：86.

[41] 吴静. 试论多媒体技术在古代文学课堂教学中的应用 [J]. 高教探索，2017（z1）：80-81.

[42] 武建雄. 文学本位观念回归背景下古代文学教学改革初探 [J]. 天津电大学报，2022，26（2）：48-53.

[43] 武晓鹏. 古代文学中的茶文化 [J]. 福建茶叶，2024，46（2）：179.

[44] 徐中原，王凤. 论中国古代文学经典与现代流行歌曲的融合及其新生义 [J]. 艺术研究，2021（6）：92-94.

[45] 许波. 论古代文学名著改编影视作品的审美特征与适度原则 [J]. 当代电视，2018（9）：46-47.

[46] 许结主. 中国古代文学 [M]. 南京：南京大学出版社，2000.

[47] 杨晓溪. 中国古代文学的传播方式 [J]. 汉字文化，2021（8）：58-59.

[48] 姚红，崔霞. 中国古代文学课程教学方法探讨 [J]. 浙江师范大学学报（社会科学版），2011，36（1）：104-107.

[49] 虞伟. 中国古代文学理论与典型主题研究 [M]. 天津：天津人民出版社，2021.

[50] 张忠勇. 整体性思维方式与中国古代文学审美特质 [J]. 甘肃教育学院学报（社会科学版），2001，17（3）：36-38.

[51] 朱华英. 古代文学名著改编影视作品中的历史文化传承与发展 [J]. 四川戏剧，2021（3）：119-121.

[52] 朱堂锦. 古代文学审美的主体意识 [J]. 曲靖师范学院学报，2005，24（2）：18-23.

[53] 朱堂锦. 中国古代文学审美理论的研究范畴 [J]. 曲靖师范学院学报，2003，22（4）：42-47.